书中历险记

书行者

[英]安娜·詹姆斯 / 著　　[哥伦]保拉·埃斯科巴尔 / 绘　　范又霓 / 译

浙江教育出版社·杭州

图书在版编目（CIP）数据

书中历险记. 1，书行者 / （英）安娜·詹姆斯著；（哥伦）保拉·埃斯科巴尔绘；范又霓译. -- 杭州：浙江教育出版社，2025. 2. -- ISBN 978-7-5722-8597-4

Ⅰ. I561.84

中国国家版本馆 CIP 数据核字第 2024KS3513 号

浙江省版权局著作权合同登记号 图字：11-2024-250号

PAGES & CO. (1)-TILLY AND THE BOOKWANDERERS ('Title 1')
Text copyright © Anna James 2018
Illustrations copyright © Paola Escobar 2018
Translation © 2025 translated under licence from HarperCollins Publishers Ltd.

书中历险记1 书行者
SHUZHONG LIXIANJI 1 SHUXINGZHE

[英]安娜·詹姆斯　著　　[哥伦]保拉·埃斯科巴尔　绘　　范又霓　译

责任编辑	赵清刚
美术编辑	韩　波
责任校对	马立改
责任印务	时小娟
特约编辑	温雅卿
特约监制	王秀荣
封面设计	郝欣欣
版式设计	黄　蕊
出版发行	浙江教育出版社
	地址：杭州市环城北路177号
	邮编：310005
	电话：0571-88900883
	邮箱：dywh@xdf.cn
印　　刷	天津盛辉印刷有限公司
开　　本	880mm×1230mm　1/32
成品尺寸	145mm×210mm
印　　张	9.5
字　　数	179 000
版　　次	2025年2月第1版
印　　次	2025年2月第1次印刷
标准书号	ISBN 978-7-5722-8597-4
定　　价	39.00元

献给我的姐妹·海丝特

她与我曾被一个又一个同样的故事熏陶

目录

1 从游乐场门口望见的美景 ················· 1

2 现实生活，哪有奇遇 ················· 8

3 属于他人的记忆 ················· 18

4 这个地方遍布奇遇 ················· 32

5 魔法，闹剧与瞎诌 ················· 42

6 要是你跟对方搭腔，但对方的个头却跟你相差甚远，你只怕就要惹祸上身 ················· 46

7 假想中的伙伴 ················· 51

8 瞎诌几句，又有何妨 ················· 57

9 迈出舒适区，读些你以前不太爱读的书吧 ················· 61

10 纯属虚构的书中角色 ················· 70

11 尽量给所谓"绝无可能"的怪事多留一点余地 ················· 75

12 想象力爆棚 ················· 88

13 故事本身才是重中之重 ················· 95

14 情节峰回路转，无比精彩 ················· 104

15 偏偏就一眼相中了这本书 ················· 112

16 欢迎来到地下图书馆 ················· 118

17 "读万卷书，便是行万里路" ················· 123

18 某些书远比其他书安全 ················· 131

19 在一本好书中迷失 ················· 135

20　万无一失的书行目的地 ……………………………… 144

21　书中已千年，世上或一日 …………………………… 154

22　一个糟糕透顶的馊主意 ……………………………… 162

23　真该始终老老实实地守好规矩 ……………………… 168

24　仿佛天翻地覆 ………………………………………… 177

25　并非仅仅是助推情节的工具 ………………………… 181

26　最后一页 ……………………………………………… 185

27　书行条例 ……………………………………………… 192

28　故事就是给人读的 …………………………………… 200

29　我们只会用书籍魔法 ………………………………… 206

30　童话故事 ……………………………………………… 210

31　好奇心才会造就最精彩的奇遇 ……………………… 219

32　你有可能踏出任何故事尽头的边界 ………………… 225

33　书中硬生生多了一个角色 …………………………… 231

34　正确的时机，错误的地点 …………………………… 237

35　一家书店就恰似一张世界地图 ……………………… 243

36　做个勇敢的人，做个善良的人 ……………………… 253

37　读者一个个没头没脑 ………………………………… 266

38　有些书备受宠爱，有些书无人问津 ………………… 272

39　故事的结局早已注定 ………………………………… 278

尾声 ……………………………………………………… 288

蒂莉的书架 ……………………………………………… 291

1

从游乐场门口望见的美景

　　玛蒂尔达·佩吉斯伸手推开佩吉斯书店的大门，深吸一口气，嗅了嗅那熟悉的气味：那是黑巧克力味道和刚刚熄灭的蜡烛味；当然，还缺不了书本的墨香味。有那么一刹那，她浑然忘掉了自己刚刚被溅了一身泥水，而一心沉浸在即将来临的一周假期中——眼前整整一周的期中假，不正像你从游乐场门口遥遥望见的一幕幕美景吗？可惜的是，平静的假象转眼间就像泡沫一样破碎了，寒气渗进了她的紧身裤袜，她不禁打了个冷战。她迈开大步穿过一扇门，正是这扇门连通着佩吉斯书店与玛蒂尔达祖孙三人同住的那栋小宅子。玛蒂尔达任由身后的大门砰的一声合上，又把书包朝桌上一扔（它还一不小心砸飞了一堆土豆），动作夸张地跌坐在了椅子上。

　　她顿了顿，只想瞧瞧外婆会出什么招。等到外婆终于转过身，蒂莉①却做戏般把头埋进了桌上的臂弯，仿佛正在上演一出闹剧。

　　"祝你期中假期快乐哦，蒂莉。"外婆开了口，茫然地审视着周围，"你这究竟是在闹哪一出？干吗要拿那堆土豆出气呢？"

────────────

① 蒂莉："玛蒂尔达"一名的昵称。——书中注释均为译者注。

— 1 —

蒂莉的脸顿时涨得通红，又很不好意思地把土豆一个个捡起来。

"瞧你，浑身湿得厉害……雨不会还没停吧？"外婆一边说，一边从厨房的窗户朝外瞥了瞥。当蒂莉屈膝去捡一个滚进猫窝的土豆时，外婆亲热地摸了摸外孙女的头。蒂莉叹了一口气，倚上了外婆的腿。

"刚才格蕾丝骑着脚踏车经过一个水坑，泥水溅得我满身都是。"

"格蕾丝肯定不是故意的吧？"外婆轻声问。

蒂莉哼了一声，表示很不以为然。

"你们两个，不是好得分都分不开吗？"外婆说。

"早就是陈年往事了，那时候我们年纪还小。人家现在结识了新朋友。"蒂莉说，"格蕾丝加入了篮网球队，再也不乐意搭理队外的女孩了。现在她每天都挨着阿玛拉和波比坐。"

"阿玛拉和波比我见过吗？"外婆问蒂莉。

"没有。她们俩以前念的是圣伊妮德学校，而且她们俩一天到晚都形影不离。"

"那你干吗不趁着放期中假的时间，约几个队里的姑娘一起过来玩？好互相了解一下。"外婆提议道。

"依我说，她们应该不会答应。"蒂莉的口吻缺了点底气，"每次我想要开口跟她们搭腔，她们就会边说悄悄话边咯咯笑，也不知道在说些什么。"

"她们说不定会让你大吃一惊哦。不开口发问，你就不会知道答案。"外婆说，"勇敢一点，玛蒂尔达。做个勇敢的人，做个……"

"做个勇敢的人，做个好奇的人，做个善良的人嘛。"蒂莉打断了外婆的话，"我心里有数。"

"你妈妈小时候，你外公和我就常常这么教她。"外婆说。

"但是依我看，有些人天生就比其他人更有勇气。"蒂莉说。

"通常而言，世人身上最为重要的品质，却偏偏正是那些并非天生的品质。"外婆告诉蒂莉，"好了，要不你赶紧把湿漉漉的校服脱掉，去冲个澡？我去给你冲一杯热巧克力，庆祝一下你开始休期中假吧。"

二十分钟以后，蒂莉整个人摇身就变得又干净又干爽了。她换了一身衣服，端着两杯加了淡奶油的热巧克力，一杯自己喝，一杯给外公喝。她用后背拱开厨房门，倒退着走进了书店。佩吉斯书店，正是蒂莉在这个世上最为心爱的一角。假如从店外匆匆一瞥，位于熙熙攘攘的伦敦北部大街的佩吉斯书店跟普通书店一样很不起眼，但要是一脚踏进店中，客人只怕会愣一愣：平平无奇的几堵墙里，怎么容得下这偌大的书山书海呢？

佩吉斯书店有整整五层楼，充塞着一张张沙发、一把把软乎乎的扶手椅和一个个犄角旮旯，再加上诸多迷宫般的书架，向四面八方伸展而去。一面墙上配有一座螺旋式楼梯，彩绘木头阶梯通往一个个难以到达的角落。当阳光洒进店内，灰尘在空中飞旋时，高高的拱窗让书店平添了一抹教堂般的氛围。每逢天气晴朗，阳光洒遍地板，书店的猫咪就经常趴在最暖和的地方打盹（因为生性好奇，这只猫咪的名字叫作"**爱丽丝**"）。一到夏天，鲜花在收银台后方的大壁炉里堆得满满当当；但眼下正逢十月，壁炉中正燃着熊熊的火苗。

除了伦敦市内，蒂莉很少出远门；但她觉得，透过书中的字里行间，自己早就已经周游了四方：她早就风一般从巴黎的一座座屋顶上奔过，早就精通骑扫帚飞行之术，还在轮船甲板上看过北极光呢。跟随书中那些好奇心爆棚、一身反骨的女孩们，蒂莉早已奔赴过秘密花园与各色仙境，一次又一次地探过险。她曾经读过好些书，这些书害得她跟外公一边吃着涂满黄油的英式烤面饼，一边斗上好一会儿嘴；她也曾经读到过不少故事，这些故事她读了一回又一回，直到它们的光辉盖过了学校里永无止境的一次次考试。她在书中见识到了不少友情，而学校里那些厘不清的社交规条似乎根本管不了它们。有些时候，蒂莉会暗自在心里嘀咕：友情本该是一门人人学过的课，可惜她偏偏因病缺席，结果一直没能把落下的课补上。

眼下外公正在收银台后面整理顾客订购的书，先把收据和书名对上号，再把书一堆堆摆整齐，只等着顾客前来取书。蒂莉把另一杯热巧克力搁到收银台上，总算没洒出多少来。

"祝你期中假过得愉快，蒂莉！"外公说着，跟她碰了碰杯。外公喝了一大口，跟往常一样装出一副不知道自己上唇沾了淡奶油的模样，"你的课外作业多吗？"

"得读一本我从来没有读过的书才行。"蒂莉板着脸答道。

"天哪，亲爱的，"外公说着咧嘴一笑，"你最好立刻开始埋头苦读，要是你还想在一星期里读完的话。"

蒂莉不禁咯咯笑了起来，把一根手指伸进那层淡奶油，寻思着她摆在床边准备假日阅读的五本书。

"不过，韦伯老师也确实提到，等过了这个假期，咱们要开始做一个关于最爱的书中角色的项目。假如打算先行一步，我们应该想想最为心仪的书中角色到底是谁。你会挑哪个人物呢？"蒂莉问外公。

"问得真妙！"外公说着舔了舔嘴唇上的淡奶油，"不得不承认，我的直觉让我差点把夏洛克·福尔摩斯的名字说出了口。但我得认真想一想，然后再给你一个答案。对了，除了你那格外繁重的读书作业，假期这一周你还有什么别的计划吗？格蕾丝是不是要到我们家来玩？"

"我真不明白你跟外婆为什么一遍又一遍地跟我问起格蕾丝。"蒂莉说。

"是吗？"外公的口吻中满是讶异，"唔，我还以为她是你最好的朋友呢？"

"我可没有什么最好的朋友。"蒂莉的口吻斩钉截铁，"我已经发现，学校里根本就找不出跟我投缘的人。"

"那究竟什么样的人，才算跟你投缘？"外公问。

"某个一直陪伴在你身边的人，某个跟你说话永不厌倦的人，某个富有冒险精神、聪慧、勇敢、风趣的人……"蒂莉一边说，一边掰着手指数着

她的一条条标准，"比如安妮·雪莉①，要不然，就是漫游仙境的爱丽丝②——顺便说一声，这两个人物都是我最心仪的书中角色。"其实，蒂莉还发觉了另一件事：除了极少几宗例外，比起现实生活中结识的大多数人，她还宁愿陪在身边的是书中人物呢。

"我可说不清，最好的朋友可能不是万能的，蒂莉。"外公斟酌着说，"有些时候，跟你成为朋友的人，却会大大出乎你的意料。益友能让你展现出最好的一面，而不是跟你一模一样。我敢说，你会有一个跟你十分投缘的好朋友人选。"

蒂莉竭力想象着那一幕：自己成了某个人最好的朋友，简直默契得不得了。可惜的是，当她一心想象着自己时，她却感到那副形象的边缘有点迷离，恰似一张模糊的照片；而当她将自己与书中角色相比时，字里行间的人物却显得比有血有肉的她自己更加真实。

"至于眼下嘛，我可一直都在你的身边。"外公又开了口，"要是你想找一个上了年纪、长了胡须、开了家书店的老头挚友的话。"

"说得真对。"蒂莉一边答道，一边竭力把想象中的挚友抛到脑后，"我才不需要任何佩吉斯书店店外人士呢。"

---

① 安妮·雪莉：《绿山墙的安妮》一书的主角。《绿山墙的安妮》是加拿大作家露西·莫德·蒙哥马利所著小说。
② 《爱丽丝漫游仙境记》：又译《爱丽丝梦游境》《爱丽丝梦游仙境》《爱丽丝漫游奇境》《爱丽丝漫游奇境记》等，是英国数学家、作家查尔斯·路特维奇·道奇森以笔名刘易斯·卡罗尔出版的小说，爱丽丝是书中主角。

2
现实生活，哪有奇遇

第二天早晨，蒂莉一觉醒来，耳边是一片雨声与秋叶落上斜斜天窗的声音。今天是个下雨天，意味着书店里会冷清不少，人们都宁愿老老实实地待在屋里，只时不时有几个浑身湿透的读者在咖啡馆区等着身上的衣服晾干，也等着倾盆大雨停个片刻。在书店那熟悉的节奏与作息中，蒂莉品味着这个假期，品味着期中假第一天的每一刻，就像每次假期的第一天一样：眼下万籁俱寂，她正窝在被窝里，准备找本新书读上一章，随便挑几件不是校服的衣服穿，再懒洋洋地吃顿早餐，还有外公那做得恰到火候的煮鸡蛋和烤吐司呢。

"那你今天有些什么安排？"外婆一边问，一边递给蒂莉一杯奶茶。

"也就读读书。"蒂莉答道。

"待会儿你乐意跟我一起去树林里散散步吗？"外公提议道，"要不然，我还得去花店一趟，核对一下周三晚上那个仙境派对要用的花——你倒是可以去帮帮忙，瞧瞧花色行不行。有时候，我也在心里暗自琢磨，我们恐怕已经把这个派对办得太出格了，书店的客人和出版界人士好像每年都盼着我们书店办个更加盛大的主题派对。"

蒂莉耸了耸肩膀。

"你们有没有希望过,"她没有接过外公的话头,却向外公外婆转过身,板起脸发问,"你们的某个好友恐有性命之忧,而你们可以挺身而出,救人于水火?"

"我恐怕还没怎么琢磨过这件事。"外婆答道,又隔着桌子与外公交换了一下眼神。

蒂莉叹了口气。"我只是盼着身边能有些比逛花店更让人激动的事情可做。"她告诉外婆和外公,"现实生活中,哪里找得到什么上得了台面的奇遇嘛。"

"要是我不想让自己惹上一身麻烦,我就会告诉你:假如某人没办法在森林里遭遇奇遇,那此人只怕缺了点想象力。"外公答道。

"你明白我的意思。"蒂莉说。

"没错,亲爱的。可是,有一双擅于发现奇遇的慧眼总没有坏处,即使是一番小小的冒险之旅。"

"但这会儿工夫,"外婆又开了口,"要不你还是先去读读书,先尝一番书中'冒险'?要是这阵雨真能停下来,我们待会儿可以出门散散步。"

蒂莉伸手推开书店的大门,准备去找杰克:书店底楼角落里那个舒服的咖啡馆区,就归杰克管。可当蒂莉走到那些并不配套的桌椅旁边时，却根本没找到杰克的踪影，于是她又想瞧瞧有没有可以试吃的蛋糕。蒂莉刚刚伸手去拿一块看上去黏糊糊的巧克力布朗尼蛋糕，杰克的头却突然从柜台上探了出来。

"啊哈！这回可是当场捉住！"杰克说。

"我只是瞧瞧而已。"蒂莉不好意思地辩解，接着就发觉杰克的脸上露出了灿烂的笑容。"你的额头上怎么会沾了蜂蜜？"蒂莉问。

"我正在试着做棒棒糖蛋糕。"杰克一边说，一边举起一个盛满黏稠蜂蜜的冰格盘，嘴里念叨，"还记得伊妮德·布莱顿的'魔法树'系列故事吗？那套书里的角色吃的是咬上一口就会蜂蜜四溅的蛋糕！我准备把蜂蜜先冻上，然后再把冻上的蜂蜜放到纸杯蛋糕里烘焙。至少，我是打算这么办——可惜事实证明，蜂蜜有点，唔，不太配合。"

杰克今年十九岁，目前正忙着攒钱去巴黎念糕点学校。他把书店这份面包师的差使看成天大的事，总爱千方百计重现书中的各色糕点。他早就对蒂莉下过严令：但凡她在读书时读到一道看上去无比美味的佳肴，可千万别忘了告诉杰克一声。但是，蒂莉暗自疑心，杰克恐怕也在从最近新出的食谱中汲取灵感：因为每隔一阵子，书架上就莫名会有一本书从书堆中探出它的书脊，活像刚被人匆匆忙忙塞回了书架，而蒂莉就得把这道书脊上沾着的一层糖霜抹掉。

"想喝杯热巧克力吗？"杰克一边问她，一边把冰格盘塞进咖啡馆冰箱里那丁点小的冷冻层，"我给你端过来吧。"

蒂莉点点头，笑了笑，迈步向底楼她最心爱的阅读角走去。过了十分钟，杰克在她的身旁落了座，小心翼翼地端着一个托盘，托盘上盛着两块布朗尼蛋糕和两个直冒热气的杯子。"要是你外公外婆抓到你刚吃完早餐我就把布朗尼蛋糕给了你，拜托就说我是为了派对正在尝试烘焙糕点呢，绝对是头等大事，好吗？"

杰克轻轻碰了碰她的手肘。"你在读什么书？"

蒂莉把书本的封面亮给他看了看：那是一个亮晶晶的蓝色封面。

"这本书我才刚刚开始读，书里写的是美人鱼、海盗和大海。也许不是你喜欢的那类书。"

"唔，其实吧，蒂莉小姐，我得跟你说一声：我对关于海盗和大海的书可中意得很。"杰克告诉她，"但是，各种类型的书我都爱，没骗你。以太空为背景的书让我无比倾心，尤其是当书里写到某些怪事，或者书中情节有着精彩的转折时。除此之外，假如书里写到了某种智能机器人，那就更棒了，尤其是当这个智能机器人扮演的还是邪恶反派的时候。我明白我不该现在才开口问，不过，你最喜欢的又是什么书？"

"我最爱的两本是《绿山墙的安妮》和《爱丽丝漫游仙境记》。"蒂莉用十分肯定的口吻回答，"安妮和爱丽丝也是我最爱的书中人物。"

"那你为什么这么喜欢这两个人物呢？"

蒂莉顿了顿。"原因有不少。但我最爱这两个人物，是因为即使在我不读这两本书的时候，她们俩也显得格外栩栩如生。"

"你这个'栩栩如生'是什么意思?"杰克问。

蒂莉苦苦思索着他的问题。

"比如,有些时候我说不清该怎么办,于是我会想想安妮会怎么办;不然的话,我会发觉自己想要对爱丽丝倾诉我学到的某些道理。要过上一会儿,我才会回过神,记起她们并非有血有肉的真人,我也无法跟她们攀谈。"

杰克露出了笑容。"通常而言,书中角色的性格倒比我们身边的活人更加可靠,远不会一时东一时西。生活中那些鸡零狗碎的琐事,确实碍事得很。说到琐事,我的棒棒糖蛋糕还得去照看一下。"杰克说着,伸手掸掉围裙上的糕点屑。这时,一阵轻微的哔哔声回荡在书店中。"待会儿你再过来尝尝吧。"杰克叮嘱。

他从软趴趴的沙发上站起身,走下台阶消失了踪影,只剩下了独自看书的蒂莉。

过了一会儿,外婆的一阵笑声却从楼上传到了蒂莉的耳边,硬生生地打断了她的海底冒险之旅。蒂莉简直记不起上次听见外婆如此爽朗的笑声是什么时候了,也记不起上次自己笑得如此爽朗是什么时候了,因此她蹑手蹑脚地上了楼,想瞧瞧究竟是什么缘故。她遥遥地望见了一幕景象:外婆正窝在一个角落里,忙着伸手擦掉笑出的眼泪,外婆身边的一个女郎正激动地挥舞着双手。那女郎一头乌黑的鬈发别在脑后,看上去比外婆年轻不少,身穿一件"老古董"式样的长裙。

蒂莉又偷偷凑近了几步——她可不想要打搅这一幕，只想知道外婆究竟听到了什么趣事。

"知道吧，当时此人朝自己的朋友扭过头，用一副极为妄自尊大的腔调说道，'此女容貌不差，可惜尚未美到让我拜倒裙下的地步'①。我跟你讲，埃尔茜，当时我把夏洛特的一只手攥得好紧，免得自己忍不住拔腿走过去，当面告诉此人，我对他那副做派有些什么看法。尤其是因为，那家伙毕竟是初来乍到嘛。当然了，对一位身家如此丰厚的男士，我母亲恐怕万事都不会跟他计较，但这事却连她也有点吃不消。"陌生的女郎告诉外婆。

外婆咯咯的笑声害得蒂莉再也按捺不住了，她响亮地咳了一声，绕过屋角，却发觉外婆正孤零零一个人坐在原地。

"哦，蒂莉！"外婆还没喘过气来，"你还好吧，宝贝？"

"刚才那位女士怎么一下子就不见了？"蒂莉一边问，一边一头雾水地打量着四周：那名跟外婆聊天的女郎怎么消失得如此之快，如此无声无息？

外婆的笑声戛然而止。"你说的是哪位女士，宝贝？"她坐直了身子，问道。

"当然是刚刚还在跟你聊天的那位女士，"蒂莉回答，"身穿长裙、头发乌黑的那一位。她刚刚逗得你哈哈大笑呢！"

"唔，你说的是她啊。"外婆慢吞吞地说，"那是丽兹②，她是个老

---

① 典出《傲慢与偏见》一书中，达西先生在舞会上评价伊丽莎白的话。
② 丽兹："伊丽莎白"一名的昵称。

朋友。你瞧见了她一眼，对吧？"

"我上楼的时候，她明明就好端端地坐在这儿。"蒂莉茫然地说，"她到底上哪儿去了？"

"一定是在你没有留心的时候，她溜出了门。你也明白，这家书店跟个兔子窝差不多，总有看漏看错的时候。我就经常找不到你在哪里！"外婆的口吻显得越发镇定，"总之！别再揪着不放了！你的书看得怎么样？"

蒂莉有种感觉：错不了，外婆正把她蒙在鼓里呢。

"你跟这位'丽兹'认识多久了？"她没有回答外婆的问题，却开口发问。

"唔，很久很久啦。"

"可是她的年纪又不算大，对不对？"蒂莉紧追不放。

"不大，年纪确实不算大，但她为人老成。"外婆微微露出了笑容，"说到她……唔，蒂莉，假如非要坦白讲，那我爱跟她一起消磨时光，多多少少是因为她让我想起你妈妈，她时常让我想起你妈妈。"

"我妈妈？"蒂莉一屁股坐上外婆对面那张已经空荡荡的椅子，一时恨不得追问细节，只觉得自己的心怦怦直跳，"她为什么会让你想起我妈妈？刚才那位女士跟我妈妈长得并不像，对吧？"

"没错，她们的长相并不相同。"外婆说，"倒是言行间的气质更像一些，比如她那种幽默感，她讲故事的那种方式。你妈妈以前也会逗得我开怀大笑，跟丽兹一样。"

"难道我妈妈也认识丽兹？她们俩是不是朋友？丽兹又是多大年

纪?"蒂莉问。

"唔,丽兹的年纪可比看上去要大一点。"外婆说,"我刚认识丽兹那会儿,比你妈妈离开家的时间还要早上几年呢。不过,丽兹的护肤秘诀我真该开口问问,对吧?"

听到关于母亲的消息,蒂莉不禁感觉有点飘飘然:说到母亲,蒂莉只记得自己还是个小宝宝时见过的她。贝娅特丽克丝·佩吉斯在蒂莉年纪尚幼时便已离家出走,蒂莉早已习惯了对母亲闭口不提,免得把旧伤疤重新揭开——在外公外婆心中,这道疤痕似乎一直没能平复。有些时候,要是开口问起母亲的事,蒂莉会害得外公一连走神好几天。他会变得人在心不在,对周遭发生的一切似乎都毫不在意,既不搭理顾客,也对蒂莉心不在焉。因此,每当打听到关于母亲的点点滴滴,蒂莉总会认真地收好这些宝贵的线索,严实地藏在心中。

"好啦,聊老朋友也聊好一会儿了。"外婆说着干脆地点了点头,表示给这个话题画上句号,"你有空去库房帮我搭把手吗?"

蒂莉也点点头。外婆牵起她的一只手,两人双双走下楼梯台阶,却突然遇上了一脸慌张的杰克。

"谁来帮帮我啊!"他哀号道。

"到底出了什么事?"外婆问杰克,蒂莉的脑子里却立刻浮现出了一幕幕惨剧,要么逃不开蜂蜜,要么逃不开刀子,要么逃不开蜂蜜和刀子。

"我死活找不到香草精!"杰克尖叫了一声,惹得两名正坐着喝咖啡的顾客向他投来警惕的目光，猫咪"爱丽丝"也从她一早就霸占的软垫座上轻蔑地抬起了脑袋。

外婆长叹了一声。

"就为了区区香草精？"蒂莉说，"我还以为你伤到自己了呢。我还以为出了什么十万火急的大事。"

杰克显得满脸惊诧。

"这就是十万火急的大事。我马上就得朝面糊里加香草精。你家厨房里还有香草精吗，埃尔茜？要不然的话，能不能麻烦你帮我找玛丽打听一声，蒂莉？"

外婆深吸了一口气。"蒂莉，拜托你去察看一下厨房，瞧瞧能不能在食品储藏室里找到些香草精。我还是先到存货柜那里去一趟吧。"

"千万别把蜂蜜沾到我的书上。"蒂莉凶巴巴地叮嘱杰克，又把书收到了柜台后面，这才迈步朝厨房走去。

食品储藏室里根本没有香草精，于是，蒂莉又翻遍了厨房的橱柜，可惜依然没有找到。橱柜里看上去已经被各色杂物塞得满满当当，却又找不出什么能派得上用场的东西。也算是拜外公所赐吧，他死活也不肯把任何零碎扔掉，总觉得以后说不定还有用得着的时候呢。只可惜，在蒂莉和外婆眼里，这堆杂物纯属用不着的破烂儿。蒂莉找到了一只橙色的袜子、几支铅笔和一副扑克牌中红色的那一半，偏偏就是没有找到香草精。

紧接着，在一堆空鞋盒的后面，她找到了一个积满了灰的纸箱子。纸箱上缠着包装胶带，箱盖上用黑色记号笔写着"贝娅特丽克丝的书"。蒂莉只觉得心头一紧，心底深处传来了某种她无法辨认的咯噔一声：这个纸箱里装的，竟然是属于她母亲的故事书。

3

属于他人的记忆

蒂莉把那只纸箱拖进了厨房，撕掉纸箱上的包装胶带。因为年深月久，胶带已经变得有点脆了。书店的嘈杂声仿佛瞬间飞到了九霄云外，蒂莉的一只手不禁轻抚着脖子上那条小小的蜜蜂金项链——这条链子，正是蒂莉降生人世的时候，母亲送给她的礼物，跟贝娅特丽克丝自己戴的那一条也正好配套。

说到母亲，蒂莉只能一点一滴地从一张张旧照片和其他人的记忆中拼凑出她的影子。无人知晓贝娅特丽克丝·佩吉斯的下落，而找不到多少关于母亲的线索，又意味着另外一件事：母亲离家出走给蒂莉留下的那道伤痕，是一道血肉模糊的伤口。假如要缝合痊愈的话，恐怕需要很长很长的时间。

蒂莉几乎已经不再追问母亲的事了，但每逢她开口问起来，关于贝娅特丽克丝人间蒸发的话题就总会上演同一个剧本。

"宝贝，我们已经把知道的一切和警方的推理全都告诉你了。揪着往事不放，可不是件好事。"蒂莉的外公或者外婆会告诉她。

"可是，警方竟然觉得她当初过得不幸福，只是离家出走到别处重寻新生了。但我真的不懂，她为什么非挑我刚刚出生这个节骨眼离家出走，要是她……"蒂莉发觉，如果依着这个思路说下去，她根本就说不出口。

然而，外公外婆每次都会哄蒂莉安心。"蒂莉，她非常爱你，爱你至深。这一点我们绝对心里有数。"

"我只是不太明白，假如她真的那么爱我，为什么又要抛下家。"蒂莉忍不住再次问出了她每次都问的那个问题，只觉得眼泪刺痛了眼眶。

"我们也不明白，蒂莉，亲爱的宝贝。要是我们知道，那就好了。"外婆会哄蒂莉，外公又会一如既往地用他的格纹手绢抹抹眼泪，一句话也不说。

蒂莉把心神再度放到了面前的纸箱上。纸箱里装着一堆旧书，书页已经泛黄，封面则显得破烂不堪。蒂莉瞪大眼呆望着那堆书，一时间只觉得无从下手。但当她刚刚伸手去取最上面的一本书时，却听到杰克正从书店里冲她高声叫喊。

"蒂莉！香草精！我可在一边嚷嚷，一边朝你的书上涂蜂蜜哦！"

蒂莉回过了神，叹了口气，把那只纸箱推到厨房的墙边。还是等到没人瞎吵的时候再细看吧，正如她也会等到没人瞎吵的时候，再去仔细品味一本新书。

她又动身回书店去找杰克。"这里根本找不到香草精，你不如去找玛丽问一问。"蒂莉告诉他。

"唔，那就去办吧。"杰克不耐烦地冲她做个手势，"去找玛丽问问。"

蒂莉张开嘴，只想找个借口推掉这差使，一心盼着再去查看那箱书。可惜，推辞的话没能说出口，于是她转过身，从门边拎起一把伞，谁知道一脚踩上了一个黏糊糊的东西，滑了一跤。她垂眼一看，发觉木地板上有块吃了一半的三明治。蒂莉捡起那块三明治，嘴里啧啧作声。

"不是吧，哪路奇人才会吃橘子酱三明治啊？"她一边自言自语，一边把三明治扔进店外的垃圾桶，穿过马路，踏进了玛丽·鲁克斯打理的那家咖啡馆——面包屑咖啡馆。

长期以来，玛丽与杰克堪称亦敌亦友，尽管局势几乎算得上一边倒。杰克缺东西的时候，玛丽总会借给他，还会指点他如何烘焙。

蒂莉踏进咖啡馆，店门上的铃铛随之响了起来。蒂莉放眼望去，没能发现玛丽的身影，却一眼望见了玛丽的儿子奥斯卡。他正坐在咖啡馆深处的一张桌子旁边，忙着吃吐司。过了片刻，柜台后方露出了玛丽的脸庞。她端着一盘撒了淡色糖霜的纸杯蛋糕，递给一对年轻夫妇，那对夫妇的宝宝正在开心地咯咯直笑。

望见蒂莉，玛丽露出了笑容。等到那一家三口落了座，玛丽就招手示意蒂莉过去。

"要我帮什么忙？"玛丽问，"杰克是不是又在研究新食谱？"

"他在尝试着做棒棒糖蛋糕，就跟伊妮德·布莱顿书中的美食差不多吧。"蒂莉向玛丽解释，"可是他的香草精用光了，所以想问问你能不能借给他，愿不愿意分他一点？"

"还用问吗，那是当然。"玛丽答道，"先找个地方坐坐吧，我去厨房取来。要不要一边等我一边吃顿午餐？你显得有点憔悴哦。"

"不要紧。"蒂莉说。她抬头向玛丽望去，斟酌着是否应该把找到纸箱的事情告诉玛丽。"我刚刚翻出了我妈妈的几件旧物，所以我的心情有点怪吧。我妈妈的东西我手头并不多。"

"哎，宝贝。我明白，这种事确实会让人一愣。"玛丽说完，又吻了吻蒂莉的头顶。她的一只手搁在蒂莉的肩头，停留的时间比平时更久一些。当玛丽动身向厨房走去时，蒂莉感觉她轻轻捏了一下自己的肩。"找个座吧。我去去就回。"玛丽说。

通向厨房的那扇门吱呀一声合上了，蒂莉张望着奥斯卡，想要迎上他的目光。每次蒂莉来面包屑咖啡馆，奥斯卡似乎都不见踪影，而且他念的跟蒂莉不是同一所小学，因此虽然眼下两人一起上过几门课，却从来没有真正聊过天。

蒂莉摆出一副不经意的样子，走向了奥斯卡。

"你开始做英语课的家庭作业了吗？"她开口问道，奥斯卡应声抬起了头。

"没有呢！"奥斯卡用讶异的口吻回答，"今天可是假期第一天。不过，作业是让我们读一本从没读过的作者的书，对不对？"

"没错。"蒂莉开心地说，"真是前所未有最妙的家庭作业。"

"我还打算……待会儿我可能会去佩吉斯书店逛一逛，找本书。可以吧？你觉得怎么样？"奥斯卡问。

蒂莉顿时露出了满脸笑容。"真是个高招。假如你乐意，我也可以帮忙找找书？你爱读哪种类型？"

奥斯卡并起了两只脚，垂下眼神望着桌子。

"各种类型我都读。暑假期间我开始读了波西·杰克逊系列小说①的第一本，着迷得要命。"

"那套书好精彩，对吧？"蒂莉说，"当我发现尼克生父的身份时，我简直惊掉了大牙。"

"千万别剧透！"奥斯卡说，"我还没有读到这个情节……第一本我都还没有读完呢，我读书实在不快。"

"奥斯卡患有诵读困难症。"两人的身后忽然冒出了玛丽的身影，她插嘴说道，一手拿着一个小瓶子，胳膊下还夹着一个棕色的信封。"不过，他却依然痴迷阅读，对不对，宝贝？"

"好啦，老妈。"奥斯卡一边说，一边不好意思地把玛丽的手从脑袋上拂开。

"唔，不过说真的，为了你的家庭作业，你真该来书店逛逛。"蒂莉说。

"没错，谢谢你，蒂莉。那真是太棒了。你要不现在就去书店逛一圈吧，奥斯卡？"玛丽说着，展颜而笑。

"好了，老妈，放松些，行吗？"奥斯卡答道。他又向蒂莉扭过头。"我明天再去书店。"

蒂莉点了点头。

---

①"波西·杰克逊"系列小说：美国作家雷克·莱尔顿所著的系列奇幻小说。

"哦，也别忘了你来这里要取的东西。"玛丽说着，向蒂莉递出丁点小的一瓶香草精，"能不能拜托你转告杰克一声：要是他肯让我尝一个棒棒糖蛋糕，这瓶香草精也就不用还了。"玛丽说完咧嘴笑开了，又把那个信封搁到两人之间的桌子上，朝蒂莉推了过去。蒂莉向玛丽投去困惑的目光。

"刚才你提到，你找到了你妈妈的旧书，我才想起了这件东西。"玛丽吐字很慢，"它在我这里已经很久很久了。我本来早就应该交给你，但贝娅特丽克丝离家的时候，我把它严严实实地收了起来，结果硬生生地忘到了脑后，直到你提起你找到了她的旧物。"

一时间，蒂莉、玛丽与奥斯卡三个人似乎都有点不知所措，于是玛丽拿回了那个信封，从信封里取出了一张稍显褪色的合影：照片中的贝娅特丽克丝和玛丽是两名年轻女子，坐在店里的沙发上。两个姑娘各坐沙发的一头，穿着袜子的脚在正中央挨在一块儿，两人圆鼓鼓的孕肚上都摆着书本。

"很抱歉，蒂莉，我没有保管好这张合影。"玛丽一边说，一边千方百计想要抹掉照片一角的污渍，"不过，还是把它给你的好，要是你想要的话。我明白，这只是区区一张照片，但也许你会喜欢呢。假如你乐意，我倒是可以多跟你讲讲这张合影的事，但我也明白，你说不定想要自己先好好端详一下。其实，我还能清楚地记起合影当天的情形。我根本记不得自己当时读了一本什么书，但你妈妈怀孕期间一心痴迷经典著作，也许是在怀念自己的童年吧。合影里那本书是《小公主》①，你妈妈真是读了一遍又一遍呀。那本书是她的最爱，不过，我敢说你早就知道。要是你想来店里问我关于这张照片或你妈妈的事，随时欢迎哦。"

"多谢。"蒂莉呆望着那张合影，悄声说道。生平第一次，她才得知妈妈最心爱的书是《小公主》。玛丽又把合影塞回了那个信封，递给蒂莉。

"去吧，去找杰克。待会儿别忘了给我带个棒棒糖蛋糕过来。"玛丽伸手轻轻地把蒂莉朝店门一推，"也别让雨淋湿了那个信封。"

蒂莉把香草精交给了杰克，回到厨房，却一眼望见外公正坐在地板上，后背倚着墙壁，手里拿着他的手帕，身边正是那个装旧书的纸箱子。蒂莉在外公身旁的墙边坐了下来，把头靠近他的臂弯，闻着外公身上熟悉的羊绒套头衫和旧书的味道。

"我竟然忘了到底把这些书收在了哪儿。"外公说着，将外孙女紧紧地搂在怀中，"这箱子里是你妈妈跟你一样大的时候，爱读的一些书。等到她怀上了你，她还把其中好几本重读了几遍。"

"这些是她最心爱的书？"蒂莉给外公递话，一心只想多问点细节。

"对，唔，算是她成长过程中最心爱的一批书吧。在她像你这么

---

①《小公主》：英裔美籍作家弗朗西斯·霍奇森·伯内特所著小说，首次出版于1905年，主角为莎拉，又译"萨拉"。

大的时候，这批书对她来说意义非凡。我们小时候心爱的那些书，对我们影响至深，蒂莉。我们所读的书中那一个个角色，会帮我们认清自己想要成为何等人物。"

外公顿了顿，蒂莉这才发觉他的手里拿着一本书，正一边翻看一边说话。

"哦，至于这一本。"他开了口，"我说不清该不该给你瞧瞧。我是说……好吧，看完跟我讲讲你的想法吧。"他朝手中的那本书抛去了最后的一瞥，随后递给了蒂莉。那是一本《小公主》，有着黄色的封面。蒂莉从刚拿到的信封里取出玛丽给她的合影，递给外公。

"这张照片你是从哪儿弄来的？"外公问。

"玛丽刚刚给我的嘛。"蒂莉回答，"瞧，照片中我妈妈读的就是这本书！"

"没错，这本书确实是她的最爱。"外公说，"在你这个年纪，这本书就很讨她的欢心，但到了念大学的时候，她才对它一往情深。她随身带着这本书，读了一遍又一遍。她……嗯，作为一个成年人，她在这本书中又有一些新发现吧。这本你有没有读过？"

"读过，读过几回。"

"你觉得它怎么样？"外公问，"是不是跟书中某个角色格外有共鸣？"

蒂莉耸了耸肩膀。"我还挺喜欢。它算不上我最心仪的一本书，但我非常欣赏莎拉。我欣赏她难过时会讲故事，欣赏她在父亲去世后靠着故事熬过困境。"

外公露出了笑容，既是冲着自己笑，也是冲着蒂莉笑。"唔，这下可好，你不仅拿到了你妈妈的那本《小公主》，还有了一张她读那本书的照片。"

他的眼神又落到了那箱书上。"这箱子里说不定有几本你从没读过的书。要不你干脆把这箱书拿到你的卧室里去整理一下？"他捏了捏蒂莉，从地板上站起身，"可不能让你外婆独自一个人管杰克管太久啦。"外公说道，迈步走回了书店。

蒂莉把那本黄色封面的《小公主》放回纸箱，又抱着纸箱蹒跚着上了楼，回到了宅子顶层她那间丁点儿小的卧室。卧室的墙上布满了书架，书架上摆满了蒂莉自己的书和她从店里"借来"一读的书。其实，蒂莉本来不该从店里"借书"，但有一次，她竟然发现外婆把茶洒在了一本书店的书上。自那以后，只要蒂莉从店里"借"去的书再整洁如新地重返书店，外公外婆对蒂莉"借书"的事也就睁一只眼闭一只眼了。蒂莉把装书的纸箱摆到地板正中央，纸箱上又摆上玛丽给她的那个信封。她坐到自己的床上，屈膝盘腿，呆望着纸箱和信封，只觉得心中仿佛打翻了五味瓶，一时间悲喜交加。

蒂莉终于再次抽出了那张合影，放到床上，又从她的书架上取下一本窄窄的相册。

相册里是外公外婆让蒂莉积攒的好些照片，相中人全是蒂莉的母亲：其中有贝娅特丽克丝小时候的照片、贝娅特丽克丝与外公外婆的合影、贝娅特丽克丝的书店留影，甚至还有几张贝娅特丽克丝在纽约念大学时的旧照。一张张照片都回望着蒂莉，那是一幕幕并不属于蒂莉的回忆。

蒂莉感觉，自己似乎正被一条厚厚的毯子裹着，既十分惬意，又令人窒息。一时间，母亲的面孔正从无数张照片中向她望过来呢。蒂莉竭力在脑海中勾勒着母亲的模样，却发觉自己活像正在勾勒书中角色的样貌：你仿佛认定那些人物正伫立在身旁，但等到你猛然一转身，直视着对方时，眼前的一切却顿时变淡变糊了。你越是努力睁眼凝视，对方的影像却越是缥缈而又虚无，直到再也不像一个活生生的真人。

蒂莉竭力平复着呼吸，把玛丽给的那张合影收进相册，又把相册放上了床头柜。紧接着，她深吸一口气，坐下来端详着那箱书：端详一下这箱书，总该吃得消吧。

"看书是我的强项，"蒂莉自语道，"书本我还应付得来。"

蒂莉竭力想要吹掉纸箱顶部的灰尘，可惜的是，这一招根本不像电影中那么好使，于是她伸出袖子抹了抹灰。除了用四四方方的大写字母涂下的母亲名字，纸箱上就再也没有只言片语了。蒂莉撕开那条几乎已经失去黏性的胶带，取出了那本《小公主》。它的下方是一本看似上了年头的《绿山墙的安妮》。蒂莉把它取了出来，却发觉自己只是一味瞪着书的封面，根本没办法动手把书翻开。旧书的封面被撕掉了一角，她可以看见第一页上用稚嫩的笔迹写着几个字：**贝娅特丽克丝·佩吉斯**。

蒂莉伸出指尖，轻抚着母亲亲笔勾勒的笔触，竭力想象着当初的那一幕：当时母亲的年纪跟蒂莉差不多，正小心翼翼地在纸上落笔，写着自己的名字。蒂莉顿时觉得，她们母女之间仿佛有一线相牵，而恰在这一刻，当这本书拨动她的心弦时，蒂莉才意识到它的存在。外公总爱叮嘱蒂莉把自己的名字写到自己的书上。这么一想，母亲小时候也爱在书上署名，也就不足为奇了吧。

"在书上署名，是为了记录下来谁读过哪本书，谁又爱哪本书。"外公会说。外公总爱在慈善二手商店里苦寻宝贝，找那些带有署名的旧书，不然就是带有赠书留言的旧书。"想到别人在读我心爱的那些书，我的心情就很舒畅；我也爱琢磨人们当初为什么会把这本书作为赠礼——书上的署名和留言，恰似时光旅行中的一个个瞬间，串起了不同年代、不同家庭，甚至不同国家的读书人。"

蒂莉揣摩着母亲当初的心思：她为什么会喜欢这些书呢？很显然，这个纸箱里的书当年可非常受宠。蒂莉不知道，母亲钟爱这些书中人物，是否也是出于跟她自己同样的缘由。是否读到同一处情节时，安妮也曾经逗笑过母亲？蒂莉闭上双眼，想象着某个平行时空：在那处时空，她可以开口向母亲发问；在那处时空，她可以下楼前往厨房，在桌边找到母亲的身影，而母亲要么正跟外公一起忙着切沙拉菜叶，要么就正跟外婆一起揉着面粉和黄油，准备做酥皮。蒂莉家确实时刻回响着欢声笑语与悠扬乐音，可惜的是，蒂莉却依然能够听见母亲留下的那抹静谧，恰似一个管弦乐团缺了大提琴声部。

一阵轻轻的敲门声打断了蒂莉的思绪，外婆紧跟着就探出了头。

"嗨，宝贝，你还好吗？外公说，你找到了一箱子你妈妈的旧书？"

蒂莉点点头，这时外婆进了卧室，拿起了那本《小公主》旧书，把它搂在胸口，好像这本书中已经融进了女儿的一缕灵魂。"我马上就要开始打理晚餐啦，"外婆嘴里说，却依然紧搂着那本书，"你要不要先下楼帮我提前关店？你这间屋还真有点冷呢。"

蒂莉点了点头，尾随外婆下了楼。虽然她深知厨房里必然空空荡荡，她却依然忍不住想象着一幕景象：她推开厨房门，一眼望见了母亲。不过，等到蒂莉踏进厨房时，一股暖意立刻围拥了过来，裹住了她，蒂莉顿时又觉得回到了当下。

当天傍晚，吃了一顿柠檬、大蒜、迷迭香烤鸡晚餐，再配上硬皮面包加青豆，蒂莉感觉心中那伤痛化成的坚冰正在渐渐融化，却又留下了一大堆疑问。

"你知道我爸爸爱读什么类型的书吗？"蒂莉开口发问，外公像是被满嘴面包噎了一下。

"不知道。"外婆一边帮外公拍背，一边说，"我们跟他其实一点也不熟。"

"那你觉得，我妈妈知道他最心爱的是哪些书吗？"蒂莉问。

"她一定知道。"外婆说，"我敢说，你的父母会谈论书籍，也会谈起相爱的人们所谈起的一切。"

"那我们家为什么没有他的照片？"

"唔，原因跟我们并不知道他最爱的是哪本书一模一样：在他去世之前，我们没什么机会跟他待在一块儿。"

"依你看，我妈离家出走，是因为我爸爸离开了人世吗？"

"哦，宝贝，"外婆说道，"说实话，我真的说不清。我不会拿假话哄你，说她并未因为没办法多跟你父亲相聚而心碎，也不会说她当初并未花费大把时间斟酌事情原本会有什么不同。只不过，后来她有了你，她身边又有了你父亲留下的一抹影子。你对你母亲来说是如此珍贵，这也许正是其中一个原因吧。"

"我倒想知道，我到底哪点像他?"蒂莉说。

外公微微一笑。"唔，反正你的头发颜色和身高，可不是从我跟你外婆这儿传下去的。虽然我暗自在心里嘀咕，你可能倒是继承了我们一家的文学品味。"

"不过，蒂莉，"外婆也开了口，"你或许是从你父亲身上继承了几分，从你母亲身上继承了几分，又从你外公和我身上继承了几分，这点点滴滴通融在了一块儿。但是，你身上最优秀的那些品质，却都属于你自己，这一点我可是心知肚明。好啦，今天轮到谁洗碗?"

小时候，在上床就寝之前，蒂莉都会跟外公一起读读书。每天吃完晚餐，蒂莉和外公就会蜷在壁炉前方那张软乎乎的大沙发里，外公会挑上一本让两人倾心的书，大声地读上一两章。于是，外公与蒂莉曾经一起伴着"燕子号"和"亚马逊号"[1]扬帆航行，一起结识过"考

---

[1]"燕子号"和"亚马逊号"：典出英国作家亚瑟·兰塞姆所著的"燕子号与亚马逊号"系列儿童探险小说。

克小姐女巫学院"①的女巫们，还一起游览过扛在象背上的世界。

但随着蒂莉年岁渐长，这个传统却渐渐消失了踪迹。起初，外公和蒂莉开始肩并肩各自读起了自己的书，两个人并排坐着，各自埋头探索无垠的世界；后来，蒂莉开始把她的书带到被窝里去读，结果还没等到她回过神，顺理成章地，外公和蒂莉就再也不一起读书了。

当天晚上，蒂莉溜出被窝，蹑手蹑脚地下了楼，依然没有翻开母亲那本《绿山墙的安妮》。外婆正伴着一杯茶在厨房餐桌边读书，蒂莉进屋的时候，外婆抬起了眼。一眼望见蒂莉手中的那本旧书，外婆只是微微一笑，又继续埋头读起书来。蒂莉推开那扇通往书店的大门，遥遥望见了坐在沙发上的外公，他通身都映照着摇曳的壁炉火光。蒂莉依偎到外公身边，把妈妈的那本旧书搁上他的膝盖。外公一个字也没有说，伸出胳膊搂住了外孙女。等到外婆端着三杯热巧克力也来到了店里，外公就放下了刚才在读的那一本书，开口念起了女儿的那本旧书。

_____

① "考克小姐女巫学院"：典出英国作家吉尔·墨菲所著的"淘气小女巫"系列童书。

4

这个地方遍布奇遇

第二天一早，蒂莉坐在厨房的餐桌边，读着母亲留下的那本《绿山墙的安妮》旧书，书店那扇门的门口却探出了外公的脑袋。他迈步走过来，亲了亲外婆的脸颊；外婆正在炉子上炖醋栗，还跟着收音机低声哼着曲子。

"奥斯卡来我们书店了。"外公对蒂莉笑道，"他还声称，你答应过要帮他挑本书。"

"哦，我还以为他不会来呢。"蒂莉一边回答，一边小心翼翼地朝妈妈那本旧书里夹了一枚书签，又把它收到远离黏糊糊的醋栗的地方。她来到书店，望见奥斯卡正在两排书架之间闲逛，伸手轻抚着书脊。蒂莉遥望了片刻，望着奥斯卡一心感受书店的氛围。

"你是不是从来没有来过这家书店？"蒂莉开口发问，把奥斯卡吓了一跳。

"我一点儿也没听见你进店的动静。"奥斯卡腼腆地说，"另外，我当然来过这家店，我妈妈的圣诞礼物没一样不是在这家店里买的。可是，我已经忘掉它是多么……"说到这儿，他顿了顿。

"无比神奇？"蒂莉给他支招，"令人激动？美轮美奂？"

"都对，可都不是我想说的意思。我想说的不是书店的外观，而是它给你的那种感觉，对吧？哪个词可以用来形容'这个地方遍布奇遇'？"

"没有这么一个词吧，但真的应该有。"蒂莉回答。

"但不管怎么说，"奥斯卡稳了稳神，说道，"我是想说，这家店好酷。可惜，我已经好久好久没逛这家店了，这一带我就不常来嘛。我家那个咖啡馆周末会请人打理，学校的假期我又经常跟我爸一起过。"

"你爸住在哪儿？"

"他住巴黎，我姐姐埃米莉也住那儿。"

"哇哦。我还以为你嘴里会冒出伦敦南部之类的地方。"蒂莉说，"可以去巴黎度假，肯定棒极了吧！我连英国都还从来没有踏出去过。"

"应该算吧。"奥斯卡答道，"巴黎确实挺酷，可我爸爸去年夏天再婚了，玛格丽特人品很不错。可是现在我再去巴黎，就有种去别人家做客的感觉。埃米莉又一天到晚跟她那帮朋友一起出去玩，所以这个假期我不打算去巴黎。"

"埃米莉怎么会跟你爸同住？"蒂莉问。

"她想去巴黎上大学。"奥斯卡向蒂莉解释，"她想练出一口流利的法语，方便她入读巴黎的大学。她的男友就住在巴黎。"

"你想他们俩吗？"蒂莉问奥斯卡。

"有点想吧。我说不清楚。依我说，我想念我姐姐，超过想念我爸爸。有些时候，我在巴黎好像显得挺碍事。倒不是说他们不欢迎我，而是说，假如我不在场的话，事情倒会轻松不少。"说到这儿，奥斯卡顿了顿，"你想不想你的父母？"他问得很小声，好像他拿不准自己该不该提起蒂莉的父母。

"基本上还算凑合。"蒂莉说——她竟然如此自在地向奥斯卡畅谈心声，倒把她自己吓了一跳。"不过，我时不时会感觉到他们留下的缺失。也不是一天到晚都有这种感觉，但我总是会隐隐察觉到这一点。"

"他们究竟出了什么事？"奥斯卡问道，眼神依然落在自己的双脚上。

"我爸是因病离世的，细节我也不太清楚。总之，当时他不得不出国工作。他生了病，他还没来得及回到家里，就死在了异乡。至于我妈，我们也并不清楚到底出了什么事。我生下来没多久，她就离开了家，一去不复返，也没有跟外公外婆和任何人说一声她要去哪儿。自那以后，我们家就再也没有收到过她的消息。"

"哇，简直跟电视剧的剧情有一拼。"奥斯卡嘴里冒出一句，立刻又闭上了嘴，"真抱歉。我不是……肯定很难熬吧。你真的什么都不清楚？"

蒂莉耸了耸肩膀。"我妈没有留下字条，什么交代也没有。据警方推测，她也许患有产后抑郁，所以离家出走，到别处重启了新生。警方还声称，也许有朝一日，她会尽力联络我们，但我还是别抱太大希望的好。"

"那你常常想念你的父母吗?"奥斯卡问。

"算吧。这一点真的很有意思,因为我根本不记得我的父母,所以想念他们或为他们感到难过,对我来说都是一种很空洞的感觉。有点像是,你因为自己从来没戴过钻戒或养过独角兽而心碎。一想到我的父母,一想到他们已经不在我的身边,我就感到很心酸;除此之外,我也很恨自己弄不懂我妈为什么要离家出走——可是,我真的记不起有血有肉的他们俩。还好,我还有这个宝贝。"蒂莉从套头毛衣下掏出那条项链,亮给奥斯卡瞧了瞧。那只小小的金色蜜蜂,显得比蒂莉的拇指指甲还要小。

"这是你妈的项链?"奥斯卡问。

"不,这一条是我的项链,不过她也有一条一模一样的链子。她那条是我爸送她的礼物,我出生时,我妈也给我定制了一条。"蒂莉又把金项链塞回套头毛衣里。

正在这时,书店的电话突然丁零零响了起来,两人全都吃了一惊。

"总之,我还从来没有跟任何人提过这一大堆事情呢。"蒂莉的口吻有点局促。

"我很开心……"奥斯卡开口说道,蒂莉却截住了他的话头。

"不如我们去找找英语课要读的那本书吧。我也得找一本新书。"

奥斯卡点点头,尾随蒂莉上了楼,来到书店的童书区。蒂莉为奥斯卡挑出了一堆书:她心里很有数,这些书可都是用特殊纸张印刷的，患有阅读障碍的人们读起来会轻松不少。她把挑出的这堆书抱举到奥斯卡面前。

趁着奥斯卡忙着翻看那堆书，蒂莉又起身去找《小公主》，却发觉书店里摆着好几种不一样的版本。蒂莉翻看了好几个大相径庭的封面，心中暗自盼望：要是当初能有机会跟妈妈聊聊这本书，那该有多好啊！蒂莉又把不同的版本一册接一册地摆回书架上。与此同时，经过一番仔细斟酌，奥斯卡终于选定了一本薄薄的书，它有着黑色的封面，封面上又有着让人后背生寒的插图。

两人带着书来到楼下，外公把奥斯卡挑定的书放进一个印有佩吉斯书店标识的帆布大手提袋里，还死活不肯收奥斯卡的钱。

"欢迎惠顾，佩吉斯书店倍感荣幸！"外公说道，"本店的朋友享受特别优惠哦。"

奥斯卡先谢过了外公，又局促不安地朝蒂莉挥挥手，随后迈步穿过街道回了面包屑咖啡馆。

蒂莉也上楼准备去她的读书角，谁知道她刚刚绕过拐角，却望见自己的沙发"专座"已经被一个扎着红色发辫的小女孩占住了。蒂莉朝沙发走去，那个女孩抬起了眼，夸张地叹了口气。

"你心里在暗自嘀咕些什么，我可清楚得很。"沙发上的女孩开了口，但她的口音让蒂莉摸不着头脑，"你肯定在暗自嘀咕，这个女孩明明已经瘦得活像柴火杆，居然还要遭这扎眼的红头发的罪，真是倒霉透顶呀！"

"我可根本没有在'暗自嘀咕'这些。"蒂莉回答，"我只是想不通，你究竟为什么要占着我的专座沙发？"

"那真是太不好意思啦。"女孩说着一蹦老高，毛手毛脚地理了理沙发坐垫，"我不知道这竟然是你的专座。"

"我的意思是，其实也不算我的专座。"蒂莉开口想要解释，却又悟到了一件事：刚才自己肯定显得很无礼吧。"只是我就爱坐在这个沙发上读书，你吓了我一跳。刚才我上楼的时候，也没发现你在这儿，我还带了个朋……带了学校里的一个男生。"

"唔，我深知那种感受。"女孩顿时冲着蒂莉露出灿烂的笑容，说道，"我有一棵开满繁花的树，那真是再娇美不过、再芬芳不过的浅粉色花朵了，我就爱在那棵树下读书。"忽然间，女孩的脸上却又笼上了一层惊恐之色。"可是，能不能请你原谅我？"她问蒂莉。

"原谅你什么呀？"蒂莉问道——对方竟在突然间"变脸"，实在让她一头雾水。

"恕我刚才极为失礼，我还没有做自我介绍呢。我的名字叫作安妮，是带'女'字旁的那个'妮'字哟①。"

---

① 典出《绿山墙的安妮》中安妮的话，书中安妮坚持自己的名字拼写时不能忘了最后一个不发音的字母。

"还非得是带'女'字旁的那个'妮'字?"蒂莉茫然地把对方的话又说了一遍。

"没错,这个'女'字旁可重要得很。大家总爱跟我讲,无论带不带那个'女'字旁,我这个名字念起来不都是一个样吗。可是,依我看,这些家伙的想象力也太贫乏了吧。安'妮'和安'尼'怎么会是一回事?简直活像……哎哟,简直活像非说'琵琶'和'枇杷'是一回事!但话说回来,我又开始没礼貌啦。我居然连问还没问你叫什么名字呢。唔,等一等!让我先猜猜,你看上去像是……像是叫作埃米琳,不然就叫作佩内洛普。要不然,你难道名叫蔻蒂丽亚^①?"女孩问蒂莉,听上去满怀着期待。

"恐怕我的名字没那么花哨,就叫作蒂莉,是玛蒂尔达的简称。我叫玛蒂尔达·佩吉斯。"

"哎哟,蒂莉这个名字真是迷死人,简直害我眼红得很。"安妮露出乐滋滋的神情,"认识你我好开心。"

"你是想要找本书吗?"蒂莉问女孩。

"听上去真不赖,多谢!"安妮告诉蒂莉,"在一年四季当中,秋天真是最让人神往的读书季节,你不觉得吗?"她说着朝窗外一指。就在这一秒,窗外只能望见迷蒙的雨丝和灰扑扑的天空,但瞧安妮那副模样,仿佛她眼前展现的却是秋风卷起漫天红叶的景象。"十月绝对是最得我心的月份。还有哦,到室外去读书,趁着阳光团团遍

---

① 典出《绿山墙的安妮》。蔻蒂丽亚,又有译作"科迪莉娅"或"科迪莉亚",是书中安妮喜欢的名字。

洒……你觉得真有团团遍洒这个词吗，蒂莉？依我看，肯定是有这么一个词，对不对？趁着阳光团团遍洒在树叶上，手中再端上一杯覆盆子甜露……"女孩的声音越来越低，用梦幻般的眼神凝望着虚空。

一时间，两人都没有说话，蒂莉忍不住觉得有点难堪，可惜却又想不出该说些什么，只好问出了她那屡试不爽的问题。"你最爱的是哪个故事？"她开口问道，把红发女孩从秋日的白日梦中硬生生地惊醒了过来。

"那自己编的故事算不算数？"红发女孩问蒂莉。

"应该不算吧。"蒂莉答道，"依我看，呃，正正经经的故事才算，比如书里的故事。"

"自己编的故事怎么就不能是'正正经经的故事'呢，对吧？不过，依我看，自己编的故事不太容易与别人分享，除非你把它白纸黑字地写下来。可是，我也确实挺爱大声讲故事。我的密友黛安娜跟我组了个小会社，我们在这个小会社里把自己写的故事念给对方听，然后互相支招，好提高一下写作水平嘛。可是，我不得不多说一句，常常都是我在给她支招。可怜的黛安娜，她的想象力确实算不上有多充沛。不管怎样，我依然爱她至深。依我看，跟这样一位想象力贫乏得要命的女孩结成闺中密友，对我的灵魂想必大有益处。"

面前的女孩居然提到一位名叫黛安娜的密友，蒂莉顿时感觉脑子里灵光一闪：面前这个女孩，让她莫名地有种十分熟悉的感觉。

"可是，无论怎样，那必然还是取决于你的故事目的何在吧。"安妮对刚才的一番话下了结论，随后喜滋滋地抬起了眼。

蒂莉贴心地点了点头，尽管她其实不太拿得准安妮到底在说些什么。

"你知不知道，"蒂莉垂下眼睛望着手中的那本书，开了口，"你真的让我忍不住想到……"可惜话音未落，一个神情烦闷的男子就打断了蒂莉。他从两人身后冒了出来，来势汹汹地在蒂莉的肩头拍了一下。

"不好意思，小姑娘，我必须立刻付账。你是不是书店的工作人员？"男子手中拿着一本非常厚的商业教科书。

"不算是。"蒂莉答道。当安妮躲到男子背后学他的模样扮出一脸怒容时，蒂莉强忍着不笑出声来。"不过，我会去把我外公找来，他是这家书店的店主。"她补上一句。

男子草草地点了点头。

"我去去就回。"蒂莉告诉安妮。

"你只怕一时半会儿回不来吧，小姑娘。那我跟你一起去好了，我还有个至关重要的会议要出席。"男子说道，蒂莉简直懒得开口跟他解释：她根本不是在跟他讲话嘛。她把男子领到了外公那儿，外公又把他领到了收银台，可是等到蒂莉再次上楼，却怎么也找不到安妮的踪影了。那名坏脾气顾客离店以后，她就一溜烟奔下楼去找外公。

"哈，蒂莉，我正想找你。别忘了，我们还等着你给稍后要办的仙境派对出点子。我一直在考虑，我们是不是可以试试……"外公突然发觉蒂莉心不在焉，于是住了嘴，"出了什么事，宝贝？"

"刚刚你看见一个小女孩经过这里了吗？"蒂莉问。

"没有，没有吧，宝贝。是你在学校里认识的朋友？"

"不是，应该只是个顾客，但她好像挺不赖。我还以为她可能不会这么快就走，可我在店里找不到她。"蒂莉说。

"说不定，她必须赶紧离开书店去跟父母碰头，小蒂。"外公轻声说道，"也有可能，待会儿她还会回店里来。要是她进店的话，我会注意一下的。这小姑娘长什么样子？"

"这女孩的一头红发梳成了两条发辫。"蒂莉告诉外公，"其实，事情真的很有意思，她让我忍不住想起《绿山墙的安妮》那本书里的那位安妮·雪莉——再说了，她的名字竟然也叫作安妮！实在巧得有点蹊跷。说不定，这道理就跟狗主和狗儿的纠葛差不多。"蒂莉开了个玩笑，"在活生生的真人身上，你竟然瞧出了几分你最爱的书中角色的影子。不过，用养狗来比喻好像不太恰当，对不对？"说到这儿，蒂莉却猛然发觉外公的脸色变得很苍白，于是住了嘴。"没事吧？要我去叫外婆过来吗？要不要给你泡杯茶？"她问外公。

"不，没事，我没事，宝贝。"外公安抚蒂莉道，"只是一时有点不舒服。依我看，都怪今天早上我站得太久了！可是，你要泡的那杯茶我倒是喝定了，我也打算去后面好好坐上一阵子。只要一眨眼的工夫，我就一点事也没有了。"蒂莉起身去泡茶，外公的脸上又渐渐有了血色。

5

魔法，闹剧与瞎话

　　趁着水壶在烧水，蒂莉瞅准空隙一溜烟奔上了楼，回到自己的卧室，翻出妈妈那本《爱丽丝漫游仙境记》旧书，把玛丽给的合影夹到封面里。

　　等到蒂莉端着茶回来，收银台旁边却不见外公的踪影。于是蒂莉又去书店的办公室里找外公。说到这个地方，大家倒是堂而皇之地把它叫作办公室，其实它只是书店四楼的某个角落里塞了一张办公桌，顾客们很少冒冒失失地闯进去而已。蒂莉走向办公室，却发觉空气中弥漫着一股好闻的烟味。她走得离办公桌越来越近，这股烟味就变得越发浓烈，还伴着一阵窃窃的私语声。很显然，一位十分考究的人士正慢悠悠地答着外公一个又一个的问题呢。蒂莉绕过屋角，一眼望见一位举止优雅的高个男子正坐在外公对面，身穿一件看似价格不菲的灰色大衣。蒂莉惊讶地发觉，此人竟然在抽一支黑色的烟斗——也正是拜这支烟斗所赐，佩吉斯书店里才添了那股好闻的烟味。尽管佩吉斯书店总是四季如春，眼前的男子却还戴着一顶左右各带护耳的帽子，看上去样式颇为奇特①。

"我无意冒犯，可是，你总不该在书店里抽烟吧。"蒂莉说着，搁下了外公的那杯茶。高个男子与外公突然间双双住了嘴，凝神向蒂莉望过来，接着又扭过头互望了一眼。

"不好意思，外公，我不是故意要打断你们的谈话。"蒂莉立即感觉有点担心：难道就在刚才，自己对一个看似地位显赫的大人物说话太生硬了？"我只是有点事想问你，不过，我还是待会儿再来吧。"她告诉外公。外公默不作声地点了点头，蒂莉又迈步下了楼。但才过了一眨眼的工夫，她就听见有人高喊着她的名字。

"蒂莉！"外公的声音沿着楼梯台阶传了下来，"等我一小会儿，行吗？"于是蒂莉停住了脚步，等着外公来到自己的身旁。"抱歉，宝贝。"看上去，外公已经不再一反常态了，他嘴里说道，"我刚才跟人谈话谈得入了神，把我让你泡茶的事情忘了个精光。要是刚才我的举止有点古怪的话，我要说声对不起。你明白我这人是什么脾气，我总是没办法一心两用。"

"不要紧。"蒂莉说，"但话说回来，刚才那人是谁？你怎么会准他在店里抽烟？"

---

① 在影视剧作品、插画作品及其他文学作品中，夏洛克·福尔摩斯的形象曾多次与烟斗或猎鹿帽联系在一起。

外公露出了窘迫的神情。"哎，他是个老相识。而且，他向来我行我素，所以我就给他开了绿灯，算是睁一只眼闭一只眼吧。我明白，确实有点欠妥。"

"在这家店里，怎么好像我每次转过屋角，就会打断人家谈话呢。"蒂莉向外公倒苦水。

"你这话究竟是什么意思，宝贝？"外公问。

"昨天，我也不小心撞见外婆在跟一个朋友闲聊。"蒂莉说，"我一打岔，那位女士竟然就不见了踪影，我好像害得大家都很下不来台。"

"昨天跟外婆聊天的是哪位女士？"外公慢吞吞地问道。

"她的名字应该是叫丽兹吧。"蒂莉说，"外婆说，那位女士让她想起了妈妈。"

外公深吸了一口气，随后冲着蒂莉露出了满脸笑容。"过去的事说得够多啦，你找我是想问什么事？"

蒂莉把夹在胳膊下的那本旧书亮给外公瞧了瞧。

"唔，是《爱丽丝漫游仙境记》！你真是为那个仙境派对做足了功课。秋季派对办了这么多年，谁敢相信我们竟然从来没有办过一次爱丽丝主题的？"

"这是妈妈的旧书。"蒂莉一边解释，一边把书递给外公。外公不假思索地翻开封面，望见了蒂莉昨天给他瞧过的那张合影。他一时愣了神，接着伸出手放在照片上，恰似抚上了孩子的脸颊。

"真是一种美好的默契，对不对？"外公说着，将那张合影举到眼前，"合影中她正在读的那本书，现在归你所有了。当初，《爱丽丝漫游仙境记》倒也深得你妈妈的欢心。"外公合上那本书，指着封面对蒂莉说。

"你知不知道，她为什么会这么喜欢这几本书？"蒂莉猛然记起自己决定深究一下母亲的读书偏好，于是问了一句话。

"唔，我以前也提过，她向来都对《小公主》有种十分具有私人色彩的感情。"外公字斟句酌地答道，"至于《爱丽丝漫游仙境记》，我们大家又为什么会深爱它呢？书中又有魔法，又有闹剧，又有瞎诌，总之精彩纷呈。"

"真希望能跟我妈妈聊聊这些。"蒂莉说。

"我也一样，宝贝。"外公说，"我也一样。"他十分认真地凝望着外孙女的眼睛，望了好一阵子，直到肚子发出的一阵咕咕的巨响猛然打破了沉默。"唔，我看我还是去给午餐把把关的好。应该用不了多久，再过会儿就下楼吃午餐吧。"外公亲了亲蒂莉的头顶，向厨房走去。

蒂莉在离得最近的一把椅子上坐下来，读起了旧书开篇那熟悉的几句文字。一眨眼的工夫，跟爱丽丝一样，她便浑然迷失在了仙境之中。书中那烂熟于心的一个个角色与一幕幕景象，都让蒂莉倍感安心；而一想到母亲在多年前也经历过同样的书中之旅，蒂莉又倍感欣慰。

6

要是你跟对方搭腔，但对方的个头却跟你相差甚远，你只怕就要惹祸上身

吃完一顿由奶油韭菜土豆汤、咸味黄油和自制面包配成的午餐后，蒂莉准备去找杰克，一心打算问他要点甜食吃，不然就偷偷吃点杰克制作的甜食。但她还没来得及赶到书店底楼深处杰克打理的那家咖啡馆，一颗糖豆却赫然打中了她的前额。蒂莉朝糖豆飞来的方向扭过头，却望见一个身穿蓝色宽摆长裙的女孩坐在楼梯台阶上，正懒洋洋地对准离她最近的那个书架扔糖豆。

"难道我用糖豆打着你了？真抱歉，我本来瞄准的是书店这只猫。这猫有名字吗？你觉得它喜不喜欢糖豆？"

蒂莉一个劲地呆望着对方，女孩很不耐烦地瞪圆了眼睛。

"在说书店这只猫呢？这只猫叫什么名字？"蓝裙女孩告诉蒂莉，"我的猫叫作蒂娜。"

"书店这只猫名叫爱……"这时女孩直直地向蒂莉望了过来，蒂莉顿时觉得脑海中再次灵光一闪，"爱丽丝？这只猫名叫爱丽丝？"

"你好像不太拿得准书店这只猫的名字。"女孩端详着蒂莉，"但

那不要紧，因为我的名字跟这只猫一样，也叫爱丽丝，真怪呀。"

"爱丽丝。"蒂莉把对方的名字又念了一遍。

"没错……爱……丽……丝……"蓝裙女孩慢吞吞地又说了一遍，"对了……你又……叫什么……名……"

"玛蒂尔达。"蒂莉插嘴答道。

"不管你的名字叫作什么，讲礼貌的时候总该有吧。打断别人的话，真是非常失礼。"

"真抱歉。"蒂莉回答，"认识你很开心，爱丽丝。唔，也许你愿意喝杯茶?"

"认识你很开心，玛蒂尔达。"爱丽丝对蒂莉说，随后有模有样地行了一个屈膝礼。蒂莉千方百计想跟着她学，可惜最终只是笨拙地微微鞠了一躬。"多谢你的好意，但是不必啦，我心领了。要是人生地不熟的话，在把形势摸清楚之前，我一般不会随便吃吃喝喝。"爱丽丝说着上下审视了蒂莉一番，"但是，我们俩的个头看上去倒是差不了多少，这倒是个好兆头。要是你跟对方搭腔，但对方的个头却跟你相差甚远，你只怕就要惹祸上身。"

"你是在找某本书吗?"蒂莉问女孩。

"倒是没有特意要找哪本书。不过，我也不反对时不时地去找本书。书本有些时候很能派上用场；可惜的是，就我的亲身经历而言，你永远也猜不透书里究竟有些什么，等到察觉真相的时候，只怕又已

— 47 —

经来不及了。"蓝裙女孩颇为夸张地长叹了一声,"你知道吗,曾经有人教过我一招:费口舌解释来解释去,保准要耗掉大把时光,还不如把心神放到冒险故事上哩①——他们这套说法,我现在倒是觉得很有道理。这样说来,要是你不介意……"说到这儿,她就起身蹦蹦跳跳地走向了书店的深处,途中从一名圆滚滚、矮墩墩的男子身边经过。此人留着神气得不得了的八字胡,正从书店深处走过来,仿佛压根儿没有瞧见爱丽丝,却冲着蒂莉所在的方向认认真真地鞠了一躬。

"打搅了,小姐。"矮个男子用法语对蒂莉说了一句。

蒂莉顿时觉得头晕目眩,但当她扭头追随矮个男子远去的身影时,她却赫然发觉:自己正跟早晨结识的那位红发女孩大眼瞪小眼呢。一时间,两个女孩面面相觑。

"是你。"女孩的口吻听上去很讶异。

"是你!"蒂莉说,"你竟然又来书店了!我莫名其妙地觉得你好眼熟,你念的是哪家学校?"

女孩歪了歪脑袋,瞪圆了眼睛凝神望过来。"我在艾梵立②的一所学校里念书,"她对蒂莉说,"它就离我住的绿山墙小屋没多远。"

"另外,你的名字叫作安妮……"蒂莉一个字一个字地说道。

"是带'女'字旁的那个'妮'字哟。"安妮提醒她。

"安妮,是带'女'字旁的那个'妮'字,家住绿山墙小屋。你难道就是绿山墙的安妮吗?"

①典出《爱丽丝漫游仙境记》一书中爱丽丝与狮身鹰等角色的对话。
②艾梵立:Avonlea,小说《绿山墙的安妮》一书里的地名,又译作"阿冯利""亚芬里""艾凡里"等。

女孩点点头，依然直勾勾地凝望着蒂莉。"可是，你是谁?"她问。

"我叫蒂莉! 是带草字头的那个'莉'字哟。我家就住在这间书店!"

"可是，你居然还记得我。而且我又来这家书店了，我居然也记得你。"安妮用惊叹的口吻说道。

"我之前就说啦，我们今天早上才刚刚认识。"蒂莉又说了一遍。"不过，你怎么会是绿山墙的安妮本人? 她可是个虚构的人物。"

"唔，我不是好端端地站在你家书店吗。"对面的女孩说道，又伸手在蒂莉的手臂上轻碰了一下。

"这难道是个恶作剧?"蒂莉嘴里问，又扭头瞧了瞧，仿佛她会从某个地方找出几部正在潜伏的摄像机。要不然的话，这难道是外公为了在放假期间逗她开心，精心策划了一场闹剧? "你是故事书中的人物?"

"哎哟，对嘛。"安妮开心地答道，仿佛对身为书中角色一事毫不在意，干脆又坐到了楼梯台阶上。

"你是个有血有肉的真人。但你明明是个虚构的角色呀，你是个书中人物。可是，你明明又好端端地站在我面前。"蒂莉念叨道，感觉自己的脑子一时间转不过弯来。

"唔，我虽然身为书中人物，但为什么就不能有血有肉?"安妮问，"我跟你一样有血有肉，跟这家书店一样半点不假，跟凯撒大帝和夏洛特夫人一样真。要是你乐意，我准你摸摸我的头发，你就会发觉它真是一点假也不掺，这头发可一天到晚害得我很泄气哩。"蒂莉不得不承认：面前的安妮，确确实实是个活生生的真人。

"没错。"蒂莉说道，紧挨着安妮坐了下来，一心打算把眼前的一团乱麻捋清楚。"唔，那在你来到书店之前，你在绿山墙小屋那边忙些什么呢？你是怎么从书里出来的？"

"当时我正坐在果园中，想象着我成年以后，可以去好多好多地方游览。紧接着，我就到了这家书店里！"

"可你到底是怎么来的呀？"蒂莉气得差点就要冒烟了。

"我说不清，但我反正人在店里。依我看，真是无比奇妙。要是你乐意的话，我可以编一个跌宕起伏的故事，讲讲我是如何靠着魔咒和一道金光闪闪的传送门置身于这家书店的。说不定再写写某个身处高塔的公主，她有着一片善心但却惨遭诅咒，她会动笔写诗，每天却只能讨得区区一杯水……"

趁着安妮还没有彻底忘乎所以，蒂莉打断了她。"可是，那你又怎么回书里去？要是你人在这儿，难道有你的那本书不会出现缺漏，毁掉你那个故事吗？"

"我来待上片刻就回书里去嘛。依我看，这种事倒是毁不了我那个故事；我觉得吧，我那个故事恐怕只能毁在我自己手里。"

蒂莉长叹了一声，把头埋到膝上，却又猛然记起了一件事。

"你有没有看见刚才在书店里的另一个女孩？"蒂莉问，"叫作爱丽丝的那个女孩？"可是，当蒂莉抬起目光时，安妮却已经不见了踪影。

7

假想中的伙伴

大概过了一小时，书店里笼罩着一缕淡淡的焦糖味，杰克又打发蒂莉带着棒棒糖蛋糕前往面包屑咖啡馆。杰克前后烤了好几批蛋糕，但总算精湛地掌握了技艺，因此当你咬上一口杰克的棒棒糖蛋糕，可口黏糊的蜂蜜就会瞬间在你的嘴里溅开。蒂莉一脚踏上街道，所见所闻顿时让她感觉熟悉而又踏实，不禁安下了心：那是清新的空气，再加上川流不息的人潮，人们的手中还拿着手机和一杯杯外卖咖啡。她推开面包屑咖啡馆的店门，望见奥斯卡正坐在他经常待的专座上，忙着在一个记事本上乱涂。

"瞧我瞄见什么啦？"玛丽问，"是杰克给的吗？"

"没错！"蒂莉边说边举高了蛋糕盒子，"新鲜出炉的棒棒糖蛋糕！趁着蜂蜜还有点温度，现在吃美味无比。"她打开蛋糕盒子，玛丽从中拿了一个。

"杰克给了不少蛋糕，也够奥斯卡吃。"蒂莉高声说，奥斯卡满怀希冀地抬起了目光。

"我去给你们端点饮料过来，配着蛋糕喝吧。"玛丽嘴里说道，伸手拉过一张椅子，拉到奥斯卡坐着的那张桌子旁边，又用胳膊肘把蒂莉朝椅子推了推。

"你在画什么呀？"蒂莉脱下大衣，问奥斯卡。谁知道，奥斯卡却赶紧张开胳膊挡住了那张纸，活像他正竭力挡住自己的试卷不让别人抄袭一样。

"没画什么，乱涂几笔而已，免得自己闲着。"奥斯卡告诉蒂莉。

"唔，也行。"蒂莉冒出一句，感觉有点下不来台：毕竟她害得奥斯卡很局促嘛。奥斯卡费劲地想要理平那张纸上卷起的一角，蒂莉也忍不住摆弄起了自己的发梢。

"对了，呃，你最爱吃的是哪种蛋糕？"沉默片刻后，奥斯卡尴尬地发问。

"胡萝卜蛋糕。"蒂莉说——奥斯卡的问题让她吃了一惊，"你最爱吃哪种蛋糕？"

"红丝绒蛋糕。"

"我也挺爱红丝绒蛋糕。"蒂莉嘴里说，心里却弄不懂跟奥斯卡的聊天怎么突然就变得干巴巴的。

"胡萝卜蛋糕我也挺爱。"奥斯卡说。

沉默好像在两人的身周凝成了一团。

"总之，其实我的肚子也不是很饿。"蒂莉说着站起身，没料到她那件大衣的衣袖缠上了椅子后背，害得她的膝盖咣的一下撞上了桌子，"我只是给你妈妈带棒棒糖蛋糕过来。我们学校见吧。"

"别急着走。"望着蒂莉解开缠在椅子后背上的衣袖，奥斯卡却突然冒出了一句。蒂莉住了手，不再拼命摆弄她的外套。"我是说，我只是想问问，你到底决定挑哪本书读，当作英语课的家庭作业。"奥斯卡一边问，一边抠着指甲。

"我应该会从我妈妈以前最爱的那批旧书里挑一本来读。"蒂莉说，"你知道，前几天我找到了她的那箱旧书，对不对？依我看，我可以从中间挑一本我从来没有读过的书。可能会挑《金银岛》？"

"那本书我可喜欢了。"奥斯卡告诉蒂莉。

"你已经读过了？"

"唔，我听的是有声书，要是听书也算读过的话。"

"百分百算。"蒂莉说。

当玛丽给他们两人端来两杯橙汁、两个盛在花纹餐碟里的棒棒糖蛋糕时，蒂莉和奥斯卡却都默不作声。

"没事吧？"玛丽问。

"没事，都很好，多谢。"蒂莉不假思索地答道。但过了一会儿，她却又开了口："玛丽，你最欣赏的书中人物是谁？"

"这问题真是难得要命。"蒂莉和奥斯卡吃起了棒棒糖蛋糕，玛丽却陷入了沉思，"依我说，应该是《傲慢与偏见》一书中的伊丽莎白·本奈特。你们两个有没有读过这本书？"

奥斯卡没有读过，蒂莉却点了点头：只不过，其实她并没有读过那本原著，她只是看过外婆每年圣诞节都会看一遍的电视版《傲慢与偏见》。

"你有没有想过，要是这个人物变成了活生生的真人，你有什么话要跟她讲?"蒂莉问。

"我还真的从来没有想过呢,蒂莉,可是这个问题实在很有意思,对吧?依我看,我会打听一下她家里是什么样,达西先生的为人究竟又怎么样。我不得不承认,蒂莉,我心仪这个书中人物,多多少少是因为她常常让我想起你母亲。"

"什么?"蒂莉脱口说道,突然间记起了之前跟外婆的一番对话。

"没错,我一直觉得,贝娅特丽克丝的幽默感跟丽兹很有点相像,而且你妈妈有着一双善于识人的慧眼。蒂莉——没哄你,当初她曾经把好些光顾佩吉斯书店的客人讲给我听,害得我一个劲儿傻笑。哎,要是真能跟丽兹聊一聊,那岂不是有趣得很,对不对?不过,我心里也有点犯嘀咕,要是真的见到活生生的丽兹,她会不会是我想象中的那副模样呢?"

"我敢说,肯定不像。"奥斯卡说,"我倒是觉得,要是你真的跟你最欣赏的书中人物见了面,只怕会很失望。道理就跟遇到某位名人差不多。这些名人才不会像你想象中那么出色,而且说不定,人家也不太愿意跟你聊。"

"唔,反正我觉得这点子挺不赖。要是这事能够成真,那就太棒了,对吧,蒂莉?"玛丽露出了笑容,迈步向柜台走去。蒂莉用品评的目光审视了奥斯卡片刻。

"奥斯卡,"她压低声音问,"假如这事千真万确,你会怎么办?"

"假如哪件事千真万确?"奥斯卡一头雾水地问。

"假如你真的可以跟你最心仪的书中角色聊天!"

"我说不清。问人家几个问题？不过，这事不可能成真，对不对？这才是关键所在。"

蒂莉却不依不饶。"不过，说不定是真的呢。"

"可是，蒂莉，这种事绝不可能成真。我们为什么要这样兜圈子呢？"听奥斯卡的口吻，他很有点摸不着头脑。

蒂莉深吸了一口气。"我就亲眼见到了我最心仪的书中角色。"她向奥斯卡宣布。

奥斯卡慢吞吞地抬起眼审视着蒂莉，仿佛拿不准她是否在诓人。"蒂莉……"

"不，别摆出这副模样。"蒂莉插嘴说，"我发誓，当时我正在读我的那本《绿山墙的安妮》旧书，书店里就冒出了一个红发少女，名字叫作安妮。接着，我又读了一本《爱丽丝漫游仙境记》，书店里又冒出了一个身穿超大蓝色长裙的女孩，名字叫作爱丽丝！哎！还有哦，我觉得我外公之前是在跟夏洛克·福尔摩斯聊天，而且我外婆也在跟一个据说让她想起我妈的人聊天，就像……"

"你外公外婆也认为他们亲眼见到了书中人物？"奥斯卡的口吻显得有点不安。

"才不是。唔，其实我说不清，我还没有问过外公外婆。我得先调查一番才行。"

"那本《爱丽丝漫游仙境记》也是你妈的旧书吗？"奥斯卡沉默了一会儿，又开了口。

"对，就是从她那箱旧书里拿出来的一本。"蒂莉用不耐烦的口吻解释。

"我妈昨天还给了你一张她的照片，对不对？"奥斯卡追问道。

"没错。所以呢？"

"唔，千万别误会，"奥斯卡轻声说道，"可是，难道你不觉得，这一阵冒出了关于你妈的许多线索，又是她的旧照又是她的旧书，可能一时间让人摸不着头脑？所以，唔，可能那些书中角色并没有真的去你家书店，你只是比平时的想象力更丰富了一点。我的意思是，我小的时候，就曾经有过一个假想出来的伙伴——他的名字叫作泽维尔，家住纽卡斯尔，长了一头姜黄色的头发。但不管怎样，你用不着在我的面前感觉难堪。要是我妈不在我身旁，我还真不知道我会惨成什么样子。"

蒂莉的一张脸顿时涨得通红。"你竟然不相信我？"

"不是我对你的话不买账，只是……"

"我早该知道，你是理解不了这种事的。"蒂莉说着站起了身。

"为什么？"

"因为谁也理解不了这种事。"

"真抱歉。"听奥斯卡的口吻，他恐怕跟蒂莉一样感觉下不来台，"只是……你心里明白，你并不真是在跟书中的虚构人物聊天，对不对？"

蒂莉拿起那块还没有吃完的棒棒糖蛋糕，连"再见"也没有说一句，就踏出了店门。

8
瞎诌几句，又有何妨

母亲的那本《爱丽丝漫游仙境记》旧书，蒂莉没有再挑出来读。相反，她倒是挑了一本新崭崭的书——这本书她以前从来没有读过；而且毋庸置疑，母亲必定也从来没有读过它。蒂莉拿着书走到她最爱的沙发前方，却发觉早已经有人占住了她的沙发专座。沙发的一头坐着安妮，正拨弄着她的发梢；另一头则坐着爱丽丝，正很不耐烦地放眼四顾。蒂莉朝她们挥了挥手，望见这两个人竟然凑到了一块儿，她不禁吃了一惊。

"哦！真是古怪透顶。"爱丽丝对蒂莉说，"你跟上次见到的时候分毫不差。"

爱丽丝和安妮都瞪圆了眼睛望着蒂莉。

"我为什么会跟上次见到的时候不一样？我真不明白你怎么会大惊小怪。你们两个竟然互相认识，我才应该吓一跳吧。"蒂莉说道，爱丽丝和安妮则互望了一眼，仿佛刚刚才破天荒发现了对方。

"我们见过面吗？"爱丽丝凝神审视着安妮的面孔，说道。

"你们怎么连有没有见过面都说不清楚？"蒂莉问，"这根本就说不通。"

"瞎诌几句，又有何妨？对不对，你这'胡萝卜头'丫头？"爱丽丝开开心心地说，还扯了一下安妮的一条发辫。

"你也太放肆了吧！"安妮呵斥爱丽丝，"我的发色跟胡萝卜色差得可不是一星半点！它分明是铜棕色！"

"我不过是想跟你说几句亲热话儿。"爱丽丝却不肯改口，"你的发色很讨人爱，沾了点胡萝卜色。我有个交情好得不得了的好友，他那头发的颜色就跟你有一拼，但他通常都用一顶帽子把头发盖起来，不让人见到。我不明白你为什么对大家说破真相这么一惊一乍，人家也不过是说了些如假包换的真话而已。"

"可是，非要点破别人的短处，岂不是极其不体贴？"安妮对爱丽丝回嘴道，"我就不会贸贸然跑到你面前，直斥你这人很没礼貌。另外，要是大家真要毫不客气地实话实说，那依我看，到这家书店以后，你的个头可变得越来越小了哦。"

"哼，个头缩水这事，可不归我说了算。"爱丽丝恼火地告诉安妮，"我拿它一点办法也没有。"

"那我的头发长成什么颜色，"安妮反驳爱丽丝，"也不归我说了算。"

"要是没了那一头红发，你恐怕就根本不是安妮了。"蒂莉说。

"不过说来说去，我也并不是非要当'安妮'不可。"安妮回答蒂莉，"要是我呱呱坠地的时候就长了一头漆黑如墨的绝美乌发，要不然长着一头金灿灿的金发……"说到这儿，她愤愤地朝爱丽丝投去了一瞥，"说不定我的父母就会深受触动，早就给我取个雅致一点的名字了，比如欧米特鲁德，或者蔻蒂丽亚。"

"你这观点，我真是半个字也不同意。"爱丽丝宣布，"有时我有一种感觉：身为'爱丽丝'，是我知道的唯一一件千真万确的事，即使是在我周遭的一切都无比离谱的时候。你怎么看，蒂莉？"爱丽丝和安妮双双扭头向蒂莉张望，只等着她开口。

"唔，我真的说不清。我其实拿不准'身为蒂莉'到底意味着什么。坦白讲，我也拿不准我自己跟'蒂莉'这个形象到底有没有半点相像，也拿不准要是改名换姓的话，我身上还会不会有'蒂莉'的影子。"

"可是，玛蒂尔达·佩吉斯这个名字真是绝妙。"安妮说，"你不如细想一下吧，不然实在是暴殄天物。玛蒂尔达·佩吉斯，简直是个为冒险量身定制的名字。这种名字，就该在万军阵前高呼扬名，不然就在魔法森林中轻声念诵，你不觉得吗？真是个配得上英勇壮举的好名字！"

"做个勇敢的人，做个好奇的人，做个善良的人……"蒂莉轻声道。

"哎哟，一点也没错！"安妮对蒂莉说道，"我早就知道你心领神会了。"

"我只是需要一次冒险之旅来找到我自己。"

"哎，那你可不能坐着傻等冒险之旅落到你的头上，玛蒂尔达。"

安妮告诉蒂莉，"你得主动出击去寻找奇遇，然后紧握住它的手，与它一起朝着天际线迈进。"

"安妮这话说得对。"爱丽丝也插了嘴，"这还真是你这家伙嘴里说出的第一句明白事理的话啊。玛蒂尔达，除此之外，更别提你还有一家标了你名字的书店……难道这间书店归你父母所有？"

"在我年纪很小的时候，我父母就已经双双过世了。"蒂莉答道——每当有人问起她的父母，蒂莉总会用上同一套说辞。"这家店是我外公外婆的。"

"哎，我也跟你一样是个失去双亲的孤儿。"安妮郑重其事地告诉蒂莉。蒂莉感觉到一只瘦巴巴的小手握住了她的手，她垂眼一看，发觉安妮正跟自己十指相握。"这种事，爱丽丝不会懂。即使你的周遭簇拥着好些对你无比友好仁慈的人，这也依然会是一副折磨人的千斤重担。可是，愁云惨雾中倒也有着亮色。以前我一度暗自认定，莫逆之交世上难求；但睁眼瞧一瞧吧，光是今天下午，你就遇见了两个莫逆之交。"安妮说道。

于是，就在那一秒，面前的安妮与爱丽丝究竟是不是活生生的真人，已经变得无足轻重。

9

迈出舒适区，读些你以前不太爱读的书吧

当天下午晚些时候，爱丽丝与安妮早已经各回各的故事书里，蒂莉把母亲那堆旧书全都摊到了卧室的地板上，恰似一块块不同款的拼图碎片。她下定了决心："身为蒂莉"到底意味着什么，至少要摸清一点头绪才对。之前奥斯卡曾经提到，蒂莉必定是在思念母亲，这句话一直回荡在她的脑海中。蒂莉决心找出几条铁证，证明眼前发生的一切并不仅仅是她在白日梦里假想出了几个友人。无论如何，刚才握在她手中那只安妮的手，可百分百假不了。

蒂莉审视着摊在她面前的那堆书：它们出自不同的作者和不同的出版商，年代各异，颜色各异，其中有冒险故事、爱情小说，有海盗与公主的故事，再加上一堆说不清类型的书。

"假如这些不是我的白日梦，"蒂莉嘟囔道，"那肯定有规则可循。这种怪事嘛，总有规则可循。"

她想再找一本她已经读过的书，目光却再度落到了那本《小公主》上面。看得出来，这本书显然是母亲最爱的宠儿：书的封面眼看

着就要从书脊上脱落了，书页也撕破了几处。蒂莉猛然想起：难道自己必须待在书店里，才能见到最近发生的各种怪事吗？于是她下楼去了常去的阅读角，落了座。

"唔，开始啦。"蒂莉自言自语地说，又翻开了那本旧书的第一页。她读了书里的第一章，不肯放过主角莎拉的任何一个细节——这招说不定就会派上用场呢。蒂莉把书放下，等了一会儿，但佩吉斯书店里根本没有出现莎拉的身影。

"好吧，可能我得再读几页才行。"蒂莉暗自思忖，又埋头继续读了下去。可是，过了大半个小时，又在书店里兜了好几圈，她却依然没有见到一个跟莎拉模样相像的人物，也没有见到一个与书中角色相像的人物。

随后，蒂莉又拿她没读过的几本旧书试了试，拿她自己的几本书试了试，拿刚从书架上取下的几本书试了试，可惜的是，书店里根本找不出一个跟书中角色沾边的人。蒂莉的心中像是打翻了五味瓶，既有点失望，又有点松了口气：看来，这一幕闹剧中，作怪的终究还是自己的想象力吧。也许，奥斯卡终究说得有道理。

蒂莉终于举手投降了，动身找到杰克，大张旗鼓地一屁股坐上咖啡馆的椅子，仍然感觉自己有点头晕眼花。

"你怎么啦，小蒂？"柜台后面的杰克高声问。"好一幕盛大登场。我早就一遍又一遍地跟你说过，要是你一天到晚窝在店里，早晚会吃不消。"

蒂莉闻言，干脆从眼前吹开了刘海，算是给杰克答话。

"喂，能不能拜托你过来，帮我搭把手。"

蒂莉站起身，迈着小碎步走过去，想瞧瞧杰克又在鼓捣些什么。

"唔，今天要做的是一批熊爪布朗尼蛋糕。"杰克指了指一盘切成方形、显得黏糊糊的巧克力布朗尼蛋糕，嘴里说道，"算是致敬《我们要去捉狗熊》①那本书吧。"

他举起一个丁点儿小的小筛子和一块方形烘焙纸，烘培纸正中还挖了一个熊爪状的窟窿。"听着，我会用这张烘焙纸一个接一个地盖住布朗尼蛋糕，你就得用筛子朝蛋糕上撒糖霜。这样一来，等到我们再取下烘焙纸的时候，但愿每个布朗尼蛋糕正中就能留下一个糖霜熊爪印。听懂了吗？"

"听懂了。"蒂莉说着，接过杰克手中那个丁点儿小的小筛子和那盒糖霜。

杰克小心翼翼地把那张烘焙纸摆上第一块布朗尼蛋糕，又冲着蒂莉点了点头——蒂莉正千方百计地把糖霜倒进小筛子里，谁知道糖霜撒得太多，一下子扑了出来，周围的空气顿时染上了一股甜味。

杰克咧嘴一笑。"不要紧，这块本来就是试验品。我们可以待会儿把它吃掉，瞧瞧布朗尼蛋糕做得怎样。你再试一次吧，这次你抖那盒糖霜的速度可能得放慢一点……"

---

①《我们要去捉狗熊》: *We're Going on a Bear Hunt*，首次出版于 1989 年的童书，作者为迈克尔·罗森，绘者为海伦·奥克森伯里。

蒂莉战战兢兢地抖着那盒糖霜，竭力让一小撮糖霜透过筛子撒上布朗尼蛋糕。杰克掀起那张烘焙纸，得意扬扬地跟蒂莉击了一下掌，结果空中又腾起了一团糖粉。

"你最心仪的书中人物是谁，杰克？"两人忙着做蛋糕时，蒂莉问杰克。

"这个问题好棘手，小蒂。你先说说心仪指的是什么吧？是指我最心爱的角色，还是我觉得塑造得最精彩的人物？"

"是指你最盼着能在现实生活中跟此人聊上一聊的人物。"蒂莉答道。

"唔，好吧，那问题就稍微变了个样。我最想跟他聊上一聊的人物……"杰克陷入了沉思，"依我看，那就约翰·西尔弗好了，《金银岛》①一书里的那个海盗。你有没有读过那本书？"

蒂莉摇了摇头。"但我看过据原著改编的提线木偶电影版。"她说。

杰克哈哈大笑起来。"好吧，依我看，罗伯特·路易斯·史蒂文森的原版小说恐怕更精彩一点。想象一下吧，西尔弗能开口讲出多少关于海盗和秘宝的故事。另外再畅想一下，你跟他又能有多么精彩的口舌之争啊。"

"可是，他是个反派，对不对？"蒂莉问。

①《金银岛》：苏格兰作家罗伯特·路易斯·史蒂文森所著的小说，首度出版于1883年。

"唔，我猜你说的没错，严格说来算是吧。可是有时候，反派却偏偏更有意思，你不觉得吗？换句话讲，那些并非一天到晚正气浩然的英雄，倒偏偏更加有趣。还有那些出于大义却走上歧途的人，或者出于私心却走上正道的人，比如约翰·西尔弗这样的人。你真该读读原著小说。"

"一想到这些大船小船，我就有点打退堂鼓——我不是很爱读《燕子号与亚马逊号》。"蒂莉说道。

"那本书跟《燕子号与亚马逊号》大不一样。依我看，你会比预料中更加喜欢读它。我敢肯定，你外公会想出某些妙计来劝导读者：迈出舒适区，读些你以前不太爱读的书吧。我倒是赞同这个观点。"

已经快到书店打烊的时间了，蒂莉和杰克却还在忙着摆弄熊爪布朗尼蛋糕。正在这时，一阵刺耳的咳嗽声却让两人猛然发觉：原来，书店里还有别人。

"真对不起，"杰克说着抬起了目光，微微露出笑容，"我们只是在忙着给布朗尼蛋糕撒糖霜……撒出熊爪印，瞧见了吗？您想要点什么？"

站在杰克前方的男子却根本没有露出笑容。此人的身材高挑而又修长，身穿一套细条纹西服，戴着一顶灰色圆顶礼帽，灰色领带又用一枚精工细作的银色领带夹别了起来，这枚领带夹看上去酷似一把华美的老古董钥匙。他的一只手上拿着一本薄薄的黑色笔记簿，另一只手则拿着手杖。

"我要找阿奇博尔德·佩吉斯。他是这家店的店主，对吧？"来客唐突地问。

杰克再次露出了笑容——杰克早已经习惯了不时跟出言不逊的顾客打打交道。"要是店主不在店前的收银台，那他可能在他的办公桌附近。您跟他有约吗？"杰克问。

"没有。"男子只回答了两个字。

"蒂莉，不如你去找找你外公，问问他是不是有空？"杰克吩咐蒂莉，陌生男子闻言，破天荒抬眼正视着她。

"你是阿奇博尔德的外孙女？"陌生男子听上去仿佛吃了一惊，眼睛一眨不眨地盯紧了蒂莉。

蒂莉点点头。

"真有意思啊。"来客说。

"我又想了一想，不如我去帮你找店主吧，您是……"杰克顿了顿，只等着陌生男子报上姓名。

"乔克。伊诺克·乔克。多谢你了，我自己能找着路。这家店我以前来过。"他略微点了点头，迈步走向了楼梯。

陌生男子渐渐远去时，蒂莉忍不住打了个冷战。"天哪，我真不知道这人找外公要干吗。"

"唔，也许是税务之类很没劲的事。这人看上去就很有会计的派头，你不觉得吗？我们接着把余下的布朗尼蛋糕忙完吧。"

"依我看，我该去瞧瞧外公想不想喝杯茶。"蒂莉告诉杰克，"我感觉他恐怕得喝上一杯才行。"

"好主意，小蒂。我去泡壶茶好了。"

蒂莉并不是故意要鬼鬼祟祟地上前偷听外公跟来客的对话，但她发觉自己正迈着小心翼翼又无声无息的步子，而且一路上都在躲着外公从办公桌旁投来的目光。那位乔克先生害她有种诡异的感觉，蒂莉一心想查清楚他跟外公到底有什么纠葛。谁知道，等到蒂莉溜到办公桌前方时，那两人却正在唇枪舌剑。

"源本馆里出了点乱子，阿奇博尔德。确实没几个人察觉得到，但却没有逃过我的眼睛。"乔克先生说道。

"伊诺克，我不明白你到底在瞎扯些什么。你冷不丁闯进我家，还口口声声地跟我提什么'乱子'，活像这是整整十年前。我已经不再管这堆烂摊子了，这一点你心知肚明。"

蒂莉朝她藏身的那个书架又凑近了些。

"我明白，按理讲，眼下你本该置身事外，阿奇博尔德。可惜的是，我心里却也清楚，你向来都忍不住要在与你无关的闲事里插上一脚，也向来都对该管的事情睁一只眼闭一只眼。"

"伊诺克，你给我和我们一家惹的麻烦难道还不够多吗？难道我

— 67 —

还得眼睁睁看着你连声招呼也不打就乱闯我家书店吗?"

"谈到家人,阿奇博尔德……"

正在这个节骨眼上,蒂莉却身子一歪。她赶紧伸手稳住身子,结果硬生生把好几本书从书架的另一头推了出去,这堆书噗噜噜落到了那个陌生男子的脚边。

"我,唔,我只是来问问,你们想不想喝杯茶?"蒂莉竭力用上一副镇定的口吻。外公与那个陌生男子双双抬起了眼睛,向她望过来,她立刻弯腰捡起刚掉的那几本书,挡住自己涨红的脸庞。

"不必,我现在就走。"乔克答道,接着紧盯着蒂莉盯了好一会儿,一声不吭地拿起笔记簿和手杖,迈步走向了楼梯台阶。

"这人是谁?"蒂莉问外公。

外公看上去脸色发青。"老早以前,我曾经跟他一起共事。你或许看得出来,我跟他的交情算不上太好。"

"那人提到的'乱子'又是什么意思?"

"你刚才是在偷听我跟他的对话吗,蒂莉?"外公一针见血地问。

"才不是!我只是碰巧听到了一耳朵,就在我过来……呃……问你要不要喝杯茶的时候。"

"我跟他刚才聊的那一番话,纯属私人话题,你就别费神了。乔克是我的老同事,我跟他虽然话不投机,但往事又何必再提。蒂莉呀,你就别再花功夫琢磨这些事了。算是店里来了个不速之客吧,也就是这样。好了,我们去喝你刚才提到的那壶茶吧。"

伴着令人惬意的沉默,蒂莉和外公走向了咖啡馆。但当外公端起杰克倒好的一杯茶时，蒂莉却听见茶杯正磕得咔嗒作响：外公的手竟然正在发颤，尽管他的脸上还带着一抹微笑。

10
纯属虚构的书中角色

"你外公又把牛奶用了个精光。"外婆拉开冰箱，说道，"能不能麻烦你去一趟街区小店，买点牛奶回来？"

蒂莉夸张地长叹了一声。

"去吧，宝贝。我做晚餐还缺点牛奶，你又整整一天都待在店里。顺便给你外公买点什锦甘草糖，你也明白他有多爱吃甘草糖，再给你自己挑点东西吧。"外婆说。蒂莉只好听话地接过外婆递来的五英镑纸钞，踏出了店门。

当天发生了这么一大堆怪事，害得蒂莉眼巴巴地盼着魔法会冷不丁照进现实。只不过，她周围的街巷却毫无一丝反常的痕迹。她裹紧围巾抵挡着寒风，可当她从大衣口袋里掏出手套时，却一不小心失手弄掉了外婆给的五英镑纸钞，钞票一路从她面前的人行道上飘过。蒂莉拔腿去追它，没料到一头撞上了一个站在人行道正中的家伙——这人正伸出一只白色的运动鞋踩住那张五英镑，免得它被风吹走。

"到手了。"奥斯卡说着拾起那张五英镑，递回给蒂莉。

"多谢。"蒂莉说着把钞票揣回口袋，在寒风中换着左右脚蹦

跳着。

"我要去买点牛奶。"蒂莉顿了顿,"你想不想一起去?"

"还用说嘛。"奥斯卡说。想起两人上次聊天的一幕,奥斯卡和蒂莉都感觉有点别扭。

他们双双走下大街,蒂莉竭力想找一个稳妥的话题。"今天下午你过得还好吗?"

"还凑合。"奥斯卡回答。

"好吧。"蒂莉说——蒂莉才不肯显出一副着急讨好的模样呢。

"抱歉。坦白讲,我不是故意显得没礼貌,可你走后店里就一直风平浪静,无非是跟往常一样,顾客不少,蛋糕也不少。"

"你妈妈名下有家咖啡馆,肯定感觉棒极了。"蒂莉的态度转眼就缓和了下来,"差不多跟有家书店一样棒吧。"

"是挺不赖。"奥斯卡说,"我妈妈爱那家店爱得要命,但要是她决定转行做点别的,我倒不会介意。反正我也并不常去咖啡馆,毕竟放假期间我通常都跟老爸一起待在巴黎。"

"我记得你提到过。你会说法语?"

"会一点。我和姐姐小时候,老爸倒是经常说法语,可惜我的法语没多久就生疏了。待在法国的时候,我感觉我常常把话说错。我的阅读障碍症也帮了倒忙——法语我简直转头就忘。我待在巴黎期间,我爸爸依然要忙工作,所以我经常跟我的法籍奶奶待在一块儿。我们一起去过不少画廊和博物馆,她以前当过插画家,引导我迷上了画画和艺术。"

"你在巴黎有朋友吗？"

"算不上有什么朋友。要是不上学，认识其他孩子也不太容易。我们那栋楼里有个男生，看上去年纪跟我们差不多，但他貌似不算特别友好。去年夏季，我爸爸曾经请他到家里来玩，但他声称一句英文也不会，虽然我敢说他肯定会。"

这时对街传来了一阵响亮的笑声，打断了奥斯卡的话。两人双双抬起头，望见街道对面伫立着一群跟他们同班的女生。

"那不是格蕾丝吗？"奥斯卡问。

"没错，应该是。"蒂莉答道。

"她是你的好友，对吧？你想不想跟她打个招呼？"

蒂莉耸了耸肩膀。那群女生又爆发出了一阵大笑，蒂莉和奥斯卡都忍不住察看了一下自己的头发有没有沾上异物，又察看了一下鞋上有没有裹着卫生纸。

"她们应该不是在笑我们吧。"奥斯卡说，虽然他的话听上去依然像个问句。

"依我看，她们根本就没发现我们在场。"蒂莉说道。但偏偏正在这一刻，格蕾丝仿佛害羞般抬起手微微挥了挥，随后却又改变了心意，一溜烟去追那群女生中的其他人了。"只盼格蕾丝没发觉我刚才正要向她招手吧。"蒂莉暗自心想。

"看上去，你跟格蕾丝闹掰啦？"奥斯卡问。那群女生拐过了街角，笑声也渐渐消失了踪迹。

蒂莉顿了顿。"我真的说不清楚。"她竭力想要解释，"跟朋友闹掰，又不代表你会收到一封辞职信。只是又有大家念中学的事，又有篮网球队的事，又有其他一堆事情，结果局面变得好复杂。"

"女生真怪啊。"奥斯卡评论道。

"你真心这么想吗？"蒂莉失落地问。

"不。"他立刻答道，"我的意思是，你也看得出来，你跟格蕾丝就为了区区篮网球闹掰，难道不是有点傻吗？"

"我们才不是为了区区篮网球闹掰，是为了篮网球之类的一堆事情闹掰。"蒂莉说道，"再说，这哪里算是傻乎乎？你觉得女生是怪咖，那才有点傻乎乎呢。"

"你明白，我刚才就是说错了话而已。抱歉。"奥斯卡告诉蒂莉，"我只是弄不懂，友情怎么会这么难。找个你爱跟他聊天的人，怎么会如此辛苦？友情仅此而已嘛。"

"问题在于，世上够格做知心好友的人其实并不多。"蒂莉用权威的口吻宣布，"仅此而已。"

"唔，至少你还有你那……"

"要是你敢说'假想中的友人'，那我从此以后再也不会理你。"蒂莉一边告诉奥斯卡，一边向他投去凶巴巴的目光。

"可是蒂莉，那些明明就是书中的人物……她们天生就是想象力的产物，人家明明就是纯属虚构的书中角色。"

"我的意思是，她们确实是虚构人物，"蒂莉说道，"可她们并不是凭空想象出来的！总之，我不想跟你聊她们，你显然摸不着头脑。对啦，我得抓紧去给外婆买牛奶去了，好让她做晚餐。回头见。"蒂莉颇不自在地闪身从他旁边绕过，抛下了拖着两只脚后跟的奥斯卡。

过了二十分钟，蒂莉咣的一声把牛奶朝外婆面前一放，外婆挑了挑眉毛。

"没事吧？"

"没事。"蒂莉气呼呼地离开了。

"蒂莉，很明显事情不太对劲。快回来，跟我说说到底出了什么事。"外婆冲着她的背影高呼。

"才不！拜托别烦我，我要去读读书。"她高声答道，外婆便没再管蒂莉。

蒂莉迈上二楼，只觉得又气又恼，却发现爱丽丝正一板一眼地坐在书店的沙发上。

"呀！我可一直在等你。"爱丽丝站起身，开口问蒂莉，"你想不想来参加茶话会？"

11

尽量给所谓 "绝无可能" 的怪事多留一点余地

蒂莉猛地停住了脚步。

"爱丽丝?"她问。

"没错。"爱丽丝没好气地呵斥蒂莉,"才刚刚初次见面,结果转头就把人家忘了个精光,这可是十分失礼的事情,知道吧。"

"不,我才没有把你忘光光。"蒂莉反驳道,"我只是……我开始有点拿不准你到底是不是个,唔,活生生的真人了。"

"哎哟,疑心对方到底是不是个活生生的真人,那岂不是更加无礼。"爱丽丝说着凑上前来,轻轻地在蒂莉的手臂上捏了一下。

"哦!"蒂莉不禁嚷嚷出声,"你干吗捏我呀?"

"显然是为了证明我是个'活生生的真人'。"爱丽丝回嘴。

"但这明明不可能啊!"蒂莉气馁地说。

"我一度跟你很相像,"爱丽丝一边说,一边拍着刚才在蒂莉手臂上捏过的地方,"谁知道后来我遭遇了一大堆无比离谱的怪事,于是我开始在心里暗自嘀咕:世上哪有什么绝无可能的事?我认识某个女子——不得不承认，她真是动不动就满嘴说些不着边的瞎话——但此人曾经跟我提到，有些时候，她一天就会认定六宗貌似绝无可能的怪事，还通通都在早餐时段之前哩！所以吧，今时今日，我会尽量给所谓'绝无可能'的怪事多留一点余地。"爱丽丝竭力想给蒂莉一点时间去消化她刚才的那番话，可惜她压根儿管不住自己，"不管怎样，那你到底想不想来参加茶话会？你自己可还口口声声地宣称，你想要变得更有好奇心一点呢。"

蒂莉抬起了眼眸，又给自己打气。"为什么不去？事情还能离谱到哪里去？"

爱丽丝激动地蹦到了蒂莉的身旁，向她伸出了一只手。

蒂莉耸了耸肩膀，握住了那只手。

一时间，

"佩吉斯书店"仿佛猛然裂成了

一连串丁点儿小的碎片，

咔嗒咔嗒地互相撞击，恰似一个木制玩具

自己翻折了起来。

　　才过了区区几秒钟，整间书店就跟多米诺骨牌一样轰然倒塌，又似乎翻卷着绕到了蒂莉和爱丽丝的身下，好像被一块威力十足的磁石拽了过去。

蒂莉感觉自己的心猛地一沉，恰似过山车攀到顶点猛然下坠的那一瞬间。与此同时，她还闻到了一股在篝火边烧烤棉花糖的香味。面前再也不是那间熟悉的佩吉斯书店了，蒂莉与爱丽丝正伫立在一片五彩斑斓的森林中，林间掩映着一栋茅草覆顶的草舍，一张长条桌赫然摆在这座草舍的前方。长条桌的一头，坐着一只扎着蝴蝶领结的大兔子、一只貌似正沉溺于梦乡的睡鼠，再加上一名男子，他的头上还戴着一顶无比离谱的怪帽。

"哦，原来你指的是这个茶话会啊。"蒂莉用忐忑的口吻说道。

爱丽丝乐滋滋地朝蒂莉点了点头。"欢迎贵客驾临仙境！这个地方，目前已经定格在了下午茶时段。我把你介绍给仙境居民认识一下吧，蒂莉。"她一边念叨，一边蹦跳着朝草舍前方的长条桌走去。"对了，要是在跟你还不熟的时候，仙境里这帮家伙显得有点冒失的话，请你千万别放在心上。很有可能，认识之后有那么一阵子，他们也还改不了那副德行。"

蒂莉跟随爱丽丝来到长条桌旁边，简直不敢相信自己身处的一幕：她竟然能够实打实地感觉到脚下的青草，还能实打实地摸到她准备落座的那张木头椅子。

"哪儿还有空座！这桌边哪儿还有空座！"正在这时，那只扎蝴蝶领结的大兔子却尖声呵斥着蒂莉，立刻让蒂莉有种似曾相识的感觉：眼前的景象，不正是她读过好多好多遍的那本书中的场景吗？

"真是睁眼说瞎话，这儿明明就不缺空座嘛！"爱丽丝厉声反驳那只大兔子，"就为了有没有空座这件事，这种嘴仗我跟你们几个家伙不早就已经打过一遍了吗?"说完,她又朝蒂莉点了点头,算是给她打气,"去吧,找个座位坐下来,不会有事。"

木头椅子上有一块软软的超大型椅垫,蒂莉轻轻地坐到了椅垫边上,紧张地朝那群她无比熟悉的书中角色笑了笑:角色们正瞪大眼睛傲慢地紧盯着蒂莉。

"你想不想吃点蛋糕?"书中角色帽匠开口向蒂莉发问,又伸手朝那张长条桌上指了指:可惜的是,长条桌上压根儿没有任何东西可吃,只摆着一个个茶壶和茶杯。

"不用了,多谢。"蒂莉回答,"能不能给我一杯茶?"

"万分抱歉,可我们这儿的茶真是一滴也不剩了。不好意思得很,不好意思得很。那你这小姑娘想不想喝点葡萄酒?"帽匠边问蒂莉,边给自己斟上了一杯茶。

"我不能喝葡萄酒,我今年才十一岁。"蒂莉一头雾水地答道。

"万分抱歉。"帽匠又对蒂莉说,"我真是蠢到家了,你的年纪实在老了点,早就已经过了在下午茶时段喝葡萄酒的年龄。"

"你说我年纪太老?"蒂莉问。

"对,千真万确。要是已经长到了十一岁,那这人早就该把喝葡萄酒这种恶习改个干净。你这姑娘自律甚严,值得赞扬,大家势必从中受到莫大的鼓舞。你想不想喝点茶?"他问道。

"好。刚才我明明就说想喝茶。"蒂莉说。

— 79 —

"做人何必这么苛刻呢。"帽匠朝一个没人喝过的茶杯里斟满了一杯茶，却又自己把它喝下了肚。"猜谜你喜不喜欢？"他又问蒂莉。

"不太喜……"蒂莉开了口。

"棒极了！那就请给大家讲几则谜语吧，我们就爱边品茶边动脑筋猜谜。"

"真的很抱歉，但我好像一则谜语也不会。"蒂莉宣布。

"唔，那就编一则好了。"帽匠厉声向蒂莉下令。

正在这个节骨眼上，睡鼠却适时从梦乡中醒了过来。

"你竟然偷了我的黄油刀！"它先是尖声诉苦，紧接着就又倒头呼呼大睡。蒂莉只好绞尽脑汁苦思着谜语，那只大兔子向她投来了期盼的目光。

"好啦，我终于琢磨出来一则谜语。什么东西没有翅膀却会飞？"蒂莉问。

"小菜一碟！"扎蝴蝶领结的大兔子喊道，伸出爪子在长条桌上重重地锤了锤，害得一大堆茶杯又是颤又是响。"谜底是：时间！但话说回来，咱们这一带可不提时间这家伙的大名。拜托换一则吧！下一则谜题可要出难一点。"

蒂莉拼命回想着另外一则谜语。"不如这样……什么东西属于你，可是别人却比你更常用它？"扎蝴蝶领结的大兔子被蒂莉问得发起了呆，伸出兔爪在下巴上摸了摸。

睡鼠这时却又从梦乡中醒了过来。"谜底是:茶匙，"睡鼠断言道，"每个人都动不动就偷我的茶匙。"

大兔子郑重其事地点了点头。"说得对，谜底就是茶匙。这些茶匙属于我，可是别人却比我更常用，而且经常用得根本就不得法。"扎蝴蝶领结的大兔子说着还狠狠地瞪了爱丽丝一眼，爱丽丝却正兴冲冲地观望着仙境的这帮家伙跟蒂莉闲聊。

"不，答案才不是茶匙。"蒂莉忍不住有点火大。"谜底是你的名字。你自己的名字属于你，可别人却比你更常用它。"

"你这家伙倒不如声称，你的生日是属于你的呢。"帽匠插嘴反驳蒂莉。

"你这家伙倒不如宣布，你的年龄是属于你的呢。"睡鼠冲着蒂莉嚷嚷。

"我的生日本来就属于我！我的年龄也一样。我觉得应该是吧……呃，其实我也拿不准。"蒂莉答道。

"可是，你的生日和年龄也属于其他好多好多人。"大兔子告诉蒂莉，"我的这堆茶匙可就只属于我自己。现在，我要把我的茶匙全都收回来，真不好意思。"大兔子一边说，一边从爱丽丝手中夺过了一把茶匙。

"你刚才提到，大家在这一带不提时间这家伙的大名，这话究竟是什么意思？"蒂莉向兔子发问，竭力想要转移话题。

"帽匠跟时间这家伙闹掰啦。"爱丽丝低声向蒂莉解释，"想当初，帽匠曾经在某次音乐会上向皇后献唱，谁知道皇后竟然出口伤人，说帽匠的作为纯属糟蹋时间。自从出了这宗破事，哎哟，时间这家伙就再也不乐意出手帮帽匠的忙啦，他以前可经常帮忙把事情打点得好端端的哩。这下可好，这个地方就一直定格在了下午茶时分，就因为时间自己出手把时间定在了六点整。"

听爱丽丝说到这儿，帽匠忍不住哇哇大哭起来。"其实吧，音乐会上的那支歌堪称无比曼妙，要不要我唱给你这小姑娘听一下？"他眼巴巴地望着蒂莉，蒂莉一时间拿不准自己是该听还是不该听，直到爱丽丝在长条桌下踢了踢她。

"那就请唱吧。"爱丽丝客气地告诉帽匠。

"一点也没错。我敢肯定，那支歌一定很动听。"蒂莉赶紧附和，同时竭力想要回敬爱丽丝一脚，结果却把膝盖重重地磕到了长条桌的桌腿上。

帽匠伸出百褶式衣袖在鼻子上抹了一把，又朝后推了推坐着的椅子，站起了身。蒂莉惊讶地发觉：帽匠这人就算站直了身子，也并不比坐着的时候高多少。他清了清嗓子，开口唱起歌来，曲调听上去跟儿歌《一闪一闪亮晶晶》像得不得了：

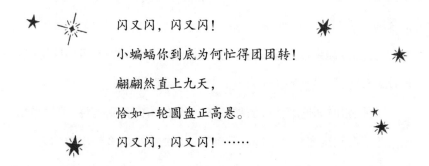

闪又闪，闪又闪！

小蝙蝠你到底为何忙得团团转！

翩翩然直上九天，

恰如一轮圆盘正高悬。

闪又闪，闪又闪！……

唱到这儿，那只睡鼠和大兔子也双双随着曲子开始舞动，嘴里还一遍遍地哼唱着"闪又闪，闪又闪"，唱得压根儿听不出曲调。帽匠干脆合上了双眸，自顾自哼起了歌，那只睡鼠伴着歌声又再度沉入了梦乡。

爱丽丝乐滋滋地鼓起掌来。"精彩万分！精彩万分！"

帽匠向她们鞠了一躬，再度落了座，蒂莉也踌躇着鼓了鼓掌。

"好啦，那你会唱什么歌吗，小丫头？"扎蝴蝶领结的大兔子开口问蒂莉。"不然的话，会讲故事也行？"大兔子又用期盼的口吻补上了一句。

"哦，不会，唱歌、讲故事我都不会。"蒂莉不禁朝座位里缩了缩。

"真没劲！"大兔子高声呵斥蒂莉。

"你知道吗，我早就听说你这家伙很没礼貌。"蒂莉厉声告诉那只兔子，"可我没有料到，你竟然无礼到了这种地步。"

"到底是哪个家伙跟你说我很无礼？"大兔子问蒂莉，"居然背后嚼人家舌根，说什么无礼，实在缺乏教养。是那只咧着嘴傻笑的柴郡猫干的好事吗？"

"不是。"蒂莉顿时感觉有点后悔，"或许是我听岔了，实在抱歉。"

"真没劲！"大兔子又对蒂莉说道。

兔子话音刚落，睡鼠却赶在这个关头再次抬起了脑袋。"你们闹来闹去都闹够了吧。话说回来，那边那个男人究竟是谁，他想不想弄点茶喝喝？"睡鼠嘴里发问，还懒洋洋地伸出一只爪子指了指。在场的众人齐刷刷地转过了身，望见长条桌的另一头正坐着一名头戴灰色圆顶高帽的高个男子。

蒂莉顿时吓得魂不附体：眼前竟然是乔克先生，正是那位到书店拜访过外公的不速之客。

"你怎么会在这儿？"蒂莉问，可惜仙境的那群角色也纷纷在同一时间开口说话，蒂莉的问题立刻被淹没在了一片嘈杂声中。

"你在那儿傻坐着坐了多久？"爱丽丝冲着乔克高喊。

"你想不想喝点茶？"睡鼠问乔克。

"你这发型，恐怕得修剪一下啦。"帽匠给乔克支招。

"你用的是不是我的茶匙？"大兔子用狐疑的口吻质问乔克。

蒂莉却张望着爱丽丝，一时间只觉得六神无主。"爱丽丝，爱丽丝，"蒂莉压低了声音，竭力想要吸引爱丽丝的注意，但又要躲过其他仙境角色的耳目。"爱丽丝！就在前几天，桌边这个怪人曾经去过书店，找我外公密谈！他溜到这儿来干什么呀？"但当蒂莉扭过头，回望乔克刚才坐着的位置时，却根本没有发现他的踪迹。

"唔，这个怪人想必是那只柴郡猫的朋友，"爱丽丝告诉蒂莉，"不过，我倒从来没有在仙境里见过这个人。"

"依我看，我还是回书店吧。"

"不是吧？可你明明才来仙境没多久。"爱丽丝劝蒂莉。

“千真万确，我真的恨不得立刻动身回家。”蒂莉答道。

“现在就走？”

“对，现在就走！”

“要是你非走不可，那就依你吧。”爱丽丝一边回答，一边伸手在长条桌下握住了蒂莉的一只手。

这一次，一切似乎跟刚才前往仙境时颠倒了过来：佩吉斯书店的碎片从两人的身下徐徐展开，一块接一块地再度叠合，于是，现实世界的一堵堵墙壁在两人的周围又恢复了原样。茶话会瞬间消失了踪影，蒂莉再次坐在了佩吉斯书店里。

她往后一仰，瘫倒在沙发上。“爱丽丝，刚才到底是怎么回事？”蒂莉气喘吁吁地问。谁知道，她向一旁扭过头，却根本没有望见爱丽丝的影子。

蒂莉说不清自己到底在沙发上呆坐了多长时间，她一直喘着粗气，直到外婆的声音让她回过了神。

“蒂莉，你能不能来帮忙做做晚餐？”外婆的喊声从楼下传了过来。

“来啦。”蒂莉一边高呼一边摇摇头，仿佛在竭力把刚刚发生的一切抛到脑后。

“你没事吧，宝贝？”祖孙两人肩并肩把青豆切头去尾时，外婆问蒂莉，“你今天一天都一副没精打采的模样。你去商店买东西那段时间害你烦心的事情，是不是还在害你烦心？”

"今天下午，我遇上了好些怪事。"蒂莉犹豫着说，"我先是遇上了奥斯卡，差点吵了一架；紧接着我回到书店，又遇到了好几个……唔，奇人异士吧。"

"你是说，在佩吉斯书店？"外婆问，"要是你不乐意，你又不是非跟店里的客人搭话不可，你随时可以来找我、找你外公或者找杰克去接待客人。"

"不是这回事。"蒂莉告诉外婆，"其实，我差不多算是认识这几个人。"

外婆不禁皱起了眉。"差不多？那些人是你在学校里的同学吗？你在兜圈子呢，小蒂。"

"反正，今天就是遇上了一大串怪事。"蒂莉说。

"没问题，宝贝，总之要是你还想多聊几句的话，就来找我好了。提到学校里的同学，周三的仙境派对你有没有想邀请的人？要不要请奥斯卡来？"

"说不好。"蒂莉答道——上次跟奥斯卡聊天，害得她心里依然有着一根刺。"外婆，你有没有一种感觉，好像你读的书比大家多呢？"

"对，那是当然。我读书是为了书店这份差使，所以我的阅读面必然超过很多人，虽然书店的几位常客也经常爱在我耳边唠叨，说有哪些书我还尚未拜读。"外婆一边回答，一边继续打理着青豆。

"不，我的意思，不是指阅读面更广；我的意思是，你读书是不是会更加专注一点？比如，有时候你在读一本书，你会觉得自己浑然

— 86 —

置身于书中吗?"

外婆闻言扭过了头,眼睛一眨也不眨地审视着蒂莉。正在这时,电话铃却丁零零响了起来,让祖孙两人都吃了一惊。外婆手中的刀滑了一下,从她的指尖擦了过去。

"哎哟,糟糕。"外婆说着拎起旁边一条擦碗碟的抹布,用它捂上手指——她手指上的伤口不算太深,但却一直在往外渗血。

"蒂莉,我很乐意继续跟你聊,但得先麻烦你立刻去洗手间一趟,帮我把急救箱取过来。"

蒂莉点点头,动身去取急救药箱,电话铃声也适时停了下来。等到两人把外婆的手指彻底清理包扎妥当的时候,刚才的那番聊天却也似乎被蒂莉和外婆忘到了脑后。

12
想象力爆棚

第二天早晨，奥斯卡带着满脸局促不安的神情光顾了佩吉斯书店，手里还拿着蒂莉之前帮他挑的那本书。

"嗨。"奥斯卡开口打了个招呼。

"嗨。"蒂莉只回答了一句。

"我能不能来书店待上一会儿？"

"应该可以吧。"

"因为现在正赶上期中假期，面包屑咖啡馆里忙得团团转，老妈给我下令，说我不应该大刺刺占着店里的一张桌子。"奥斯卡说。蒂莉点点头，又埋头继续看书。奥斯卡尴尬地动了动脚。"哎，那我该坐哪个位置？"蒂莉坐的是一张扶手椅，目前书店里除了地板，眼看着已经没有空座了。蒂莉姿势夸张地站起身，又收拾起来她的零碎。

"我们不如去三楼吧。三楼一向不算吵，而且小孩们也不怎么到楼上去，所以三楼的豆袋椅又干净又舒服，我是从童书区把那几只豆袋椅拖上楼的，免得它们惨遭毒手。"

蒂莉和奥斯卡上了楼，舒服地躺到了哲学书架后方那几只五颜六色的豆袋椅上。

"昨天的事，真的很不好意思。"奥斯卡脱口而出，"我不是故意想要显得像是在嘲笑你，也不是故意想要显得像是认为你在犯傻。"

"我明白，我亲眼见到的那些人物都是书中的虚构角色。"蒂莉松了口，毕竟奥斯卡又提起了这个话题，让她很开心。"但那并不代表，他们就不是活生生的真人。我说不清究竟是怎么回事，但我敢发誓，那不是我在顺嘴胡扯。"

"我明白。"奥斯卡回答，"我也说不清究竟是怎么回事，但我相信你的话。你之前曾经提到，你都亲眼见到了哪些角色？那是你最心仪的几个书中人物，对不对？"

"说得对。"蒂莉顿时感觉松了一口气，"我亲眼见到了《爱丽丝漫游仙境记》一书里的爱丽丝和《绿山墙的安妮》一书中的安妮。安妮倒是跟我期待中一模一样，爱丽丝说话就有点坦率。"

"我倒有点期盼，我也能亲眼见到几个虚构的人物。"奥斯卡伸手在额头上挠了挠，"日常生活里有不少让我看得顺眼的人，可是我说不清，到底该不该真拿他们当朋友看待。"

"除了我。"过了片刻，蒂莉轻声道。

"除了你。"奥斯卡附和道，同时微微露出了笑容，笑意一直蔓延到了他的眼中。

正在这时，蒂莉和奥斯卡却突然听见了外公外婆上楼的动静。外公和外婆双双坐到了书架的另一头，正好没办法望见蒂莉和奥斯卡。

"我们得聊聊蒂莉的事。"外婆的声音传到了两人的耳边。

奥斯卡和蒂莉互望了一眼。奥斯卡做了个手势，询问他们该不该溜号，蒂莉却拼命摇了摇头，又伸出一根手指放到嘴唇上，示意奥斯卡别出声。奥斯卡显得有点不太自在，但也听话地一动也不动。

"你明白我在说些什么吧，阿奇。"见外公迟迟没有回答，外婆又开口说道，"昨天，她问了我一句，我在读书时，是否有时候会觉得自己'浑然置身于书中'。依你看，她是不是已经遇到了？"

"她向来都有着堪称爆棚的想象力，埃尔茜。有没有可能，事情就是这么简单？"外公说。

"你心里明白，事情远没有那么简单，阿奇……再说，她还找到了贝娅特丽克丝的那些旧书，这事说不定就会变成导火索……你心里有数，常常就是这类变故嘛……她还没有问起过他，对吧？"

"没有，还没问起过。"

"可是，阿奇，眼下更让人担心的是，蒂莉似乎能够看见福尔摩斯和丽兹。你明白，按理不应该发生这种事。"

"我明白，我明白。"外公轻声道，"其实还有一件事，我本来应该早点告诉你，但我一心盼着它只是小事。是关于乔克的事。"奥斯卡和蒂莉都赫然听见，外婆竟然急促地吸了一口气。"他来过一趟，埃尔茜。他闯到书店里来了。他问起图书馆里出的一些乱子，还跟蒂莉打了个照面。"

"蒂莉？乔克知道她的身份吗？再说，到底又出了什么乱子？那你当时怎么回答他？"外婆问。

"还用说吗，当时我告诉他，他说的那番话，我根本就摸不着头脑。另外，错不了，乔克知道她是我的外孙女。我本来还指望，乔克永远也不会得知关于蒂莉的事。"外公说完，长叹了一声。

"那我们该怎么办？"外婆轻声问。

"我也说不好。等等再瞧一下事情的走向吧，把蒂莉盯紧一些。我们还有什么别的办法？"

"依你看，该不该跟阿米莉亚聊一聊？"

"还不到该跟她聊的时候。"外公说，"目前依然有可能是虚惊一场。"

"希望如此吧，阿奇。"外婆回答。外婆起身的动静传到了蒂莉和奥斯卡的耳边，于是他们赶紧朝豆袋椅里缩了缩，尽量避免暴露行踪。紧接着，他们又听见外公上楼朝他的办公桌走去，外婆则下楼去了收银台。

奥斯卡望着蒂莉，她不禁有种反胃的感觉。

"你明白他们到底在说些什么吗，蒂莉？"奥斯卡小声问。

蒂莉摇了摇头。"不过，事情肯定有猫腻吧。"

奥斯卡无可奈何地冲她耸了耸肩。

"提到这件事，就在昨天，事情好像变得越发离谱了……"蒂莉接着说道，"刚开始，是书中的人物踏出了一本本书，来到佩吉斯书店里跟我搭话。"

"刚开始……？"奥斯卡提心吊胆地问。

"没错。因为就在昨天，爱丽丝竟然带我一道去了疯帽匠操持的那场茶话会。"蒂莉一口气说道。

"带你一道去了疯帽匠操持的那场茶话会……"奥斯卡慢吞吞地把蒂莉的话跟着念了一遍。

"我到了如假包换的仙境中。"蒂莉告诉奥斯卡，以防他的脑子还没有转过弯来。

"那你究竟是怎么进到书里去的呢?"奥斯卡问。

"唔，我们两个人先是待在这家书店，接着我握住了爱丽丝的手，于是我们周围的一切仿佛在瞬间坍塌了，而躲在日常生活后面的，就是仙境。"蒂莉解释道。

随后便是好一阵沉默，而沉默又终于被一声心碎的啜泣声打断了。蒂莉抬起眼睑，望见安妮正倚靠着一个书架，露出一副马上就要号啕大哭的样子。

"我简直难以置信，她竟然干出了这等事。"安妮用哀怨的语调向蒂莉哭诉。

"你难以置信谁干出了什么事?"蒂莉问。

"到底谁干出了什么事?"奥斯卡也一头雾水地把话重复了一遍。

"是爱丽丝!"安妮告诉蒂莉。

"我问的不是你，是安妮!"在安妮回答的同时，蒂莉又告诉奥斯卡。

"什么?"奥斯卡问。

"哦……这小子既看不见我这个人，也听不见我说话。"安妮用敷衍的口吻对蒂莉说道，仿佛这是一件根本不用挂在心上的小事。

"哎，天哪。"蒂莉说。

她向奥斯卡转过了身，奥斯卡看上去却依然摸不着头脑。"这……安妮刚刚来书店了。"蒂莉告诉奥斯卡，却说不清该怎么向他证明正在发生的事。

"哪个安妮……"

"就是绿山墙的安妮本人。书中的那个安妮。我之前不是提过吗！"

"蒂莉，这个地方除了你和我，就再没有其他人了。"奥斯卡伸手向四周指了指。

"安妮，他为什么看不见你？你有办法让他看见吗？"蒂莉感觉有点走投无路，"你能不能……比如，撞倒一个什么东西吗？"

"我又不是耍猴戏的，玛蒂尔达。"安妮向她诉苦，"这小子看不见我，因为我来自属于你的书。想要让他看见我，唯一的办法是你们两个……唔，但我按理不应该出手啊。"安妮又若有所思地审视着奥斯卡，"其实，鉴于目前的局势，我好像也没有什么不该出手的理由……"

"你到底在说些什么……"蒂莉刚刚开口发问，安妮却已经飞快地俯下了身，攥住了奥斯卡和蒂莉的肩膀。烤棉花糖的香味再次弥漫了整间屋，佩吉斯书店的墙壁似乎在三人的周围逐渐坍塌。三人瞬间伫立在一片美得让人心醉的树林中，午后的阳光透过树叶一团团遍洒在他们的身上。

安妮开心地呼吸着林间的新鲜空气。

奥斯卡却双膝一软跪到了地上，在灌木丛中呕吐了起来。

"第一次来书里玩？"安妮暖心地问奥斯卡，又在他的后背上拍了拍。"那确实会让人感觉有一丁点儿反胃。但话说回来，很开心能够正式跟你见面。我名叫安妮，是带'女'字旁的那个'妮'字哟。"她一边说，一边向奥斯卡伸出了一只手。

奥斯卡无力地握了握那只手，看上去依然一副很憔悴的模样。"我们到底是在哪儿？"他问。

"还用说吗，我们当然是在书中的艾梵立！"安妮告诉奥斯卡，"快点，我们三个上学要迟到了。"

"我们奇迹般地漫游了某本书，结果这一下，我们三个还要去书里上学？"奥斯卡对蒂莉说道，露出了满脸惊恐的神情。只不过，三人根本来不及吵嘴，因为安妮已经迈着轻盈的步伐穿过了树林，奥斯卡和蒂莉别无选择，只能尾随在她的身后。

13

故事本身才是重中之重

　　紧跟着安妮那一摇一摆的赤红发辫，蒂莉和奥斯卡迈步走上了一条迂回的羊肠小道。眼前这条小径的左右两侧密布着一棵棵泛着银光的树木，树下簇拥着形色各异的繁花碧草，蒂莉可以听见三人头顶传来的鸟鸣，也可以听见林间低吟的风声，脑海中顿时闪过了一个念头：蒂莉自己似乎还从来没有到过如此让人心醉的胜地呢。

　　"我们走的这条路名叫桦林小径。"蒂莉和奥斯卡深一脚浅一脚地去追安妮时，安妮扭过头来冲着两人嚷嚷，"当初给它命名的女孩叫作黛安娜，黛安娜就是我在这个世上最交心的密友。"安妮向奥斯卡解释，"我心里也有数，这种类型的名字确实有点没劲、死板，可我总得千方百计让想象力不如我的那群家伙也展露一下身手嘛。"她一边告诉蒂莉和奥斯卡，一边伸手朝山峦高处指了指，"要是你们两个沿着那条路再往前走，就会抵达贝尔先生名下的一片森林；至于我们三个人现在要去的艾梵立学校，它就在那片山谷之中。然后呢，要是继续沿着那个方向朝前走，你们两个就会瞧见我家绿山墙小屋啦。"

　　奥斯卡依然一声也不吭。三人一起朝前走，他跌跌撞撞地走着，边走边放眼四下打量。

"蒂莉，难道我们真的是在一本书里？我实在……这一定是唬人的吧？"

"我其实也很摸不着头脑。"蒂莉说，"我也只是第二次进到书里而已。"

"不好意思，"奥斯卡说着，伸手拍了拍安妮的肩膀，"我无意冒犯，可是，你是活生生的真人吗？这一切都是真实的吗？"

"那取决于你嘴里的'真实'二字到底指的是什么。"安妮说着从地上拾起了一根小树枝，用它在奥斯卡的身上戳了一下，"这种感觉真实不真实？

"嗷！如假包换！"奥斯卡不禁高声呼痛，"这么说来，你心里明白你是某本书中的角色喽？"

"那当然。但是，故事本身才是重中之重，记载在哪张纸上倒并不要紧。你未免有点多虑了。"安妮告诉奥斯卡。

"我恨死了那些不把规则设定讲个清楚的书。"蒂莉小声咕哝，"说什么书中之行'又魔幻又奇妙'，说得真是天花乱坠，但要是我被吸进了某本《动物庄园》之类的书，困在那本书里脱不了身，那又该怎么办？"

"《动物庄园》这书名听上去真是迷死人啊！"安妮夸道。

"你要是读过《动物庄园》那本书，只怕就不会说出这种话。"蒂莉的心里有点不太服气。

"你们两个以前来过加拿大没有？"大家漫步而行，安妮开口问其他两人。

"等一等，我们难道是在加拿大？"奥斯卡猛地停住了脚步，蒂莉和安妮却没有理睬他的举动。

"没有，我从来没有来过加拿大。"蒂莉告诉安妮，"其实我还从来没有踏出过英国呢，奥斯卡有时候倒是会去法国住上一阵子。"

"不好意思，我们能再说说大家是在加拿大这件事吗？"奥斯卡一边问，一边追上了其他两人。

"听着，艾梵立，也就是我们三个人现在身处的地方，位于加拿大境内，因此我们所有人都在加拿大，听懂了吗？"安妮用体贴的口吻对奥斯卡说，仿佛正在叮嘱一个年纪很小的小孩。

"但是，我们怎么一下子就到了加拿大呢？"奥斯卡问。

"因为我家就在加拿大嘛。"

"说得对。可是，我们是怎么从伦敦变到加拿大来的？"

"你是我带来的！"安妮被奥斯卡问得越来越没了耐性。

"行了，两位，先别说了，拜托你们。"蒂莉劝道，"待会儿再争行不行？奥斯卡，我们现在待的地方叫作艾梵立，安妮就住在这儿，这才是关键所在。我们在人家安妮的生活中，在她的故事里，就像我之前跟你提过的爱丽丝。"

"爱丽丝竟然先把你带去了她那本书，简直让我难以置信。"安妮向蒂莉诉苦，显然心里还有着一根刺，"还好，我总算请到了奥斯卡！"

"耶。"奥斯卡有气无力地说。

"你真的有时候会去法国住上一阵?"安妮问奥斯卡,"真是浪漫得要命啊,那段旅途必定长得不得了。这一带有些人会说几句法语,可惜我本人是压根儿不会讲。"

"没错,我有时候确实会去法国住一阵子。我老爸就住在法国。"奥斯卡解释道。

"你爸爸自己一个人住吗?"安妮问。

"我姐姐也跟他住。前一段时间,我父母离婚了。"

安妮露出了一副无比震惊的神色。

"在我家那儿,离婚是常事。"奥斯卡说。

"你很走运,你的父母都尚在人世。"安妮郑重其事地告诉奥斯卡,又伸出手臂挽住蒂莉的胳膊,"蒂莉和我可都是失去双亲的孤儿。自从来到艾梵立以后,我倒很少碰见其他孤儿。"她说着朝蒂莉扭过头,"因此我或多或少在心中认定,这也许意味着,我和你乃是莫逆之交。你瞧,黛安娜百分百算是我在这个世上最交心的密友,但是她有一对爱她至深的父母,以至于有时候我觉得,她对于孤儿身处的困境体会不太深,尽管我貌似已经在绿山墙小屋找到了我的归宿。你对你的父母还有印象吗?"

"没有什么印象。"蒂莉只回答了一句话,"我还没有出生,我爸爸就已经离开了人世,我妈妈则至今下落不明。在我还很小很小的时候,她就失踪了。"

"你的遭遇真是无比骇人听闻。"安妮对蒂莉说,"竟然无法真正了解自己的亲生父母,是多么深重的苦难。有些时候,我会想象一些关于亲生父母的细节，算是聊以慰藉吧。实际上，事情的真相是，我的父母分别叫作贝尔莎和瓦尔特，生前都在学校里教书。在我还是个三月龄小宝宝的时候，他们两个人就双双被热病夺去了生命。不过，我倒是给亲生父母凭空想象出了不少桥段哩。在我的假想中，我父亲一心痴迷将诗歌高声朗诵给我母亲听，他的身旁便是熊熊的炉火；我母亲则是烘焙黑加仑蛋糕的高手；圣诞时分，他们俩会去皑皑白雪上驾一驾雪橇，也算得上一桩乐事吧。你有没有想象过关于亲生父母的事？"安妮问蒂莉。

"呃，前些天……"蒂莉欲言又止，只觉得有点难为情。安妮却在蒂莉的胳膊上捏了一把，又点点头给她打气。"前些天，我坐在自己的卧室里，想象着我妈妈正在楼下的厨房帮外婆干活儿，跟外婆一道做晚餐。是不是有点傻？"

"哎哟，才不是！"安妮告诉蒂莉，"你编的桥段真美好。那你父亲呢？"

"我并不爱编关于我爸爸的桥段。"蒂莉说，"我的外公外婆跟我的生父不太熟，因此他们不太了解关于他的细节，跟我母亲的情况不一样。我的亲生父母当初并没有结婚，认识的时间也不算久。"

安妮不禁倒吸了一口凉气，接着又马上伸手捂住了嘴，仿佛这样就能抹掉刚才的那一声惊叹。她的一张脸顿时涨得通红。

"坦白讲，这一切在奥斯卡和我居住的城市要普遍得多，有不少人的父母当初并没有结婚。有时候，世事就是如此，世上有着各色各样的家庭。"蒂莉端详着安妮，安妮正竭力消化蒂莉刚才的一番话。

"但是，我还有我妈给的这条项链。"蒂莉说着，取出那条精美的蜜蜂项链亮给安妮瞧了瞧，"她名叫贝娅特丽克丝，有一条跟这条链子配套的项链。当初我父亲送了一条给她，她又给我配了一条。"

"听上去真是无比浪漫。"安妮用向往的口吻夸赞道。

就在这一刻，蒂莉三人已经迈出了树林，踏上了一条红沙铺地的宽敞大道，大道的左右两侧还各自伫立着一排云杉。安妮立刻将她的白日梦抛到了脑后，变得兴冲冲劲头十足，冲着蒂莉和奥斯卡伸手指了指山巅。蒂莉顺着她手指的方向抬眼张望，望见山巅上赫然伫立着一座带有一扇扇大窗、刷白了墙的木头屋舍，那正是艾梵立学校。

"好，"安妮告诉蒂莉和奥斯卡，"我先把注意事项跟你们两个抒一抒吧。你们两个新人务必要小心提防那些姓派伊的丫头们，可不能听信她们胡诌；浦莉希·安德鲁斯的气质倒是极其优雅，可惜她的小脑瓜不太灵光——虽然我这么评价可能不太厚道，要是我真敢把这话说出口，恐怕会挨玛蕊娜[1]一顿好训呢。顺便说一句，浦莉希就是那个一头褐色美发美得要命的女生。除此之外，还用说吗，千万别把黛安娜给忘了，你们两个一定会跟我一样迷她迷得不得了。但话说回来，这间学校的露比、索菲亚和简三位姑娘也颇得我的欢心……当然了，还有一位女生的名字也跟你一样叫作蒂莉。就在前几周，这个也

----

[1] 该人名又译作"玛丽拉"或"马瑞拉"。

叫蒂莉的女孩竟然准许我戴上她的戒指，还给了我一下午时间，谁让我格外贪恋那只戒指呢。这间学校还有我们大家的老师，叫作菲立浦斯先生。瞧，黛安娜这不就来了吗！"正在这时，一名有着莹亮黑发的女孩一溜烟从山上朝蒂莉一行人奔了过来，安妮的脸庞顿时变得熠熠生辉。

"黛安娜，这两位是我的朋友蒂莉和奥斯卡。他们这次是来找我玩的，还要跟我们一起到学校去！"

新来的黛安娜连一句话也没有多问，径直上前给了蒂莉一个拥抱，接着又客气地朝奥斯卡微微行了个屈膝礼。

"真是棒极了！另外，你们两位来得正巧，你们今天想必还能见到基尔博托①！基尔博托确实是个爱逗别人的惹事精，"黛安娜说到这儿又补了一句，用狡黠的口吻对蒂莉和奥斯卡说，"但这家伙的长相真是俊得没得挑。告诉你俩吧，人家可是即将年满十四的翩翩少年，一贯以来都是他们班上成绩最亮眼的高才生。"

"要是此人的年纪真比你们这些同学都大上三岁，那他变成班上成绩最亮眼的高才生，倒是合情合理。"奥斯卡说。

"唔，但基尔博托之所以跟我和安妮同班，只是因为当初他爸患了一场重得不得了的重病，干脆去别的省份将养了，也就是阿尔伯塔省，所以基尔博托才陪他爸一道前往。奥斯卡，拜托你千万别在基尔博托面前提到你刚才的那番话，毕竟他当初陪同前往其他省份又悉心照料父亲，乃是一桩高尚之举。再说了，基尔博托当初待在阿尔伯塔

① 该人名又译作"吉尔伯特"。

的时候，又哪有什么机会去学校念书呢，你说对不对？"黛安娜对奥斯卡厉声告诫，一行人则适时踏进了教室。

尽管学生们的服饰跟他们所用的课桌都显得古色古香，这间教室却让蒂莉感觉很眼熟：眼前这群学生正要么嬉笑要么吵嘴，要么互相熊抱要么大声嚷嚷，要么忙着挂外套要么忙着挂帽子；只不过，学生们取出的并不是纸和笔，却是一支支粉笔与一块块石板。眼前这群学生跟蒂莉与奥斯卡的同校同学也没什么两样：蒂莉看得出来，其中一帮女生显然正在取笑另一名女生，一名男生也正在把看上去像是墨水的东西朝另一名男生的书包上泼。

蒂莉的心中顿时涌起了一种熟悉而又别扭的感觉——对蒂莉而言，这种感觉似乎跟教室脱不了干系。她竭力消化着这一切，同时也给自己打气：眼前是另一间不一样的教室，位于另一个不一样的时代，里面满是另一群不一样的学生，就更别提大家还都是一些虚构的书中人物了。

安妮领着蒂莉来到一张双人课桌的前方，课桌的空位紧挨着一名有着金发长辫的女生；随后，安妮又朝奥斯卡指了指教室后方一张没有人坐的空课桌。

奥斯卡跟跄着朝那个空位走去，又瞪圆眼睛端详着那群蜂拥而至的学生，接着才战战兢兢地坐了下来，仿佛他正等着面前的椅子噗的一声消失，害得他一下子坐到地上。

等到班里所有同学纷纷落座时，身后的一阵动静却突然吸引了蒂莉的目光：蒂莉竟然瞥见，一条晒成了小麦色的手臂正慢悠悠地伸向领座女生的金色发辫。还没等蒂莉回过神，那条金色辫子的发梢就已经被一个图钉钉在了椅背上。

蒂莉立刻扭过头，望见后座上一名长着棕眸和鬈发的少年正冲她竖起一根手指，又把手指放到唇边，示意蒂莉不要出声。正在这时，菲立浦斯先生也向全班同学发问：有没有谁自愿给他搭把手，帮着把石板分发给大家。蒂莉还没有来得及开口提醒，邻座的女生已经站起身来，但谁也没有料到，那被钉住的辫尾竟然害得她的头被猛地朝后一拽。她不禁发出了震耳欲聋的惊呼，于是全班齐刷刷地扭过了头，瞪圆眼睛朝蒂莉她们这张课桌望了过来。那个被扯住金发的女生又咚的一声坐回蒂莉的邻座，抽抽搭搭地流出了眼泪。蒂莉立刻伸手拔下了图钉，又踌躇着在邻座女生的手臂上轻抚了一下：算是好意哄了哄对方吧。蒂莉转过身张望着安妮，想要问问该怎么办，却发现安妮正凶巴巴地怒视着闯祸的少年，露出满脸反感的神情。蒂莉后座上的那个少年却只是自顾自抛了个眼色给安妮，气得安妮的一张脸顿时涨得通红。

"原来这就是基尔博托本人。"蒂莉悄声道。

14

情节峰回路转，无比精彩

蒂莉发觉，自己根本没有办法把视线从安妮的身上挪开。抛开硬邦邦的木头座椅和满屋粉笔的味道不提，蒂莉面前的一幕依然有着一种如梦似幻的气质。眼前这个安妮，跟蒂莉想象中的角色形象真是分毫不差：整整一上午，这个活生生的安妮基本上都在从教室窗户朝外呆望，一心沉醉于一幕又一幕的白日梦中。蒂莉还亲眼目睹书中角色基尔博托几次三番想要吸引安妮的注意，他要么做个好笑的鬼脸，要么拿粉笔划出一声声刺耳的嘎吱声，害得全班同学都很火大，安妮却偏偏就是不接招。在安妮面前碰了一鼻子灰，基尔博托干脆朝她俯过身子，狠狠地扯了扯她的赤红色发辫。

"赤发妞！赤发妞！"基尔博托压低了音量说道，让声音低得刚好避开菲立浦斯老师的注意，但又响得足以让班上大多数同学听个清楚。

安妮顿时从座位上蹦起身来，强忍住被气出来的眼泪，一把抄起了自己课桌上的石板。

"你这嘴不饶人的毒舌小子！"安妮高声呵斥着基尔博托，"也实在太放肆了吧!"话音未落,蒂莉便眼睁睁望见安妮将手中的石板在基尔博托的脑袋上砸成了两半。奥斯卡忍不住在教室后方惊呼了一声,这声惊呼传到了蒂莉的耳朵里。

教室里立刻爆发出了一阵阵高喊声和倒吸一口凉气的声音,蒂莉邻座那位金发女生的眼泪则越发噗噜噜掉得厉害。等到最后,这阵喧闹终于惊动了正在黑板上涂写算术题的菲立浦斯先生。

"瞧瞧这出闹剧,"菲立浦斯老师扯开嗓子向安妮质问道,"你到底在闹些什么?"

安妮却依然站着没有动,睁圆了眼睛瞪着基尔博托,两只手各拿着一块裂开的石板。

没想到,那个名叫基尔博托的少年却抢先回答了菲立浦斯老师:"这事该怪我,怪我刚才偏偏要拿安妮的头发开涮。"

可惜的是,这句话却被菲立浦斯老师当成了耳边风。"我班上的某个同学竟然性情如此暴虐,还如此记仇,真让我心里难过啊。"老师向全班宣布道。

"哇,安妮这哪算是记仇!刚才明明是基尔博托在欺负她嘛。"蒂莉实在忍不住了,不禁插了嘴。

菲立浦斯先生闻言扭头端详着蒂莉,这才破天荒地注意到了班上的陌生人。

蒂莉简直恨不得钻进一条地缝,躲开菲立浦斯老师的眼神。"我的意思是……刚才明明是基尔博托没礼貌,而且吧……我也不是故意要……"蒂莉支吾了起来。

"你这小姑娘究竟是谁?"菲立浦斯先生用傲慢的口吻问蒂莉,"你是新来的学生吗? 怎么没人通知我一声,说要把你转到我班上?"

菲立浦斯先生对蒂莉的这番呵斥,终于把安妮的注意力从基尔博托身上引开了。

"先生,这是蒂莉·佩吉斯,她是前来探访我的一位朋友。"安妮不情不愿地补上了一句话。

"听着,那你们两个都得到教室前方去罚站,罚你们花上整整一下午抄写句子。像你们两个这种胡闹行径,在我的课堂上绝不允许。至于你,"他又用轻蔑的目光向蒂莉望去,告诉她,"你给我留下的第一印象实在不怎么样。"

蒂莉与奥斯卡胆战心惊地交换了一下眼神:不管在就读的学校里吃过多少苦头,奥斯卡和蒂莉可还从来没有被罚当着全班同学的面抄写整整一下午句子呢。菲立浦斯先生领着安妮和蒂莉走向了黑板,在黑板的一头写下了一句话:

"安尼·雪莉的性情很是暴躁。安尼·雪莉得好好学着平心静气。"

在黑板的另一头,他又写下了另外一句话:

"蒂丽·佩吉斯的嘴巴很不饶人。蒂丽·佩吉斯得好好学着出言谨慎。"

安妮悲伤地看着蒂莉。"真不好意思,居然把你拖进来跟我一起丢脸了。不过，刚才基尔博托竟敢当着全班同学的面公然把'赤发妞'这种绰号安到我的头上，真是让人惊掉大牙。对了，菲立浦斯先生不仅在黑板上写错了我的名字，还写错了你的名字，堪称雪上加霜。"

"说得对，怎么能把'安妮'拼成'安尼'，'蒂莉'拼成'蒂丽'嘛。"蒂莉压低音量咕哝道。

与此同时，奥斯卡倒是又朝座椅里缩了一缩，尽量避免引起任何的注意。

这个下午，蒂莉忙着一遍又一遍没完没了地抄写，感觉比早晨难熬了许多，简直恨不得马上掉头回到她那间一成不变的教室。等到罚抄好不容易结束的时候，奥斯卡、黛安娜、蒂莉和安妮一起迈出教室，却发觉基尔博托正苦苦地等着他们一行四人。他不好意思地伸出一只手，捋了捋凌乱的鬓发。

"非常不好意思，刚才确实是我的嘴太损。"基尔博托开口向安妮道歉，看上去确实显得有点担忧，"拜托，你可千万别往心里去。"

谁料安妮却只是把头一扬，拽住蒂莉和黛安娜就拔腿朝前奔，奥斯卡也只好尴尬地跟了上去。

"哇，你怎么能让基尔博托碰一鼻子灰呢？"黛安娜万分震惊地问安妮，又千方百计想要扭头回望基尔博托，可惜安妮又把她朝前拖了几步。

"这小子，他这辈子也休想得到我的原谅，"安妮一边向其他三人宣称，一边不停地迈着大步，"绝对没门。"

奥斯卡、蒂莉和安妮挥手辞别了准备上山回家的黛安娜，安妮咚的一声躺到了路边一块碧草莹莹的绿地上。"你们两位竟然不得不目睹这种闹剧，真让我无比下不来台。"安妮告诉蒂莉和奥斯卡，"每逢尴尬的难关，我总会竭尽全力不失态，可惜始终都觉得很费劲。"

"你根本就不必觉得'下不来台'。"蒂莉告诉她，"依我看，你简直棒得不得了。我倒是恨不得我能有你那么勇气满满，敢于为自己挺身而出。而且我觉得吧，今天大家几乎全都站在你这边。再说了，瞧瞧基尔博托，他在事后也懊悔得厉害。"

"蒂莉，在我的面前，拜托你连提也别提这坏小子的名字。"安妮叮嘱蒂莉道，脸上却洋溢着快活的神色，"反正从今以后，我再也不会提到他的名字了。你怎么看，奥斯卡？"

"呃，是问从今以后要不要再提某人的名字？依我看，一辈子不提也许不太现实吧。"奥斯卡说。

"不，我问的是，你觉得那小子是不是事后懊恼得厉害？"安妮问奥斯卡。

"是吧？"奥斯卡说。

"果然不出所料。"安妮说着露出了满意的笑容。

正在这时，小径上传来了一阵吧嗒声，一步步逼近了他们三人，打断了大家的闲聊。当遥遥望见那名头戴灰色圆顶高帽的男子在道路转角处展露身影时，蒂莉只觉得顿时喘不过气来。

她立刻用手肘在奥斯卡身上轻轻碰了碰。"这人就是乔克先生，也就是我外公外婆刚才在私下谈论的那个人。安妮，我实在弄不懂他怎么会在这里露面。"蒂莉压低了音量，"之前这个人去过我们家的书店一趟，找我外公搭话，爱丽丝的那场茶话会他也露面了。"

"他跟你外公搭过话？"奥斯卡皱起了眉头，问道。

"对。当时，这人还提到了一家图书馆。"

"唔，这个人正朝我们这边走呢。多说一句，他这张苦瓜脸看上去真是愁得厉害，对吧？"安妮用胳膊肘撑起了身子，嘴里说。

乔克走到离三人不远的地方，又向蒂莉、安妮和奥斯卡脱帽致意，嘴角挂着一抹淡淡的笑容，眼神却显得一片冰冷。

"玛蒂尔达，"他冷冷地开了口，"你又出门四处游玩了，对不对？"

"你到底是什么人？"蒂莉没有搭理他的问题，转而问道，"你难道是在跟踪我？"

"我是乔克先生。"灰帽男子说，"老早以前，我曾经与你外公共事过一阵子。别以为地球是绕着你转的嘛，小姑娘。我只是出门走动一趟，没想到竟然跟你偶遇了，实属巧合。对了，你竟然还带了个朋友。"乔克朝奥斯卡点了点头，说道。

蒂莉生怕自己出言不逊，只好闭了嘴。

"这些事，蒂莉的外公都知情吗？"奥斯卡一边说，一边含糊地朝周围一指。

乔克发出了一阵咯咯的笑声，其中还掺杂了一声嘿嘿的讥笑——蒂莉还从来没有听过这么让人后背生寒的笑声。

"难道你外公对你守口如瓶吗？"乔克问蒂莉，"真有意思，甚至可以称之为峰回路转的情节，简直无比精彩。"他说完环顾着周围，一副只盼听见掌声的模样，"我倒是好奇……算了，不如你们先回家吧，孩子们。听上去，你只怕要跟你外公促膝长谈一番才行。也有可能，我们用不了多久就会再次见面。"说完这句话，乔克先生就又吧嗒吧嗒沿着小径走远了。

虽然眼下红日正高悬在空中，蒂莉却生生打了个冷战。

"安妮，你能把奥斯卡和我送回家吗，拜托你？"她轻声问。

安妮听完长叹了一声，仿佛蒂莉和奥斯卡道别离开，是她所能想到的最悲伤的事情。不过，她依然向两人伸出了双手。蒂莉和奥斯卡各自握住安妮的一只手，等到三人十指相扣的一瞬间，眼前的树林立刻消失了踪迹，佩吉斯书店那熟悉的一幕幕又再次在三人的周围现了身。趁着现实世界还没有完全恢复原状，安妮微微笑了笑，松开了两只手，顿时没入了她的书中，只留下蒂莉和奥斯卡伫立在佩吉斯书店里。

"我认为，我们真该跟你外公好好聊一聊。"奥斯卡向蒂莉提议道。

两人在办公桌旁找到了外公，他正端着一杯咖啡坐着，旁边还配了杰克烤制的一个羊角面包。蒂莉和奥斯卡向外公走过去，他露出了茫然的笑容。"见到你真开心，奥斯卡。那本书你读得怎么样了？"

"外公。"蒂莉开了口。外公立刻察觉到了她那郑重其事的口吻，抬起了眸子。

"出了什么事？"他赶紧发问。

"外公，奥斯卡和我必须跟你打听一些事情。我们才刚刚从一本书里回来。"蒂莉告诉他，外公的脸顿时变成了铁青色。

"算是到书里游览了一趟吧。"奥斯卡说道。

"说得再确切一点，是《绿山墙的安妮》那本书。"蒂莉又补上一句。

"两人同游吗？你们两个竟然同时进入了《绿山墙的安妮》那本书？那还真是难得一见的奇事。"外公像是在自言自语。

"依我看，只怕已经不是'难得一见'能够形容的吧。"奥斯卡说。

"嗯，其实我心里也有数，这一天迟早会来。"外公深吸了一口气，回答道。"依我看，也是时候让你们跟图书馆馆长见见面了。"

15

偏偏就一眼相中了这本书

"什么图书馆？"蒂莉问。

"图书馆的谁？"与此同时，奥斯卡问。

"鉴于你们两个刚刚还在书中畅游，所以，正如你们所料，"外公用轻快的口吻告诉他们，"佩吉斯书店有着大多数顾客并未目睹的一些内情。实际上，"外公一边说，一边向奥斯卡投去了好奇的目光，"这是大多数书店顾客见所未见、闻所未闻的奇事。而且，也并非每位读者都能去书中畅游一番。不过，还是让图书馆馆长给你们解释清楚吧，毕竟这才是我们的惯例。"

"'我们'指的又是谁？"奥斯卡问，外公却依然没有接过他的话头。

"我们这就出发吗？"蒂莉吃惊地问道。

"不，用不着现在就出发，但我们确实必须尽快动身。总得采取措施未雨绸缪，保证你们两个人的安全吧，尤其是在你们已经被人硬生生拖进书中的情况下，即使你们前往的只是艾梵立。幸好，你们总算还不是《魔戒》的狂热粉丝，不然的话，我们只怕就不得不赶紧着手处理此事了。不如先去跟玛丽商量商量：要是奥斯卡今天晚些时候跟着我们一道进城，玛丽会不会答应？”

“我去跟我妈打声招呼好了。”奥斯卡立刻答道，“我敢说，她会答应让我今天跟你们出门。那我们要去什么地方？要不要我自带午餐？要不要带把雨伞？”

“奥斯卡，这可不是学校的远足旅行。这一趟，恐怕比你预料中要复杂得多。”外公告诫道。

“这一趟难道比我们刚刚在书中漫游了一番更加一言难尽？难道比《爱丽丝漫游仙境记》一书中的爱丽丝本人动不动就溜进佩吉斯书店找蒂莉聊天，更加一言难尽？难道比某个阴森森的男子跟踪蒂莉进了一本又一本书，更加一言难尽？”奥斯卡用怀疑的口吻问。

“没错，奥斯卡。事情的真相确实比你提到的那些还要复杂得多。”外公答道，“等等，你刚才说什么‘某个阴森森的男子跟踪蒂莉’，到底是怎么回事？难道是其中某本书里的人物？”

“不是书中的人物，是前几天来书店找你的那位不速之客——乔克先生。”蒂莉向外公解释。

“他竟然进了《绿山墙的安妮》？”

“他还进了《爱丽丝漫游仙境记》呢。”蒂莉补上了一句。

“你居然连《爱丽丝漫游仙境记》也游览了一番？”外公说着摇了摇头，“乔克竟然跟你和奥斯卡同时待在书里？”

蒂莉点了点头。

“不过，他并不是在你们两个进入那本书的时候一起进去的？你确定吗？"外公问。

"百分百错不了。"

"乔克跟你说过些什么吗，蒂莉？"

"这人只是古里古怪、神神道道地闹了一会儿，让人直起鸡皮疙瘩，接着他就溜号了。他说他曾经跟你共事过一阵子，所以认识了你。当他发觉这件事你根本没跟我提过的时候，他还哈哈大笑。"蒂莉平静地告诉外公。

"好吧。没问题。对了，奥斯卡，那你回咖啡馆……"

"可是……"奥斯卡想要回嘴。

"先听我把话说完。"外公告诉他，"不如你先回面包屑咖啡馆问问你母亲，是否准你今天下午跟我们一道前去伦敦国王十字区。告诉你母亲，我准备带你们俩去大英图书馆一趟。蒂莉和我过一会儿就去咖啡馆接你。要是遇上麻烦的话，就发短信给蒂莉吧，或者来店里一趟。"

奥斯卡正准备开口问上好一串问题，但却望见了蒂莉脸上那副心神不宁的神情，于是又把问题咽下了肚，闭上嘴点了点头。

外公用力地捏了捏奥斯卡的肩膀。"多谢，奥斯卡，待会儿再见。好了，蒂莉，我们现在去找你外婆。"

外婆正站在收银台后方，兴冲冲地跟一个书店常客闲聊。

"周三我们书店的那个派对，您一定会露面的，对吧？"外婆的话钻到了蒂莉和外公的耳朵里。

"查理，不好意思打扰了。"外公冲那位常客开了口，"可是埃尔茜，我恐怕要带蒂莉和奥斯卡去城里大英图书馆一趟。"外公一边说着一边朝外婆抛了个眼色，外婆却慢吞吞地摇了摇头，"去跟阿米莉亚见见面。你明白，有可能……"

"真是辛苦你，阿奇。你的意思我很清楚，你就别再挤眉弄眼了。"外婆望着蒂莉微微笑了笑，但她的笑容中略带一丝让蒂莉捉摸不透的意味。外婆微笑着把一个纸袋和收据交到查理的手中，随后就把心神全然放到了蒂莉的身上。

"真是让人无比激动，宝贝。"外婆告诉蒂莉，"阿奇，刚才你提到，还要带上奥斯卡？不如你来接手打理一会儿书店，我跟蒂莉去厨房里聊一聊？"

蒂莉一头雾水地点了点头，半个字也没有说。她还没有回过神呢：谈到这些貌似货真价实的奇事，外公外婆的口吻怎么会如此漫不经心？

在厨房的餐桌旁，伴着一杯茶，外婆认真地端详着蒂莉。

"我敢说，你已经把事情从头到尾跟外公讲过了，但我还是很乐意听听，你是怎么察觉到事情真相的。"外婆问蒂莉。

"其实，直到刚刚那段时间，我才真正察觉到真相。"蒂莉答道，"之前，我一直都没弄懂到底出了什么事。我第一次把事情讲给奥斯卡听的时候，他还觉得我是在做白日梦，谁让我发现了妈妈的那堆旧书，感觉很心酸呢。"

"蒂莉，真抱歉，我们没有早点跟你讲清楚。"外婆告诉她，"外公和我商量了很长一段时间，但我们一致认为：假如事情并未真正发生在你的身上，那就没办法跟你解释清楚。要不然，你肯定会以为外公外婆的脑子出了问题。"

"我的外公外婆竟然拥有魔力，可我压根儿就被蒙在鼓里，简直让我惊掉了大牙！"

外婆闻言，哈哈大笑了起来。"蒂莉呀，可惜的是，外公和我根本就没有半点魔力。我们只是很幸运，能够动用书籍和阅读自带的魔力。这种魔力为世上众人而生，但某些人控制它的能力更强一些。我根本不会下咒施法，就像我根本劝不动你外公别再一个又一个地囤鞋盒了。话说回来，迄今为止，你都去过哪些地方？只盼是个让人心旷神怡的地方吧，千万别太危险。"

"我先是出席了《爱丽丝漫游仙境记》里的一场茶话会，接着就跟着安妮·雪莉一起去学校上了一天学。"蒂莉告诉外婆，仿佛自己正在转述某本书中的故事，而不是正在讲述自己的经历，"在我明白自己有能力进入书中之前，也就是我刚刚在佩吉斯书店见到安妮和爱丽丝的那一阵，我还试过让莎拉走出《小公主》那本书，可惜什么也没有发生。"

"你为什么偏偏挑中《小公主》那本书？"外婆慢吞吞地问。

"我也说不清楚，只是偏偏就一眼相中了它。"蒂莉说道，"我似乎已经好久好久没有读过这本书了，可外公之前告诉我，它是我母亲的最爱。这句话让我想起来，我一度对莎拉有多欣赏。"

"外公还跟你提了这件事?"外婆说,"没错,它确实是你母亲的最爱;但除了这一本,她还痴迷不少别的书籍。除此之外,要是当初你根本还没有摸清内情,那什么都没发生倒并不奇怪。当魔力刚开始生效的时候,只有与你联系最紧密的那些书中角色才会现身。所以,安妮和爱丽丝才会来佩吉斯书店找你。好了,再跟我讲讲吧,奥斯卡又是怎么回事。"

随后,蒂莉就把最近几天发生的一切一股脑告诉了外婆,一直讲到奥斯卡如何跟她一起被安妮一把拽进了艾梵立,讲到奥斯卡和她又是如何去找外公对质。

"于是,事情就变成了现在这样。"蒂莉总结道,"外公还提到,我们得去一趟大英图书馆,跟图书馆的某个管理人员见见面。"

"其实,目的地算是在大英图书馆附近吧。"外婆回答,"可是,那间图书馆有点特别之处,那位图书馆的管理人员也有点特别之处。与众不同但又无比绝妙,另外,你可以跟奥斯卡共同经历这个过程,实在棒得很。遇上这种关头,有个朋友相伴身旁,真是再好不过了。"

"你说的就是这种关头吗:你发觉自己竟然住在一间魔法书店里,竟然可以跟你最心仪的书中角色攀谈?"蒂莉问,顿时感觉一阵心潮澎湃。

"正是。"外婆说着微微一笑。

16
欢迎来到地下图书馆

"阿奇！蒂莉！"几小时以后，佩吉斯爷孙两人推开面包屑咖啡馆的大门，玛丽开心地跟他们打着招呼。玛丽的身边，则是激动不已的奥斯卡。"贵客光临，真是好极了。坐吧，找个地方坐吧，我给你们端壶茶过来。奥斯卡告诉我，你愿意带他跟蒂莉一道进城，这样会不会太勉强你了？"玛丽问。

"只怕没工夫喝茶了，多谢你，玛丽，"外公说，"进城的事，那是当然，我很乐意带奥斯卡同行！好给两个小家伙换换环境，你也明白。"

"说得真对。"玛丽答道，露出一副满意的模样，"多出门走走，同时还能接受一下文化熏陶，对奥斯卡倒是件好事。难道这一阵子，大英图书馆里有你看中的展览？"

外公顿时支吾了起来，奥斯卡赶紧插嘴给外公支招："好像跟非常讨你欢心的《爱丽丝漫游仙境记》有点关系，对吧？"

"说得对，应该是，该书作者刘易斯·卡罗尔的手稿正在图书馆的'珍藏馆'里展出。"外公说了一句唬人的话。

蒂莉和奥斯卡立刻跟着点了点头。

"真棒。"玛丽说，"万分感谢，阿奇。奥斯卡，牡蛎卡^①你带了没有？"

奥斯卡在牛仔裤的衣兜上拍了拍，算是回答母亲。

"简直挑不出一根刺来。"玛丽说，"我都等不及想听听你们的看展经历了。"

一行三人随后动身前往车站，它就在沿着商业街往前走五分钟的地方。外公、蒂莉和奥斯卡刷了牡蛎卡，匆忙钻进一趟驶向伦敦市中心的火车。蒂莉发觉一名乘客正拿着一本《哈利·波特》，但车上的乘客基本上都在读免费报纸。

从伦敦国王十字车站沿路往前走，到大英图书馆只用花上几分钟。没料到的是，奥斯卡和蒂莉却不得不撒开腿连跑带赶，才尴尬地赶上了外公。在身穿西服的行人和手持地铁路线图及相机的游客中，外公迈开大步走在两个小家伙前方，飞快地在人潮之间穿行。当外公在入口处一扇巨型的红砖拱门外猛然停下脚步时，奥斯卡和蒂莉差点就一头撞到了他的后背上。

三人头顶上方的巨石镌刻着大英图书馆的馆名，馆名下方则是一扇黑色的网格铁门，铁门上的字母也同样拼出了大英图书馆一词。三人踏进了一个大庭院，庭院里挤满了各色人等：一群连头发都没洗的学生，个个都被装满书本的破旧大手提袋压弯了腰；好些油头粉面的

---

① 牡蛎卡：Oyster card，是一种电子收费卡，可以在伦敦的公共交通工具上使用，比如公共汽车、地铁、轻轨和轮渡等。

商界人士，正忙着互相握手；还有手持超薄笔记本电脑包和可回收咖啡杯的潮人们，夹杂在商界人士与学生中间。庭院的地面由一块块红白相间的方格砖铺成，三人周围的一栋栋铜色楼宇则点缀着一抹抹红色。大英图书馆的围墙后方，可以遥遥望见伦敦国王十字车站那高耸的钟塔尖顶，而一尊超大型的人物雕像也赫然映入了眼帘：雕像是一个男子，手里正拿着某种数学仪器。

"这座雕像到底是谁？"奥斯卡说着，指了指那座超大型的雕塑。

"这是艾萨克·牛顿爵士①。"外公告诉他，大英图书馆的这座牛顿雕像出自雕塑家爱德华多·包洛奇爵士②之手，其灵感来源则是作家威廉·布莱克③笔下的一幅牛顿画像。"

"厉害。"奥斯卡听完长吁了一口气。

外公领着蒂莉和奥斯卡，踏上了通往大门的台阶。三人经过一列正等着安检人员查包的人群，进了一间通风上佳的大型门厅。他们的左侧是一家礼品店，正前方不远处摆着一张矮矮的白桌子，显然是给游客指路和提供信息的地方。一截截楼梯和一部部自动扶梯通向好几个方向，空气中充斥着嗡嗡的人声与嗒嗒的打字声，恰似一段轻柔的音乐。闻上去，这间图书馆有种酷似咖啡和纸张的味道。接待处后方则是一座由玻璃和黑色金属建成的巨型高塔建筑，径直地向天花板探去，上面摆放着成千上万本看似年代深远的书籍。外公迈开了步子，

---

① 艾萨克·牛顿爵士（1643—1727）：英格兰物理学家、数学家、天文学家、自然哲学家，也是一位政治人物。
② 爱德华多·包洛奇爵士（1924—2005）：英国雕塑家，曾获选英国皇家学院院士。
③ 威廉·布莱克（1757—1827）：英国诗人、画家、版画家。

笔直地走向了它。

巨型高塔底楼有一扇黑色的加厚大门，门上挂着一块耀目的牌匾，上面写着：国王藏书阁。一条窄窄的过道径直通向一扇闸门后方的大门，门上用醒目的大字标注着：工作人员专用。没料到，外公却不假思索地推开了这扇门。

"呃，外公，这扇门上已经标明了，此处只供员工出入。这里应该不准我们进去吧。"蒂莉忐忑地提醒道。

"不要担心，蒂莉，没什么问题。等着瞧……"外公告诉蒂莉，似乎根本没有留心附近办公桌边工作人员那好奇的眼神。门边设置了一个黑色的小键盘，外公在键盘上输入了四个数字，伸手推开了那扇沉甸甸的大门。大门发出了咔嗒一声脆响，听上去令人心满意足。尾随着外公，蒂莉和奥斯卡也溜进了门，进了一间幽暗而又凉爽的屋子，屋里摆满了数不清的书籍。蒂莉敢断言：只要她的眼神不盯着那些书，书页的边缘就会窸窣作响，彼此偷偷地窃窃私语。

外公又领着两人走过一段蜿蜒的金属台阶，来到了一个角落，角落里依稀有着一扇并不显眼的电梯门。电梯门上赫然悬挂着一个指示牌，指示牌上写着"故障停用"几个字，外公却依然摁下了按键，电梯门咿呀一声打开了。

蒂莉和奥斯卡用茫然的目光向外公望去，外公却轻轻地把两人推进了电梯。

"大英图书馆的很大一部分，都集中在你们两个小家伙的脚下几层楼。"外公告诉蒂莉和奥斯卡，"不过，唔，我们算是跟大英图书馆借了点地方吧。"

"你这句'我们'，指的是谁?"蒂莉问道，用困惑的眼神凝望着外公。

"你马上就会明白。"外公一边说，一边拿出一张卡在插槽里刷了一下，又伸手摁下了电梯的一个按键。电梯咣当一声抖了抖，动了一动；只不过，它既没有往上升，也没有朝下降。眨眼间，空气中突然弥漫着那股已经为蒂莉所熟知的烤棉花糖香味，电梯的四壁也随之轰然坍塌，好像一张张剥落的墙纸。米色的电梯间消失了踪影，取而代之的是华美的内景，举目便是闪亮的暗色木头和金灿灿的装饰。一排排金色按钮从地面一直排到了电梯的顶部，真是高得不得了——就算蒂莉想要按下这些按钮，只怕她也够不着吧。

这时，电梯门叮咚一声打开了。

"欢迎来到大英地下图书馆，"外公说，"那就请新人先走一步吧。"

17

"读万卷书，便是行万里路"

蒂莉和奥斯卡一头雾水地对视了一眼。

听外公的口吻，三人即将前往的必定是个富丽堂皇的巨型殿堂；谁知道，他们却正站在一条窄窄的走廊里，走廊铺着木地板，两侧的墙壁蜿蜒着没入一片黑暗之中，墙上还有着一扇又一扇毫不起眼的门。眼前的这一幕倒算不上有多丑，但一行三人刚刚途经的那些书山书海比它要令人惊艳得多。再说了，书本的魔力可以把人带到某个狂野而又绝妙的宝地——对于这一点，眼下的蒂莉早已经习以为常了。

"您刚刚提到，我们现在是在哪儿？"蒂莉抬头凝望着外公，问道。

"地下图书馆。"外公重复了一遍刚才的话，又伸手向周围指了指。

"难道这个地方还有什么内情，难道我是被蒙在鼓里了吗？"奥斯卡压低音量对蒂莉说。蒂莉摇了摇头，表示她也不知情。奥斯卡又用手肘轻轻碰了碰她，示意她继续追问。

"大英地下图书馆究竟指的是什么？"蒂莉又开口问外公，"刚才那部电梯施展魔法把我们咻溜一下转换了时空，但我们面前的这条走廊却明明又很普通。呃……难道我们是在某本书中一条看似普通的走廊里？"

"哪本书里有一间地下图书馆？"奥斯卡对着蒂莉耳语。

"不，不。"外公显得既有点慌乱，又有点气馁，"地下图书馆并不是位于某本书里。玛蒂尔达，正如你刚才的说法，那些能让我们'咻溜一下转换了时空'的魔力，就来自于这条普普通通的走廊。不如，你们还是跟我来吧。"

外公说着就沿着走廊往前迈开了脚步，蒂莉和奥斯卡立刻尾随了上去。蒂莉正一心忙着追赶外公的脚步，直到奥斯卡用手肘轻轻碰了碰她，又指指刚刚经过的一扇门，她才察觉到其中几块指示牌很有点不寻常的地方。在"账务室"与"人力资源室"之间，他们竟然经过了地图室"编目处"和"角色登记处"，而且所有的标牌全都用一串数字和圆点开头。看上去，这个地方既不像楼上那宁静而又现代的大英图书馆，也不像佩吉斯书店不远处那间平易近人又舒舒服服的公共图书馆。

到了最后，走廊的尽头处是一扇木质的双开门，门上带有弯弯曲曲的雕花门把手。

"不如再试试这扇门吧。"外公说着就伸手推开了这扇门。

"这个地方才像话嘛。"奥斯卡一边夸赞，一边一脚踏进了一间屋：眼前这间屋，几乎正是众人想象中秘密魔法图书馆的模样。它有着漆成深碧色的天花板，高悬在三人的头顶，周围配着华丽的木质拱

门。地板也是木头质地，三人的脚步声在耳边回荡，夹杂着小声的话音和翻开书页的沙沙声。三人进屋时穿过的那扇门位于一个矩形大厅窄窄的尽头处，他们面对的那堵墙则被漆成了米黄色，墙上挂着木板，木板上写满了金色的文字，木板下方的双开门跟三人刚刚穿过的那道门看上去分毫不差。在这两扇一模一样的双开门之间，有着高达五层楼的长长的过道，每条过道的两侧都摆放着一列列书架，直通中庭；而每条过道的尽头处，又都有着一道华美的金属格栅。中庭没有摆放太多家具，显得空空荡荡，只在正中央摆了一张圆形的大桌子，周围环绕着一个巨型木头箱柜，这个木头箱柜则又是由数百个带有金色把手的小抽屉拼凑而成。大圆桌的前方，镌刻着一句话：

LEGERE EST

PEREGRINARI

"这究竟是什么意思？"蒂莉伸手指了指大圆桌上的刻字，问道。

"这一句是拉丁语。"外公解释给蒂莉听，"很难精确地把它翻译成英文，但这个词的动词形式 peregrinor 代表着'四处周游'，所以，这句话基本上意味着'读万卷书，便是行万里路'，这也是地下图书馆的座右铭。"

大厅里显得熙熙攘攘，满是身穿带有金色镶边的蓝色开襟毛衫的人们。有人抱着文件和书籍，有人三两成群地聚在一起说话；蒂莉还发觉，就在紧邻大厅的那个地方，居然还有许多人正在木头长桌旁奋笔疾书。不远处有一群图书管理员，正在把成堆的书籍分拣归类，放进一架巨型链斗式升降机里，它看上去恰似一台巨大的送货升降机系统。不过，跟蒂莉在餐馆里见过的那些用来送餐送菜的普通金属箱不一样，这个精心制作的巨型容器是由一组木箱组成的，这些木箱又被铜链串在了一起，正被人朝上下左右各个方向拖拽，顷刻间就在三人眼前被送到了图书馆的不同楼层。每隔几秒钟，耳边风平浪静的嗡嗡声就会被砰的一声巨响打断：那是总台圆桌旁边的一名男子在某本书上盖了个戳，接着又把它扔进了身后的斜槽。

"好，大家已经瞧够了吧。我发誓，将来你们还大有机会再狠狠地一饱眼福。不如现在就动身，去见见图书馆馆长吧。"外公提议道，又在蒂莉的后背上轻轻碰了碰，催她动身。奥斯卡立刻跟了上去，依然惊讶地合不拢嘴。三人向正中央的大圆桌走去，等到他们终于走近的时候，桌边的年轻男子抬起了眼眸，脸上露出一抹随和的微笑，直到他一眼望见了外公。

"哦！佩……佩吉斯先生。"年轻男子结结巴巴地开了口，"真是没料到，您跟我们有约吗？"

"不，应该没有。"外公一边说，一边特意避开了蒂莉的目光，"请问阿米莉亚人在吗？"

"我不太清楚，先生，有可能在她自己的办公室里。是否需要我派人送您上楼？"

"这里的路我还认识。"外公说，又冲着年轻男子微微露出了笑容，圆桌边的小伙子立刻忐忑地摆正了眼镜。

"唔，还用说吗，您当然胸有成竹。"他不好意思地回答，"是否需要我通报一声，说您来了图书馆呢，先生？"

"不必了，实在多谢。"外公立刻回答，"我们走吧，孩子们。"他领着奥斯卡和蒂莉从圆桌边走过去，迈步走向大厅另一头的那扇门，圆桌边的好几个人却毫不掩饰地瞪大眼向外公一行人望了过来。等到三人走出中庭的时候，蒂莉扭头回望，发觉屋里所有身穿开襟毛衫的人们全都停下了手头的工作，正端详着三人离开。

"外公，为什么大家都紧盯着我们？"蒂莉踌躇地问。

"别说傻话，宝贝，大家只是见到访客有点激动而已。走这条路吧。"

三人又到了另一条两侧排列着木门的长走廊里，但这条走廊上的木门并没有标注名字，却标注了编号。外公小声地数着数，数到四十二的时候，他猛然停下了步伐，害得蒂莉和奥斯卡一头撞上了他的后背。

"这就是我们的目的地。"外公说道，用力敲了敲门。那扇门吱呀一声打开了，映入眼帘的是一位女郎，留着一头又黑又长的直发。望见外公，她先是惊讶地睁圆了眼睛，随后就绽开了诚挚而又明媚的笑容。

"阿奇·佩吉斯，好久不见。请进吧。"黑发女子说道，起身后退了一步，让三人进了屋。他们走进一间舒适宽敞但显然十分平常的办公室，它看上去倒是跟蒂莉学校校长的办公室没什么两样。办公桌后方一张椅子的椅背上挂着一件皱巴巴的开襟毛衫，办公桌上则堆满了文件和书籍，还有一台显得新崭崭的电脑。

"阿米莉亚，这小伙子名叫奥斯卡·鲁克斯，是一位友人。还有我的外孙女，玛蒂尔达·佩吉斯。"

阿米莉亚的脸上掠过了一抹让蒂莉摸不着头脑的神情，随后，她却又露出了微笑，向他们伸出了一只手。她探身朝蒂莉和奥斯卡凑过来，脖子上的一条项链随之轻轻摇晃，链子上挂着一把大大的金钥匙。

"欢迎来到大英地下图书馆。我是本馆馆长阿米莉亚·韦斯珀，认识两位非常开心。"

阿米莉亚伸手朝办公室的角落指了指，那里摆着几张看似破旧但又显得很舒适的扶手椅。大家落座时，阿米莉亚穿上了那件开襟毛衫，蒂莉这才发觉：阿米莉亚的毛衫前胸上绣着一把用金丝织成的华美钥匙，旁边则是刚才在大厅里见过的那几个拉丁文。

"阿奇，你看得出来这里几乎没怎么变吧。"阿米莉亚说，"哪位想要喝杯茶？"

蒂莉点了点头，表示想要喝杯茶。"外公，您以前来过这儿？"她问。

阿米莉亚闻言哈哈笑出了声。"唔，还用说吗，他当然来过。图书馆馆长总不能在家工作吧。"

"可是，你明明才是图书馆的馆长。"奥斯卡一头雾水地说。

"没错，我是目前的图书馆馆长。不过，以前这个职位就是蒂莉的外公……"阿米莉亚说到这儿，突然住了嘴，"难道你们不知道？"

"不，阿米莉亚，两个小家伙并不知情。之前发生了那么多事，埃尔茜和我一致认为，为蒂莉着想，不如还是从头开始吧。"外公说道。

一时间，阿米莉亚脸上的神情看似百感交集。"唔，这事终归是你说了算，阿奇。"她终于回答了一句话。

奥斯卡和蒂莉茫然地互望了一眼。

"我能不能问一问……"蒂莉刚要插嘴，外公跟阿米莉亚却又继续聊了起来。

"我还得找个时间，跟你坐下来好好聊一聊伊诺克的事。"外公告诉阿米莉亚。

"'伊诺克'又是什么人？"奥斯卡悄声问蒂莉。

"应该就是乔克先生吧。"蒂莉回答。

"我们说话的时候，能否拜托你们不要在一旁小声嘀咕？"外公的口吻比平时要凶上不少。

"可我们半点内情也不知道！"蒂莉顿时被外公的口吻伤了心，不禁脱口而出，"您一直在提一大堆秘密，一会儿说起什么人一会儿又说起什么事，听得我根本就摸不着头脑。您还突然间把我们带到了这个绝密的魔法地下图书馆里，又指望我们乖乖地闭上嘴巴，乖乖地点点头喝喝茶，可是您依然一句话也没有解释过。"

奥斯卡听完尴尬地搓起了两只脚，阿米莉亚则突然间一心喝起了茶。

外公凝神审视着蒂莉，看上去一副心碎不已的模样。

"实在抱歉。"外公终于开了口，"那些事可以等等再说，阿米莉亚。玛蒂尔达，奥斯卡……依我看，那我们还是从头说起的好。"

18

某些书远比其他书安全

　　"书行术，指的是遨游于不同书籍之中的能力，读者中只有一小部分能够办到。拥有此能力者，算是比大多数凡人读书读得更加深入一些吧。冥冥中，我们就从百分之百在脑海中遨游书中世界，摇身变成了实打实地置身于书中世界——其中的缘由我们至今都没有摸透，也说不清书行术为什么在某些人身上能够起效，但在其他人身上就没有效果。依照我们的看法，任何读书人或许都有这种潜力，但可以料想的是，其中书商或图书馆管理员的人数更多一些，因为书行者几乎都跟书籍和阅读有着某种密不可分的关联。正是靠着这种密不可分的关联，他们才在最开始把书中的角色召唤了出来；也正是因为这种密不可分的关联，你的第一次书行过程，通常都是进入一本与你十分亲近的书——所以，奥斯卡，之前你在从未读过《绿山墙的安妮》的情况下，居然也能一同踏进那本书里，实属极不寻常。其实，把书中角色从故事中召唤到现实世界，更像是书行术的一种副作用；只不过，它差不多算是能让我们察觉到某人具有书行能力的一个苗头吧。除此之外，据我们所知，书行的过程，一般都发生在书店或图书馆里。"

"这么说来，我是在无意间把安妮和爱丽丝从书中召唤了出来？"蒂莉问。

"那我怎么没有把书中的角色召唤出来呢？"与此同时，奥斯卡问。

"我明白，你们两个小家伙肯定有一大串问题要问。不过，等到某个图书管理员领你们进行入门培训的时候，其中大部分问题都将得到解答。跟我一桩桩一件件地摆事实比起来，图书管理员们应该可以讲解得更加有趣、更好消化一点吧。实际上……阿米莉亚，你觉得今天能挤出一点入门培训的时间吗？"

阿米莉亚轻轻地点了点头，走到办公桌前方，悄无声息地拨通了电话。

"相关人员会教你如何控制你的书行术。"外公接着告诉蒂莉和奥斯卡，"之所以设立地下图书馆，目的就在于保护读书人和书中的故事，因此我们制定了一套规条以求达到这一目的。可以料想的一点是：谈到书行术，部分书籍远远比其他书籍安全。某些读者的书行能力觉醒时，曾经召唤出一些不三不四的书中角色，害得大家差点大难临头。要是哪天有空，记得提醒我一下，跟你们讲讲盖瑞和半兽人的往事。"

"另外，正如刚才阿米莉亚所说，我一度担任过这间图书馆的馆长。蒂莉，你出生以后没过多久，我就退隐了。因为你外婆和我都认为，你的母亲不在身旁，我们老两口的年纪又越来越大了，还是留守佩吉斯书店的好。尤其是，外婆和我当时还不知道你会不会变成一个书行者。"外公告诉蒂莉。

这时，阿米莉亚已经打完了电话，正用指甲不停地在办公桌上轻敲。外公刚一说完，她就立刻插了嘴。

"阿奇，你认为……"

外公却立即截住了她的话头，阿米莉亚不禁挑高了一条眉毛。"我明白，事情的来龙去脉还有许多内情，但依我看，最好还是先把最基本的要点给蒂莉和奥斯卡讲一讲，你不觉得吗？"外公一边说道，一边向阿米莉亚点了点头，以示谢意。

"我倒是想听听各种内情。"蒂莉赶紧插嘴。

"这些还只是最基本的要点？"奥斯卡小声地嘀咕，又摇了摇头。

"蒂莉，依我看，目前让你要费神去理解的信息已经够多了。另外，阿米莉亚，假如可以办到，能否麻烦你告知其他图书管理员一声：在讨论更多细节之前，先让蒂莉和奥斯卡稍微消化一下关于地下图书馆和书行的信息吧？用不着担心，宝贝。"外公叮嘱蒂莉。

"你要是不说这一句，她才不担心呢。"奥斯卡插了句嘴，外公凶巴巴地瞪了他一眼。

"我母亲当初有没有书行的能力？"蒂莉轻声问。

"她拥有这种能力，没错，宝贝。"外公答道。

蒂莉顿时说不太清楚：她心中的那道心伤到底是更深了一些，还是愈合了一点点？

"你跟你母亲长得真像，玛蒂尔达。我并不希望你有种把自己当成哈利·波特的错觉，但话说回来，你的双眼长得跟你母亲真是一模一样。"阿米莉亚告诉蒂莉，奥斯卡好不容易忍住了一声咯咯笑。

"你认识我母亲？"蒂莉问。

"唔，对。实际上，我和你母亲是大学同学。要是知道你有了第一次书行经历，她一定会很开心吧。不管怎样，我们迟早会有时间叙叙旧的。不如现在去找一下参考馆员，先给你们两个人注册登记。"阿米莉亚说着对奥斯卡和蒂莉点了点头，表示给他们打气。

一行人又走回了那条长走廊，前行了几米，在一扇门前停下了脚步。这扇门的号码标牌被一块手写指示牌盖住了，上面是歪歪扭扭的几个字：仅限预约。

"不用管这块指示牌。"阿米莉亚说道，"虽然他极度不乐意，可我依然是他的上司，跟他见面绝对用不着预约。"她敲了敲门，又在同时伸手把门推开，其他人也跟在阿米莉亚的身后，进了一间屋。这间办公室的形状和大小几乎跟阿米莉亚那间没多少差别，但屋里的家具要少得多，墙上满是金属文件柜和书架，一个个书架里又摆满大小十分一致的大部头书籍。

"我可不许来客连门都不敲就进我的办公室……唔，下午好，韦斯珀女士。我看您带客人来了啊。"一个冷冰冰的声音说道。

"竟然是你。"当伊诺克·乔克扭过头面对众人时，蒂莉不禁倒吸了一口凉气。

19

在一本好书中迷失

外公冲着乔克微微地点了点头，乔克飞快地把一块沾满烟灰的手绢放进了办公桌的最上一层抽屉，又用力地合上了抽屉。

"很开心见到你还在用原来那间办公室，伊诺克。"外公用礼数周全但很冷淡的口吻说道。

乔克的脸上顿时挤出了一抹扭曲的笑容。"哎，说得对，阿奇博尔德。我还在这间办公室里办公，还在当参考馆员，你心里很有数吧。这地方非常地合我心意，少了一点钩心斗角，也少了一点出岔子的机会，这件事你也心知肚明吧。如你所见，阿米莉亚的工作出色得很。"

阿米莉亚听完咳嗽了一声。"好啦，尽管故人重逢十分暖心，我们这次来办的却是公务。伊诺克，麻烦你把玛蒂尔达和奥斯卡的书行者身份登记一下吧。"

"没问题。"乔克先生说着就从书架上的超大卷宗中抽出了一本。

蒂莉用惊恐的眼神向外公望去。"他竟然在地下图书馆里工作?"她悄声发问，外公却一心打量着乔克先生。

蒂莉终于鼓足勇气开了口。"你怎么会在这儿?"她哑着嗓子问道。

屋里所有人都齐刷刷地扭头望着她。

"你刚才说什么,小姑娘?"乔克问。

蒂莉咽了口唾沫,回想起安妮把石板砸到基尔博托头上时那种满心愤慨的神情。"做个勇敢的人……"她心中暗道。

"我问的是,你怎么会在这儿?"她又重问了一遍刚才那句话,这次的口吻显得平和了不少。

"要不然,我又该在哪儿?"乔克回答,"这可是我的办公室。"

"可这几天无论我在哪个地方,你就会跟到哪个地方!你难道是在跟踪我吗?"蒂莉的语气变得凶了不少。

听到这句,阿米莉亚猛地吃了一惊。"伊诺克,你什么时候见过玛蒂尔达?这可是阿奇第一次带她到这里来。"

乔克还没有来得及开口,蒂莉已经插了嘴。"之前,我们已经见过三次面了!第一次是他去我家书店探访我外公,接着我们又在书里遇见了两次。我游历过两本书,两次都遇见了他。"

屋里所有人顿时从蒂莉的身上挪开了目光,齐刷刷地扭头向乔克望去。

"你是不是标记了蒂莉?"阿米莉亚轻声问。

"我发誓,不过是例行检查而已。"乔克说,"当初我冒昧造访了佩吉斯书店,发现竟然有她这么一个小姑娘,真是又惊又喜。显而易见的是,她生来就有书行的潜力。于是,我在心里暗自思忖:标记一下她的行踪，查实一下她是否已经邂逅了书中的人物，应该没什么大碍。"

"你还真是……尽职尽责。"阿米莉亚说了一句。

"您也知道，我就爱钻研书行能力冒头时的种种迹象，再加上年轻一代书行者的能力。"乔克的口吻依然十分平静，"拥有玛蒂尔达这般强大的基因，假如不监测一下她的能力如何发展，似乎真是一种浪费。"

"听上去，你这次动用标记功能，似乎略有一点不合常规。"阿米莉亚边说边歪了歪头，"这件事我们随后再谈吧，伊诺克。"

"标记功能是怎么回事？"蒂莉问。

"标记，指的是高级图书管理员拥有的一种能力。当某本书不在他们的手中时，他们却也可以动用标记功能，获取进入该书的权限。"阿米莉亚对蒂莉说，"不过，你用不着担心这些。"

"话说回来，当初你为什么要造访佩吉斯书店，伊诺克？"阿米莉亚又把心神放到了乔克的身上。

"当时我有一个疑问，本来以为阿奇博尔德能够出手化解，但可惜事实并非如此。"

"鉴于目前的情形，我认为，你总该在拜访阿奇之前通知我一声吧。"阿米莉亚说。

"我也要提醒您一件事：您虽然身居图书馆馆长的要职，但我去书店里逛逛，并不需要事先得到批准。"乔克用冷冰冰的口吻答道。

阿米莉亚皱了皱眉，又清了清嗓子。"我们稍后再私下详聊吧，伊诺克，不如请你先给蒂莉和奥斯卡登记注册。"

乔克微微地点了点头，招手示意蒂莉过去，又冲着登记簿指了指。

"你的姓名？"

"玛蒂尔达·萝丝·佩吉斯。"

"首次拥有书行经历是在什么年纪？"

"十一岁。"

"基地书店是哪一家？"

"应该是佩吉斯书店？"蒂莉用疑问的目光向外公望去，外公点了点头。

"该书店的店主是谁？"

"阿奇博尔德·佩吉斯与伊丽莎白·佩吉斯。"

"你已经完成注册了，接下来该那个男孩登记。"

阿米莉亚冲着奥斯卡点了点头，算是给他打气。

"你的姓名？"乔克开口问。

"奥斯卡·卢卡斯·鲁克斯。"

"首次拥有书行经历是在什么年纪？"

"十一岁。"

"基地书店是哪一家？"

"应该也是佩吉斯书店，对不对？"奥斯卡的口吻听上去不太确定。

"我觉得没错。"阿米莉亚插了句嘴，外公也点了点头。

"该书店的店主是谁？"

"你刚刚才替蒂莉把这个问题的答案写过一次。"奥斯卡答道。

乔克却等了等。

"阿奇博尔德·佩吉斯与伊丽莎白·佩吉斯。"奥斯卡说。

乔克登记了所有的细节，又合上钢笔的笔帽，把那支钢笔摆进办公桌上的一个凹槽，摆得正正好，随后合上了登记簿。众人凝望着他在一尘不染的登记簿封面上掸了掸，接着站起身，郑重其事地把它摆回了书架。蒂莉十分笃定：她分明瞥见阿米莉亚翻了个白眼。

"这些登记簿里记的都是书行者吗？"蒂莉问，"你们为什么要把他们一一记录下来？"

"对，确实是。"阿米莉亚说，"地下图书馆早在多年以前就已经开始运营了。据我们认定，自从书籍问世以来，人类就已经拥有了书行的能力。更重要的一点是，地下图书馆保存着相关记录，为的是掌握相关的动向——总不能让不受监控的书行者在重要文本中到处乱窜吧，也不能让书中角色在我们蒙在鼓里的情况下溜出既定的故事。"

"除此之外，这也算是给我们书行者一族的历史做了个精彩记录。"阿米莉亚又补上一句，"相当于读者的家谱。"

"那你也记录在这些登记簿里面吗？"蒂莉害羞地问。

"那是当然！"阿米莉亚一边说，一边从顶层的书架上取下了一本登记簿，飞快地翻阅着，"瞧！"

越过阿米莉亚的肩头，奥斯卡和蒂莉放眼望了过去，发觉阿米莉亚的信息跟他们一样被记了下来。

"我们能不能也瞧瞧你的记录？"奥斯卡问乔克。

"不，休想。"乔克说，"这纯属侵犯个人隐私。"

"瞎诌，伊诺克。"阿米莉亚的神色显得很气恼，"瞧瞧又能有什么坏处？新一代书行者希望更加深入地了解我们的历史，这难道不是大好事？你是哪一年登记入册的？"

乔克那张苍白的脸上泛起了两团气愤的红晕。

"我才不乐意把个人信息亮给乳臭未干的小家伙看。"他说了一句。

阿米莉亚不禁叹了一口气，也不再揪着不放。

"我有个问题想问。"奥斯卡说着举高了一只手，仿佛他正在课堂上提问，"我们进入某本书书行以后，能在那本书里读到自己吗？我们能不能回到佩吉斯书店，却又在《绿山墙的安妮》那本书里读到我们自己？"

"问得好。"阿米莉亚微微露出了笑容，"当你踏进某一本书的时候，通常而言，这本书会是千万本相同著作中的一本。不管你在书中闹得有多翻天覆地，你所造成的损害都维持不了多久。只要你一离开那本书，故事就会恢复原样；而你在某本书中的所作所为，不会影响到同一著作在其他人手中的版本。我们并不建议在书行时太过偏离原著，不过，你无法永久地改变一个并非出自你手的故事。当然了，除非是在源本图书馆里，假如在那儿……"

乔克却打断了阿米莉亚的话。"这可是机密信息啊，韦斯珀女士。"

"对于书行者一族而言，可不是什么机密信息，伊诺克。"阿米莉亚答道。她接着就取出了脖上那条项链系着的钥匙。"这套钥匙只有两把：我这里有一把，另一把则归乔克先生管理。只有使用这套钥匙，才能进入源本图书馆，而源本图书馆中保存着所有英文书籍的初版。每一本书，送到楼上大英图书馆里的都是两份。一份会变成大英图书馆的藏书，另一份则会经过楼上那位图书管理员朱利安之手，来到地下图书馆中。朱利安的职责，就是担任两个图书馆之间的联络人。一旦书本被交付给我们，就会被盖戳编目，成为源本书籍，也会被施以相应的魔力和保护。这些源本书籍所受的保护十分严密，原因在于：假如你偏偏要在这些源本书籍中书行的话，你就有可能永久性地篡改书中的故事，让后辈读者看到一个不一样的故事。更别提那些源本书籍具有的魔力十分强大，源本书籍中的原著角色具有其他版本所不具有的魔力和永生之身。因此，我们不能让源本书籍中的原著角色溜出去，也不能让人溜进源本书，此事事关重大。"

　　"篡改书中的故事是件坏事，对吧？"奥斯卡问。

　　"会是一场灾难，奥斯卡，"阿米莉亚纠正道，"我敢说，无须我开口给你们两个小家伙敲警钟，告诉你们书籍的力量是多么强大吧。书籍可以改变人的思想，改变世界，打开思路，播下种子，而这些种子又可以长成奇花异草，甚至结出恶果。一则则故事，既值得人们深爱，又值得人们尊重，永远也不要低估故事的威力。正因为如此，书籍时不时便会沦为审查制度的牺牲品，那些禁书或者焚书之人，畏惧的正是字里行间

承载的含义。可是，设想一下吧，假如这类人物得知世上竟然存在永

远毁掉这些故事的办法，那又会发生些什么呢？因此，我们才对此守口如瓶。要是落到坏人的手中，我们的工作可能就会引来滔天大祸。"

"可是，时不时地书行一趟，应该并不危险吧？"蒂莉忐忑地问。

"恐怕事情也没那么简单。"阿米莉亚说，"虽然书行者一旦回到现实世界，书中的故事就会恢复到原著的模样，但在书行者身处书中的那段时间，事情就变得有点复杂了。从你在艾梵立书行的经历也可以看出来，书中的世界跟你读书时的感觉一样真实。你可以实打实地触摸到各种物品，可以吃吃喝喝，还可以跟书中的故事互动。但是，这也意味着：你也许会受伤，甚至丢掉性命。除此之外，你还有可能迷失在某本书中。假如你在某本书里待得太久，现实世界就会逐渐被你抛到脑后，时间也会随之紊乱。虽然在你踏出该书的那一刻，现实生活的一切都会像潮水一般恢复原状，你却有可能忘掉你理应回归的现实世界，更不用提另外一件事：你在书中变老的速度是无法预测的。书中的一则则故事，确实丰富了我们的人生，但却不应该取代现实的人生。"

"另外，刚才提到的还只是好书的情况。要是遇上一本糟糕的烂书，那就更容易迷失了，情节漏洞说不定会要你的命。"

这时，乔克瞥了瞥阿米莉亚，显然已经失去了耐心。"尽管很荣幸听到您的这番介绍，但既然是私人聊天，你们几位能否去我的办公室外面接着聊呢？"

"那我们还是告辞吧，就不要再占用乔克先生的时间和地盘了。你们两个小家伙要是还有什么问题，都会在入门培训的时候得到解答。"阿米莉亚说道，"不如大家现在就去瞧瞧，塞巴斯蒂安是否有时间为你们举行入门培训吧。"

乔克默不作声地望着众人离开办公室，随后使劲关上了办公室的大门。假如有人稍加留心，那关门声简直堪称砰的一声巨响；只可惜，根本没有什么人把它放在心上。

20

万无一失的书行目的地

外公、阿米莉亚、奥斯卡和蒂莉又迈步回到了大厅中，这里依然忙碌不停。一个图书管理员向阿米莉亚走了过来，对她耳语了几句。蒂莉赶紧朝外公的身边凑，一心想要听清楚那个女子到底在跟阿米莉亚说些什么，可惜并没有听清。

"多谢，玛蒂。"阿米莉亚只回答了一句话，那名女郎就从蒂莉一行人身边离开了。阿米莉亚又领着他们走到一段宏伟的台阶前方，这段台阶位于一堵长壁的中间，由大理石制成，配有华美的铜质栏杆，通向五个楼层。众人走过了几截台阶，到了四楼。四楼摆满了一排排高高的书架，其中一端通往大厅，蒂莉和奥斯卡望见了一幕景象：刚才他们在楼下见过不少书籍被装到一个个木箱子里，而那些收好的书籍在这里却又被摆上了一套滑轮系统，两个图书管理员正在把箱子里的书取出来。另一端则布满了一面面镜子，使整间屋显得根本望不到尽头。

屋里还有一张椭圆形的木桌，木桌周围摆着几把紫红色的皮革椅，木桌正中央又有一盏黄铜翠绿玻璃灯。一名衣着十分整洁的男子前来迎接了大家，他身穿开襟毛衫，配着白色衬衫，还打着一个蝶形领结。

"韦斯珀女士，很开心见到你。"男子说道，又把自己的黑眼镜朝鼻梁上推了推，点了点头以示敬意，"这几位是新来的书行者吗？"

"嗨，塞巴斯蒂安，你说的没错。不好意思，这件事没能提前通知你，但你有空给他们做个入门培训吗，哪怕只是精简版的入门简介？这个男孩是奥斯卡·鲁克斯，这个女孩是玛蒂尔达·佩吉斯，这一位则是她的外公，阿奇博尔德·佩吉斯。"

听到阿奇博尔德·佩吉斯的名字，塞巴斯蒂安显然吃了一惊，但又立刻稳住了心神，向对方伸出了一只手。外公用力地跟他握了握手。"很开心认识你，先生。蒂莉、奥斯卡，无比欢迎你们加入我们的行列，当然啦，也很高兴能为你们两位提供入门简介。多亏了你们，我总算能从编目工作中喘上一口气了。请坐吧。"他伸出手指了指扶手皮椅和木桌。

"你是否需要我们留下来陪同，塞巴斯蒂安？"阿米莉亚问道，"要是你能高抬贵手，阿奇和我倒是有一大堆事情想要叙叙旧呢。"

"我们三个人待在这边，绝对没有问题。"塞巴斯蒂安回答，"等到我们做完入门培训，我会找个人去通知你们。再说了，依我猜，这两个小家伙或许本身就是天才吧。"

"多谢，塞巴斯蒂安。"阿米莉亚说着，轻碰了外公的胳膊肘一下，示意他告辞离开。

蒂莉望着外公，才不过短短几个小时，局势却发展得如此之快，让她忍不住有点惊慌。

"你待在这儿不会有事，蒂莉。"外公安慰蒂莉，"但凡你有什么需要，塞巴斯蒂安可以来找我一趟，我就在楼下阿米莉亚的办公室里。祝你们入门培训玩得开心，你可要认真听讲哦。"

阿米莉亚和外公走后，塞巴斯蒂安跟奥斯卡和蒂莉一起在木桌旁坐了下来，又朝他们两人露出鼓励的微笑。

"好了，你们两个小家伙第一次发觉自己拥有书行能力，是在什么时候？"他一边发问，一边理了理身上的开襟毛衫。

"嗯，安妮……也就是《绿山墙的安妮》里的安妮本人——上个星期第一次在书店里露面，但直到大概一小时之前，我们才得知这种奇遇叫作书行。"蒂莉说。

"天哪，正如俗话所说，真是一场浴火的洗礼。"塞巴斯蒂安笑道，"不过用不着担心，我们这场简介，倒可以稳扎稳打地来，何必操之过急呢。我会回答你们所有的问题，再让你们在安全可控的环境之中练练手。趁着入门培训还没有开始，你们有什么问题想问吗？我还不太清楚，目前为止你们都知道了些什么。"

蒂莉和奥斯卡却只是呆呆地坐了一会儿，双双默不作声，拿不准该从哪里说起。

"我在现实世界里从来没有亲眼见过任何书中人物，那为什么我可以跟着蒂莉一起踏进《绿山墙的安妮》那本书？"奥斯卡开了口。

塞巴斯蒂安看上去像是吓了一跳。"你竟然跟着蒂莉去某本书里书行了？真的吗？我只听说，这可是百年难得一见的奇事。"

"错不了。当初安妮把蒂莉和我同时带进了那本书，但我在现实的书店中根本就没办法亲眼见到安妮。后来，我们三个就一同……书行了一趟？或者说是在书中现了身？好吧，实际上，我又多了一个问题想问。"奥斯卡干脆打断了自己的思绪，"这一切都是魔法吧？"

塞巴斯蒂安再度微微一笑。"简而言之，你说得没错。这一切确实是书籍的魔法。书行，从本质而言，是将书籍与想象的魔力推至极限后，又再上一层楼的结果。从古至今，在全球各地，成千上万的读者一心痴爱着书本，他们能够栩栩如生地想象出最心仪的书中场景和书中角色，并与书本有着真实而又密切的关联。但在读者之中，也只有一小部分才拥有书行的能力。谈到书行，恐怕既谈不上什么符咒和咒语，也数不出多少龙与女巫，不过它确实是魔法无疑。"

"早就猜到啦。"奥斯卡说。

"对于这一切，你看上去倒是一副气定神闲的样子。"蒂莉告诉奥斯卡。对于刚才得知的一大堆信息，她可没有办法做到"气定神闲"。

"嗯，既然事情已经落到了我们头上，能弄个明白总是件好事，对吧？"奥斯卡回答，"要是根本找不到人把内情告诉我们，那情况岂不是更糟糕？"

"没错。"蒂莉的口吻显得并不十分信服，"等一等。能不能再问一下，你刚才提到'也数不出多少龙与女巫'，为什么不说'也根本没有龙与女巫'呢？"

"假如你们真去某本带有龙与女巫的书中书行，那就会在那本书里遇见龙和女巫。"塞巴斯蒂安说，"有一个关键点，我必须提醒你们两个小家伙：假如置身书中，那你们所见所遇的事物都会十分真实。龙，便是货真价实的龙。有些书，会比其他的书更加危机四伏。实际上，这也是我们采用这批书籍进行入门练习的原因所在。"他一边说，一边把好几册彩色的薄书摆到了木桌上。"那我们就从基础知识学起吧。至关重要的一点是，你们要学会掌控书行术，学会想踏进书中便能踏进书中，学会想离开书本就能离开书本。你们真该听听老一辈图书管理员讲的某些传闻，提到书行者被困的旧事……"说到这儿，他却又闭上了嘴，尴尬地咽了口唾沫，"不过，要是真的遇上了大麻烦，我们还有档案馆员收拾残局嘛。"

"档案馆员？"蒂莉又重复了一遍这个词。

"档案馆员，就有点像是书行届的联合国。每个国家都有专属的地下图书馆，但在其之上，还有档案馆员。我甚至从来没有跟档案馆员见过面，但依我猜，档案馆自身所处的地点本来就会不停地变动。可是，从理论上讲，假如某处局面失控的话，就会找档案馆员插手。坦白讲，有时候我会在心里暗自嘀咕，档案馆员只怕是某种捕风捉影的坊间传闻吧。反正据我所知，我们这里还从来没有人跟档案馆员打过交道。总之，言归正传吧。"

他说着把那几本书朝蒂莉和奥斯卡推了过去。

蒂莉拿起其中一本。"《我们喜爱的事物》。"她念出了书名。

奥斯卡也拿起了一本。"《跟我们一起玩吧》。"他也依照书名念道，"这几本看上去真像我们小学时念过的那些书，跟识字读本差不多。"

"你说得很对，这些正是识字书。"塞巴斯蒂安说，"而这一类书籍，也绝对正是万无一失的书行目的地。"他从奥斯卡手中取过那本《跟我们一起玩吧》，递给了蒂莉，"那好，蒂莉，不如你先来书行一趟。迄今为止，你的书行经历似乎更加典型一些。"

奥斯卡听完做了个鬼脸。

"不要担心，稍后我们也会好好培训你。"塞巴斯蒂安告诉奥斯卡，"好了。书行术的首要原则在于：你在书行过程中，务必要随身携带那本书……"

"可是，我进到《爱丽丝漫游仙境记》和《绿山墙的安妮》故事中的时候，都没有带书。"蒂莉插嘴说。

"当时，你是跟书中的某个角色在一起。书中角色可以带你们进书，也可以带你们出书。实际上，据我们观察，假如你是跟某个角色一同书行的话，角色会拥有比你自己进入书中更大的掌控力。假如你确实是自行进入了书中，书中的角色就会把你当作故事的一部分，即使你的存在相当令人费解。他们也许会揣测你为什么会在某个地点，但书中的角色不会质疑你这个人的存在。不过，假如你是被书中某个角色带入该故事的话，就像安妮在佩吉斯书店把你们两个人带入书中的情形，该角色就会记得你真正的来历。比如，当初安妮就明白，你和奥斯卡并不是她那本书里的角色，对吧？但书中其他人物都不知情？"

蒂莉点了点头。

"其实，我们力劝大家切勿采用这种书行方式。因为，你必须靠那个角色再度带你出书；而且，假如没有循迹标记的话，那你究竟是在哪本书里，就不一定一眼能够看得出来了。"

"唔，"蒂莉嘴里问道，一张脸难过地皱成了一团，"这是不是代表着，假如我自行进入《绿山墙的安妮》，安妮就不会记得我？"

"恐怕她确实不会记得。"塞巴斯蒂安答道，"话说回来，我们没有多少时间培训，不如现在就开始吧？"他俯身探过桌子，匆匆翻过书籍开头的词汇表，翻到了正文的第一页：这一页上有一幅插图，画着一个手拿篮球的小男孩，对页上还写着一个词——彼得。"蒂莉，请你先把整本书通读一遍吧，只需要花上几分钟。你也可以跳过通读这一步，直接进入书中书行。但先读一遍能够释放你的想象力，而且，你越了解书中的故事，你在该书之中就越发安全。奥斯卡，趁着这段时间，你不妨把另一本也读一读，算是一箭双雕嘛。你们平时怎么读书，现在就怎么读好了。"

蒂莉和奥斯卡用质疑的目光对视了一眼，塞巴斯蒂安却又点了点头，两人便掉转眼神读起了书。读完全书只花了两三分钟，毕竟那两本书都又短又简洁。蒂莉和奥斯卡抬起了头，用期待的眼神向塞巴斯蒂安望去。

"当你用读书的方式进入一本书时，你会进入某一个特定的时刻。假如你是从该书开篇着手的，你就会书行到开篇处，以此类推。你要去哪里书行，你自己可以掌控。不过，千万不要书行到某本书结尾十页之内的地方。"

"为什么不行？"奥斯卡问。

"因为结尾处难以预测。"塞巴斯蒂安解释道,"游历一本书的结尾并不是不能办到——实际上,不少书行者曾经试过游历他们最爱的战斗、婚礼或死亡场景;可是,你必须随时准备着在眨眼间从书中抽身。建议你们千万不要冒险,等到你们两个人经验丰富以后再说吧。"

　　"那为什么结尾处风险会更大呢?究竟会出什么事?"蒂莉问。

　　"要是你没能把时机把握准确,你也许就会被活生生地困在衬页地带。"塞巴斯蒂安告诉他们。

　　"对不起,衬页是什么意思?"奥斯卡问。

　　"用不着道歉。"塞巴斯蒂安回答,"普通的卷首卷尾衬页,本来指的是一本书封面和封底的衬页,有时候会粘在封面的内侧。但我们此刻所说的衬页地带,指的则是卷尾处的负物质,它可以起到一种缓冲的作用。假如发生意外的话,它会把书中的角色拦回来,好让我们找到这些人物,再将其放回原来的故事里。它算是书中角色的一道安全网吧,但针对的并不是书行者。对书行者而言,从理论上讲,它本该是一片虚无地带。在衬页地带,书中的故事已经结束了,你却依然身处书中。除此之外,想要从衬页地带回到现实世界,有可能是个大麻烦,因为通行的规则在那里并不适用。"

　　"这些规则也未免太多了。"奥斯卡咕哝了一句。

　　"因为风险也很不少啊。"塞巴斯蒂安提醒他,"请不要忘了,这可不是儿戏,奥斯卡。我们正尽力确保你的安全。好了,请两位注意一下:接下来要讲的一点至关重要。"塞巴斯蒂安一边说了下去,一边把眼镜摆正，"要想从一本书中抽身而出，你必须用那本书重读一遍最后一行。"

"要是用了这种办法，我们就不会困在衬页地带了吗？"蒂莉问。

"问得真好，蒂莉，但答案是：不会。"塞巴斯蒂安告诉蒂莉，"假如你用那本书重读了一遍最后一行，那就相当于你自行插入了一个句号，或者相当于输入了'全书终'几个字，也就像是你下了一则指令吧。假如你在某本书的结尾附近书行，你眼睁睁地看着全书的故事收了尾，但你却又依然身处书中，那时你才会落到衬页地带里。不过，其实用不着担心。只要你坚守把同一本书最后一行读一遍的原则，你就不会有事，书本自然会把你安全地送回你进入书中时所在的图书馆或书店。"

"可是，假如当时你是在家读书呢？"奥斯卡又问，"那本书能不能送你回家？"

"据我们的经验看来，只有在书店和图书馆里，书行才有可能发生。除非你身处某个图书店铺之中，要不然，书行似乎无法生效，总得把各色图书的效力汇聚在同一个空间里才行。"

塞巴斯蒂安说完在椅子上朝后一仰，露出了梦幻般的神情。"当你们一脚踏进某家书店的时候，望见眼前的书山书海摆得整整齐齐，那会是怎样的一幕？当时你就心知肚明：掀开每一个封面，书中都是一个不一样的世界，可以供你探索，恰似成千上万道入口——那种感觉，是多么令人心醉？翻开一本新书之前，你的心潮又是多么澎湃？置身于书迷一族之中，你的心情又是多么激动？而这一切，也正是书行的魔力之源，它会在书店里点石成金。"

21

书中已千年，世上或一日

塞巴斯蒂安一心沉浸在对书籍的遐想中，却被奥斯卡的一声咳嗽硬生生打断了，顿时回过了神。

"不好意思，言归正传吧。蒂莉，你愿不愿意试试用读书的方式进入书中？"他翻了翻那本书，把它摊开，书页上写着："这是一间玩具店"。

蒂莉忐忑地拿起了那本书。"这么说，我读读这本书就好？就跟平时一样？等一等，那我以前怎么没有误打误撞，用读书的方式进到了书里？"

"其实，你也许已经在不经意间感受过书行能力的萌芽了，只是当时你并不知道那正是某种苗头。你是否曾经因为一心读书而浑然忘掉了时间？要不然，你是否曾经从书中抬起头，过了好几秒，才意识到自己是在哪个地方？你是否曾经全然地沉浸在书里，既不再被周遭发生的事情分心，也根本无暇思索读到了哪一步？以上种种情况，都代表着你的大脑和你的心，正开始与书中的故事同步。不过，你必须特意抱着书行的目的去读书，才能达成书行；误打误撞地闯入某个故事是不可能的，即使你目前仍在学习掌握书行术。"

"我们至今还没有弄清楚，为什么不同书行者的能力会在不同的时间段觉醒。能力的觉醒经常发生在你这个年龄，因为人们会在这个年龄段开始真正建立起与书籍的关系，并找到自己最为心仪的那些书。能力的觉醒似乎也跟书行者处于变动期或低落期有关，据我们看来，这或许是因为，当事情千头万绪令人无暇分身时，会给你体内的魔力一个释放的机会。除此之外，魔力一旦露了头，只怕就很难不被察觉。书行术是你与生俱来的天赋，蒂莉，你用不着担心对错。至关重要的一件事，是你心里要明白，世上有着书行的可能，因为你已经跟爱丽丝和安妮一同经历过书行了。因此，就把心思放在故事上吧，读读那一行字……还要记得，千万要拿好那本书。"塞巴斯蒂安叮嘱蒂莉。

"要是我没有办法抽身出书，那怎么办？要是我读了书中的最后一行，却根本没有效果，那怎么办？要是我弄丢了那本书，那又怎么办？你确定我应该现在就去书行吗？"蒂莉问。

"你刚才所说的那些事都不可能成真，但如果真有需要，我可以把你从书里拉出来。我们用的这本书属于地下图书馆的藏品，但它也是注册过的培训用书，因此它的边界更加灵活一些，我可以前去书中接你。地下图书馆有着许多相关制度，让我们可以借此找到并帮助书行者。不过，就信我一句吧，事情坏不到那种地步。好啦，祝你大获全胜。"塞巴斯蒂安说。

蒂莉点了点头，深吸了一口气。她竭力抛开一切杂念，全心地沉浸在阅读中。一眨眼的工夫，她就已经读完了书中那简单的一句话，谁知道顷刻间，那股烤棉花糖的香味就立刻笼罩在她的周围，现实世界的墙壁也随之渐次坍塌了。蒂莉的眼前只剩下了一团纯白，好像她正站在一个充斥着浓浓白雾的屋子里。这间屋里既没有声响，也没有味道，只有一团白色。

蒂莉不禁慌了神，突然悟到了一件事：如果真遇上什么麻烦的话，她还根本不知道该怎么联络塞巴斯蒂安。但就在这个节骨眼上，一只皮毛盈泽的红色雪达犬突然冒了出来，蹦跳着掠过了蒂莉的身旁。雪达犬从旁经过的时候，蒂莉也跟着扭过了头，赫然望见书里的玩具店已经在她的身后拔地而起。它有着绿松石色的墙壁和带有黄色边框的大型橱窗，橱窗中摆满了好些显得古色古香的玩具：其中有身穿蕾丝蓬蓬裙的玩偶、塑料车辆、泰迪熊，甚至还有一具摇摆木马。"看来，眼下似乎只能跟着那条小狗，从敞开的玩具店门进店去了。"蒂莉暗自心想。在那间玩具店里，蒂莉可以望见一名身穿紫色衬衣的女郎站在收银台后方，正在跟一个身穿橙色套头衫的小男孩谈话，男孩手里还捧着一个巨型玩具挖掘机。除此之外，一名金发小姑娘身穿粉红色的高领毛衣，正伸手指着玻璃柜里的一个玩偶，蒂莉刚见过的那只红色雪达犬则嗅着玩具店角落里的一只玩具狗。

"你好?"蒂莉迈步踏进了玩具店的店门，用忐忑的口吻说道。

小男孩和小女孩都抬起眼朝蒂莉望了过来，那只红色雪达犬却依然在忙着嗅闻那只玩具狗。

"他是彼得。"穿粉红色毛衣的女孩嘴里冒出一句话，伸手朝男孩指了指。

"她是简。"穿橙色套头衫的男孩嘴里也冒出一句话，伸手朝女孩指了指。

"见到你们真开心，我叫蒂莉。"蒂莉说着，不好意思地朝两人挥了挥手。

"我喜欢……"简告诉蒂莉，"……彼得。"

"我喜欢……"彼得告诉蒂莉，"……简。"

"真棒。"蒂莉回答，"那玩具店外面怎么什么也没有？"她问。

"这是一间……"彼得告诉蒂莉，"……玩具店。"

"我喜欢……"简告诉蒂莉，"……这间玩具店。"

"还用说吗，我当然也喜欢玩具店。"蒂莉答道，"这间玩具店真不赖。这是你的狗吗？"

"彼得喜欢……"简又告诉蒂莉，"……狗儿。"

"简也喜欢……"彼得也告诉蒂莉，"……狗儿。"

"好吧，那依我看，大家全都迷上那条狗了。"蒂莉回答。

柜台后方的紫衣女郎却始终默不作声。

"唔，这一趟真有点让人心头发毛。"蒂莉小声咕哝道，"我是不是可以溜号了？"她把手里的那本书翻到了最后一页，照着念出了文字："彼得爬到了树上。彼得还拿着球。"有那么惊悚的几秒钟，蒂莉的周围似乎什么事情也没有发生，随后，那间玩具店便在她的身边轰然坍塌了下来，取而代之的，则是地下图书馆那摆满了书的坚实的墙壁。

塞巴斯蒂安冲着蒂莉竖了竖大拇指，奥斯卡则用叹服的眼神向她望了过来。

"你也就消失了大概……几秒钟！"奥斯卡告诉她。

"书中已千年，世上或一日。"塞巴斯蒂安说，"你们知道，书里大段大段的时间怎么会一眨眼就过去了吗？因为下一章直接就跳到了'次日'，甚至直接跳到了'下一周'，你根本就摸不清在那之前到底发生了些什么事情。要不然，某些书花在描述某件事上的功夫，甚至比那件事实际上所花的时间还要长，那又会怎么样？"奥斯卡和蒂莉闻言都点了点头。"你脱离现实世界的时间，大概相当于你读完这些段落的时间，即使你在书中感觉时间要漫长一些。只不过，终究算是难以预测吧。"塞巴斯蒂安解释道。

塞巴斯蒂安说完，又把另一本书朝奥斯卡推了过去。

"唔，这次该你了，你愿不愿意放手试一试？显而易见的是，我们不太拿得准你将会遇到一趟什么样的书行，但因为你已经在艾梵立游历过，所以也就具备所需的核心技能，这一点倒让我很开心。除此之外，我刚才也对蒂莉提到，这是一本训练用书，我可以进书……"

可是，塞巴斯蒂安这番打气的话，却被一个板着脸的图书管理员打断了。这个图书管理员突然在楼梯台阶上现了身，他留着一抹尖尖的山羊胡子，身上的黑色开襟毛衫带有银色的镶边。他打量着蒂莉和奥斯卡，几乎懒得掩饰一下脸上好奇的神情。

"不好意思打扰了，塞巴斯蒂安，但能不能麻烦你来帮忙处理一下楼下刚刚闹出的乱子？一个新人书行者刚刚在《彼得·潘》里出了点事，希望只是管理上的小麻烦吧，我们可指望着你能雷厉风行地帮我们把问题解决掉。"

塞巴斯蒂安听完咂了咂嘴，但还是站起了身。

"能不能等一会儿？"他问。

"还是别往后拖的好。"新来的图书管理员催他，"这家伙好像已经弄丢了《彼得·潘》里的一个'迷失男孩'①。"

塞巴斯蒂安叹了一口气，朝蒂莉和奥斯卡扭过了头。"你们两个小家伙就乖乖地待在这儿，听懂了吗？千万别乱跑。我要么去去就回，要么就去把蒂莉的外公找来，他会来这儿接你们。"他转过身，目光越过眼镜上方落在了两人的身上，"乖乖待着。别乱跑。"

蒂莉和奥斯卡点了点头，塞巴斯蒂安就尾随那个长着山羊胡子的图书管理员下了楼。两人越过栏杆向塞巴斯蒂安望去，发现他加入了几名图书管理员的行列，这群人全都齐刷刷地穿着黑色的开襟毛衫，毛衫上又全都镶着银边。他们迈着轻盈的步伐走向底楼那张圆形的主桌，首先到达的一个图书管理员拉开了木头抽屉柜侧面的一扇门，随后在门中消失了身影。

"这帮人还真是痴迷他们那款时髦的开襟毛衫，对吧？"奥斯卡说道，"我们总不能一直在这儿傻等着，该做点什么？要不要去找你外公？"

"塞巴斯蒂安刚才明明叮嘱过，让我们待在原地别乱跑。要是图书管理员们需要阿米莉亚出手相助的话，我敢说外公就会来找我们。"

①"迷失男孩"：典出《彼得·潘》相关作品，指的是一群住在"梦幻岛"上的男孩。

"我竟然还没有来得及去书行一趟，真让人难以置信。"奥斯卡嘴里抱怨，"你可千万别介意，但依我看，地下图书馆真该先培训我。因为他们明明知道你具备书行的能力，可我却还拿不准，没有你我是不是能够书行。"

"塞巴斯蒂安马上就会回来，你会有机会再试一下。再说了，游历刚才那本训练用书，可不像游历艾梵立一样有意思，总之有点古怪，还有点无聊。等到准许我们书行以后，你最想去哪儿?"蒂莉问。

"当然是《哈利·波特》里的霍格沃茨魔法学校了，还用说吗!"奥斯卡说，"我好想出席那套书里的圣诞舞会，要不然就旁观一下书中'三强争霸赛'里的斗龙比试，或者见见书中的角色卢娜。"

"可是，要是你邂逅的书中角色偏偏是伏地魔，那怎么办? 不然的话，要是你偏偏遇见了反派乌姆里奇，那又怎么办?"蒂莉问，"多说一句，我们可不会施魔法哦，我们在《哈利·波特》里面只能当麻瓜。"

"呃，那中土大陆①怎么样?"奥斯卡提议道。

"那里可真是危机四伏。"蒂莉说，"又有半兽人，又有食人妖，又有巨型蜘蛛……"她掰着手指，数着一种又一种怪物奇兽。

"有道理，好吧。"奥斯卡说道，"那《黄金罗盘》②里的牛津又怎

---

①"中土大陆"：又译"中洲""中土世界"，是指 J.R.R. 托尔金小说作品中构建的一块大陆，《霍比特人》《魔戒》与《精灵宝钻》等故事皆与之有关。
②《黄金罗盘》：又名《北极光》，英国作家菲利普·普尔曼爵士（1946-）所著小说"黑暗物质三部曲"之一。

么样?"

"我可不想撞见书里那些绑架儿童的恶贼。"

"哎,这一本本书怎么都这么危机重重?"奥斯卡问。

"依我看,要是一本书里写的尽是些幸福无忧、整天风平浪静的福地,那岂不是有点没劲?只怕也没什么人爱读它吧。"蒂莉评价道,奥斯卡则沿着书架迈开了脚步,审视着一条条书脊。

"其实,有一丁点儿风险也可以接受,对吧?"奥斯卡一边说,一边高举着一本书亮给蒂莉瞧了瞧。

"《金银岛》?你打定主意了?这本书写的不都是关于海盗和死亡……我说不清楚……还有背叛之类的故事?"

奥斯卡皱了皱鼻子。"应该算是。这本书里肯定写到了海盗,但我依稀记得,其中大多数都很和气。但话说回来,我听《金银岛》有声书,已经是好久以前的事了。要不然,我们从书里找个没什么风险的段落读一读吧。"奥斯卡动手翻看起了这本书,蒂莉则竭力把心里那种微微反胃的感觉抛到脑后。

"奥斯卡,我拿不准这本书……"

但正在这时,蒂莉的话却被打断了:奥斯卡已经哗啦一声翻开了那本书,伸手握住了她的一只手,读了起来。

22

一个糟糕透顶的馊主意

吃完早饭，特里劳尼先生交给我一张便条，要我送给西贝格拉斯酒店的老板约翰·西尔弗。他对我说，那地方很容易找，只要沿着码头走，看到一家用铜制大望远镜做招牌的小酒店即是。我想到又有机会看看港口里的船舶和水手，心里十分高兴。我兴冲冲地出发，在人群、大车和货包中间穿梭而行，因为此时正是码头一天最繁忙的时候。几经周折，终于找到了那家酒店。①

令人安心的纸墨香味和木头味道猛然间变成了烤棉花糖的甜香味，紧接着又变成了十分刺鼻的鱼腥味、汗味和海水的味道。地下图书馆在蒂莉和奥斯卡的身边轰然坍塌了，赫然变成了一个熙熙攘攘、味道难闻的码头，蒂莉不禁皱起了鼻子。

奥斯卡却咧嘴笑了笑。"瞧瞧，哪有什么风险可言嘛……"谁知

---

① 本段摘自《金银岛》，译林出版社 2020 年版，王宏译。本段是《金银岛》一书中的原文。

就在这个节
骨眼上，一个
看上去凶巴巴的男
子却用手肘在奥斯卡的
身上撞了一下，男子的身上还
文着刺青。

"别挡道，小伙子！"刺青男子冲着
奥斯卡嚷嚷，连瞧也没瞧蒂莉两人一眼。

"我们得先找到书里的吉姆才行，"奥斯卡提
议，"也就是故事里的那个少年角色。他应该就在不远
的地方吧。"说话间，一名瘦巴巴的少年却正好从蒂莉
和奥斯卡的身旁擦肩而过。

清瘦少年的手中紧攥着一张卷好的羊
皮纸，正抬头审视着一栋栋楼宇，显然
正在寻找些什么。少年的目光终于落
在了一块摇摇晃晃、涂着一架镀金望
远镜的木头牌匾上，随后拔腿一溜烟就
朝木头牌匾奔了过去。蒂莉和奥斯卡赶
紧跟在了他的身后。看上去，那间刚在书
里读到过的酒馆活像一幕电影布景；眼前这座
大屋有着矮矮的木头天花板，整间屋里都弥漫着一股烟味。

"往昔岁月的气味可真是难闻，简直害我惊掉了大牙。"奥斯卡一

边发牢骚，一边用嘴呼吸着。酒馆里突然变得鸦雀无声，三三两两的水手从一杯杯朗姆酒上抬起了目光，瞪大眼紧盯着那个清瘦的少年——蒂莉望着那个男孩迈步向酒馆的吧台走过去，不禁在心中暗想："他肯定就是书中角色吉姆了。"看上去，吉姆显得有点踌躇，但却并没有停下脚步。于是，酒馆又再度在吉姆的周围变得嘈杂起来，这时吧台后方的一扇门砰的一声打开了，露出了一名男子的身影。

此人的左腿简直算是齐根断掉了，一条精雕细琢的木头假腿从他的大腿根一直伸到地板上，还跟此人腋下拄着的木头拐杖配成了一套。断腿男子的身高足足超过六英尺，有着一张笑意盈盈而又颇为俊朗的面孔，顿时吸引了蒂莉和奥斯卡的目光。吉姆咽了口唾沫，朝这个断腿男子迈开了脚步。

"我要找西尔弗先生，"少年吉姆嘴里说，又伸手把卷好的羊皮纸递给了断腿男子，"难道您就是吗?"

"半点也没错，正是在下。"蒂莉和奥斯卡听见那个男子回答，"你是什么人，小伙子?"断腿男子问了问吉姆的身份，又读了一遍那张羊皮纸短笺，用更加专注的眼神审视着吉姆。"嗨! 原来是这样，你这小家伙要到我们这儿来干杂活当学徒啊，认识你真开心。"说完这句，断腿男子就伸出手使劲地跟少年吉姆握了握，吉姆的脸色顿时变得很苍白，后背却立刻挺得笔直。

"那我们现在又怎么办? 你看够了吧?"蒂莉压低声音问奥斯卡。

"根本就没有看够。"奥斯卡说道，"我恨不得见识一下那艘船。不如我们再在这本书里待一会儿，试试跟踪他们两个人。"

"我倒是很好奇，要是我们把书中的某一段跳过去，那会出什么事？"蒂莉问，"要不试试找一段靠后的章节读读吧，那样我们是不是就可以快进到后面的情节？我可不乐意在这个地方傻等上好几个小时。"

奥斯卡干脆从外套里掏出了那本书，递给她。

"要不你来翻看一下。想找到合适的段落，我得花上很久很久，毕竟我没办法跟你一样浏览某本书。"他告诉蒂莉。

"可是……"

"说真的，你来读吧。"

蒂莉垂下眼神，审视着书本的章节名。

"好，那我们就挑第十章——'航程'吧。听上去怎么样？"蒂莉挽起奥斯卡的手臂，读起了那本书。两人周围的空气陡然起了变化，但蒂莉和奥斯卡并没有回到刚才见过的那个码头，却双双站在一艘嘎吱作响的船只深处，正置身于一个装饰得美轮美奂的房间里。这个房间的正中央摆着一张巨型书桌，桌上又摆着一张羊皮纸质地的大地图；房间里还摆满了一列列书架，书与书之间夹着一摞摞卷好的地图。

"蒂莉，我本来只是盼着从船外打量一下书中的那艘船。"奥斯卡说，"我可不希望吓到你，可是，我们或许不该在这个地方待得太久，免得被人发现。"

"我明白，我明白。"蒂莉有点心慌，"我对这本书简直一无所知。我本来还以为，这一章写的是书中一群人正收拾东西准备登船呢。千不该万不该，我确实不应该闯到一本我从来没有读过的书里，这真是个糟糕透顶的馊主意。"

"不要紧。"奥斯卡劝她，"我们乐意在什么时候抽身出书，就能在什么时候从书里溜号，还记得吗？就像塞巴斯蒂安给我们支的招，只要读读这本书的结尾，我们就能哧溜一声回到地下图书馆了。把书给我吧。"没料到的是，正当奥斯卡伸手准备从蒂莉手中取走那本书时，房间角落里的一段木头楼梯却发出了嘎嘎吱吱的声响。一只黑色皮靴和一截木头假腿赫然映入了两人的眼帘；紧接着，黑色皮靴和木头假腿的主人也跟着现了身：此人正是约翰·西尔弗。

"船上这是来了什么稀客啊？"他一边说道，一边迈步走向蒂莉和奥斯卡，蒂莉赶紧把那本书放到了身后，"你们两个难道是想偷乘这艘船？我可说不好，你们俩到底会不会喜欢我们要去的地方，小伙子们。"说完这句话，他又认真地把蒂莉审视了一遍，"竟然是一个小伙子，再加上一个小姑娘，想要偷偷地溜上船来，对吧？传闻都说，船上搭了个女人，只怕就要倒大霉——要是船长室里冒出个女人，只怕也得走霉运？"

"其实吧，先生，"奥斯卡立刻开了口，"我们纯属无意间误闯了这个地方。所以，假如您不介意的话，我们还是赶紧下船的好。"

西尔弗闻言往后一仰头，放声哈哈大笑起来，蒂莉和奥斯卡赫然发现他缺了好几颗牙齿。"那么，能否容我多问一句，你们两位怎么会'纯属无意间误闯'了我们备受敬重的船长的私人房间？"他嘴里问，又蹒跚着朝蒂莉和奥斯卡凑近了几步，"到底是谁指使你们两个小家伙偷偷地躲在船长室里？"

"没有幕后首脑暗中指使，我保证！"蒂莉告诉他，"我们根本没有发现这是船长的房间，我们本来只是……只是在探险而已。因为奥斯卡一心痴迷船只，要是您能高抬贵手放我们下船，那就太棒了，多谢。"

西尔弗却后退了一步。"哎哟，女士，既然你已经软语相求，让我放你下船，那我定当遵命。不管你手里现在拿的是什么宝贝，容我替你代劳吧，以便助你上路。"他的脸上依然带着笑容，向蒂莉伸出了一条手臂，另一只手则夺走了她的那本《金银岛》，"不如让我陪同两位，前往甲板好了。"

奥斯卡瞥了瞥那本《金银岛》，又对蒂莉耸了耸肩膀，不得不尾随其他两人迈开了步子——实在没办法，他和蒂莉还有什么别的选择呢？于是一行三人上了楼梯，身下的船只在水波中轻轻摇摆。

船只随着三人脚下的浪涛摇去颠来，蒂莉也跟着在西尔弗的身边摇去颠来，西尔弗不禁笑道："看得出来，你们两个新手，连船只颠一颠都还对付不了。好，我们到目的地了。就在上面，你们两个小家伙可以下船走人了，继续重拾你们……刚才你用的是什么词来着？唔，对，你这小子的船只探险之旅。"他露出了一抹坏笑，又朝两人弯腰深深地鞠了一躬。蒂莉和奥斯卡绕过他的身旁，爬上最后几级台阶，上了甲板，却一眼望见海天仿佛浑然连成了一线，根本无法瞥见陆地的影子。

23

真该始终老老实实地守好规矩

西尔弗又发出了一阵笑声，蒂莉和奥斯卡却吓得面面相觑。

"好了，女士，"西尔弗又用挖苦的姿态冲着蒂莉鞠了一躬，嘴里说，"不如你老老实实地跟你的老朋友约翰讲一讲吧：你这小姑娘为什么会溜上这艘'西诗帕丽欧拉号'？又为什么会被我们抓个正着，发现你在我们尊贵的史默乐特船长的私人房间里出没呢？"随后，他就凝神审视着手中的那本《金银岛》。"还有，你这姑娘为什么非要从他的私人书架上顺手牵羊带走这种大部头的书？"

看见那本书的书名，他显然吃了一惊。"这书居然叫《金银岛》！小姑娘，你还真是挑了一本很有意思的书嘛——说到藏有秘宝之岛，你们两个都知道些什么？我们船长的藏书里竟然有着这么一本，那他究竟又知道些什么内情？"

蒂莉和奥斯卡一句话也不敢说：他们俩都拿不准该说些什么才能劝服对方。

"你们俩都不肯松口是吧？那我先去找兄弟们聊聊该怎么处置你们两个小家伙，也给你们一点时间好好考虑，或许根本用不着惊动船长呢。"西尔弗伸出两只手各攥住蒂莉和奥斯卡的一侧肩头，攥得很紧，但幸亏并不算痛，又把他们推下了楼梯台阶。只不过，这次他并没有带蒂莉和奥斯卡返回船长室，却把他们带到了船上的另一层，这里显然是船上的厨房。

"欢迎光临我的厨房，但还要请你们两位先在这儿等候片刻。"西尔弗告诉蒂莉和奥斯卡，"还好我是个十分好客的主人家，你们等着瞧吧。"他朝蒂莉两人各扔了一个苹果过去，接着就把他们领进了一个堆满木桶的小储藏室，随手锁上了储藏室的门，还带走了那本《金银岛》。

蒂莉深呼吸了几口，竭力想要稳住不慌神。

"那我们现在究竟该怎么办？"她问奥斯卡，"要是他读了那本书，在书里发现了自己的名字，那会闯出什么祸来？他又不知道他只是个虚构的人物。天哪，来这里书行真是个馊主意，奥斯卡。所以，大家真该始终老老实实地守好规矩。"

奥斯卡却嘎吱嘎吱大声嚼起了苹果，蒂莉不禁向他投去恼火的目光。

"何必挨饿嘛，对不对？"奥斯卡说。

"没问题，给我一分钟思考一下。"蒂莉回答。两个人都背靠粗糙的木头墙壁伫立在储藏室里，奥斯卡咔嚓咔嚓地大吃特吃，蒂莉专注地伸出手，揉了揉太阳穴。

"没事，不要紧。我们只要把那本书取回来，马上就能脱困。要是那本书在我们手里，我们就可以立刻靠着读书抽身返回。这么说吧，只要看见那本书，我们就得把它夺回来。"

奥斯卡说："依我看，对方恐怕不会乖乖听你的话。看上去，他可不像是个乐意被别人夺走什么东西的人，对吧？"

"可是，如果我们一拿到书就立刻读上一遍，然后抽身返回，那就算我们把他惹得大发雷霆，也没什么关系。但是，我们得尽快出手，越快越好。所以，等他再回到这间屋……"

"等我再回到这间屋，你们俩就打算干什么？"正在这时，西尔弗一边问，一边打开了小储藏室的门。

"西尔弗先生，我们只是希望能把自己的书取回来。"蒂莉竭力用客气的口吻说道，能多客气就多客气。

"亲爱的，目前我恐怕还不能把你的书还给你。其实，我那帮死党倒是认为，要是你们两个小家伙再不肯老实交代，那就是逼着我们这帮海员自己动手讨回公道了。你们心里要明白，这种惨事也不讨你们的老朋友约翰的欢心；只不过有些时候，民主的幻象我总得出手维护一下吧。正赶上这个节骨眼，谁又乐意招惹大家来一场暴动呢，对不对？反正，要是只为了一本书，那真不划算。实际上，为了在下午喝点白兰地，史默乐特船长刚刚拍拍屁股走人了，我这就带你们两个小家伙上楼，见一见我那帮朋友中的几个人，瞧瞧你们能否满足他们的好奇心。拜托两位随我来……另外多说一句，逃跑根本就没有用：你们两个已经上了船，要想找个让人满意的地方躲得久一些，那可实在难得很。"西尔弗告诉蒂莉他们，脸上露出了笑容。

船只的甲板上几乎空无一人，蒂莉和奥斯卡只望见一小撮看似不

— 170 —

三不四的男子凑在一块儿。西尔弗咳嗽了一声，他们就扭头瞥了瞥奥斯卡和蒂莉。

"好了，先生们，那本书在哪儿？"那帮男子迈步走过来，西尔弗问道。一个脏兮兮的男子踉跄着走上前来，男子的双眼上缠着一块满是污渍的破布，手里拿着那本《金银岛》。西尔弗长叹了一声，说："盲仔霍勒斯，居然让你来试图破解印刷文字的秘密，还真是慧眼识珠。我明白，跟平时一样，担子看来还是落在我的头上了，该我来出手搞定计划的细节。"

"反正在这双眼睛废掉之前，我这人也大字不识一个。"盲仔霍勒斯回答。

"眼睛瞎不瞎都不识字的男人，那就敬他一杯朗姆酒吧。"西尔弗不无挖苦地说。"小伙子，拜托随我来。"他说着紧紧地攥住了奥斯卡的手臂，把奥斯卡拽到了船边，那儿有一块木板支到了船外，悬在水面上。

西尔弗又朝蒂莉扭过头。"好了，小姑娘，拜托你跟我说清楚，你们为什么偏偏挑这趟航程溜上这艘'西诗帕丽欧拉号'？还有，你这姑娘手里为什么会有一本讲秘宝之岛的书？虽然我们这帮人看上去样子很优雅，但我们也挺乐意耍点手段逼你乖乖讲出真话。"他刚刚说完，他那帮伙计中间的一个就粗暴地将奥斯卡拎了起来，放上了那块支出去的木板。西尔弗笑得活像一只瞅准了猎物的鳄鱼，又慢悠悠地翻看着那本《金银岛》，直到他的一张脸猛然失去了血色，凝神紧盯着书页。

"这玩意到底是中了什么邪，小姑娘？"他悄声问，拼命把那本书朝蒂莉的面前凑。

"你这话……话到底是什么意思？"蒂莉结巴着问。

"别装傻。"他一边压低音量呵斥，一边伸手朝书中的某页指了指：书里的那一页，显然有好几处都白纸黑字地提到了他本人的姓名。"你究竟是从哪儿弄来了这本魔法书？难道是福灵特那家伙派你这小姑娘来使坏？史默乐特船长是不是也掺了一脚？"西尔弗说着朝蒂莉凑近了一步，害得蒂莉接连后退，直到她活生生地被逼到了船边。这时，站在木板上的奥斯卡正摇来颠去，尽全力想要站稳脚跟。"再给你一次开口的机会。要是再不肯说实话，我们就一劳永逸地解决掉你这小姑娘和你这个朋友。就算我们是一帮海盗，但也不能眼睁睁地担着这本魔法邪书的风险吧。"他对蒂莉说完，最后一次向那本《金银岛》瞥了瞥，接着便把它朝船外抛了出去。就在眨眼间，蒂莉的心里已经明白：她的面前只剩下了一条路。

"快跳！"她冲着奥斯卡高喊了一声，随后纵身扑向了那本书，跳下了"西诗帕丽欧拉号"。

伴着一团冰凉入骨的水花，蒂莉没入了翻涌的惊涛，一时间根本喘不过气来。她奋力地劈波斩浪，拼命四处寻找着那本书，身上的衣服立刻就被海水浸得湿透了。她一眼望见那本书就浮在离她只有几米远的地方，顿时爬泳着向前游去，波涛一下接一下地在她身上拍击。就在那本书刚刚吸饱水开始下沉的时候，蒂莉总算捞到了它。

蒂莉喘了一口气，又惊惧地望向正在木板边缘一摇一摆的奥斯卡。"你得赶紧跳船！"蒂莉说。

"我不会游泳！"奥斯卡冲着水中的蒂莉高叫，这时一个海盗已经爬上了木板的另一头。

"奥斯卡，你必须跳船！"蒂莉一边高喊，一边拼命翻找着那本书的最后一页，同时忙着不停地蹬腿，免得沉入水中。"朝我这儿跳！"

奥斯卡与蒂莉互望了一眼，蒂莉又点了点头。奥斯卡闭上了眼睛，从木板的尽头处纵身跃下，双臂和双腿都在空中乱挥了一通，蒂莉立刻哗啦啦向他游了过去。奥斯卡落水时发出了扑通一声巨响，船上的海盗纷纷起哄取笑他。奥斯卡从水面上露出了身影，但眨眼间却又沉入了水中。

"我们必须牵住手才行！"蒂莉嚷嚷道，向他伸出了一条胳膊。当奥斯卡的指尖终于碰到她的手指时，蒂莉深吸了一口气，扯着嗓子喊出了那本书的最后一行：

"八字银角！八字银角！"①

一时间，蒂莉周围的一片海水仿佛被人拔掉了塞子，她忽然又能喘过气来了，地下图书馆也随之在奥斯卡和蒂莉的周围露出了身影。

奥斯卡顿时双膝一软跪倒在地上，咳出了几口水；蒂莉则用前额

---

① 本句摘自《金银岛》，人民文学出版社 2015 年版，张友松译。本句是《金银岛》一书中的原文。

紧紧地抵住了木头墙壁——暖融融的木头是如此坚实，让人十分安心，也让蒂莉有一种重回陆地的感觉。外公在楼梯口露出身影时，他们正双双站在地毯上，好像两只落汤鸡。蒂莉赶紧把那本快要散架的《金银岛》踢到了桌子底下。

"你们两个怎么会浑身都湿透了？"外公问。

"我们刚刚掉到了海里。"奥斯卡不假思索地脱口回答。

"你们竟然掉进了海里？还是在你们的入门培训过程中？"外公问。

"我们……唔，我们书行的切入点没有找对章节。"蒂莉说。

"开玩笑吧，竟然把书行新人送到海边的场景。"外公嘴里咕哝，"显然世风日下啊，在我那个年代，地下图书馆可绝对出不了这种事。总之，我们该走了。但瞧你这一身湿衣服，奥斯卡，天知道我们该怎么跟你母亲解释。"

尽管在搭火车回家的途中，路人好几次向他们一行投来了古怪的眼神，但当三人回到佩吉斯书店的时候，蒂莉和奥斯卡身上的衣服却差不多已经干了，只是结了一层薄薄的盐霜。

"蒂莉，去把衣服换一换吧，再瞧瞧能否找件干净的 T 恤给奥斯卡穿。"外公吩咐她，"我们先聊聊天，再趁聊天的工夫把这些衣服洗干净。"

过了一刻钟，众人围坐在厨房的餐桌边，外婆把几杯热腾腾的巧克力和几碟带樱桃酱的布里欧修面包摆到了大家的面前。奥斯卡新换了一件 T 恤，上面印着《神奇的收费亭》①一书的封面图。

"图书馆逛得怎么样?"外婆轻声问。

"真是棒极啦!"奥斯卡说着咧嘴一笑。

"以前你们怎么连提都没跟我提过一声?"蒂莉问，"你们怎么没跟我提过书行的事，也不告诉我外公曾经当过地下图书馆的馆长? 我还以为，你们一直都住在这家书店里。"

"我们确实已经在这个地方住了好久好久。"外婆说，"这家书店在我们家族名下已经足有数十年的时光了，自从我母亲几年前离世以后，我就一直在掌管这家书店。"

"可是，阿奇怎么也姓佩吉斯?"奥斯卡问。

"因为我们当初结婚的时候，他随我改了姓氏，就像世间夫妻常常跟随彼此改换姓氏。"外婆说。

"当初，我们希望能够把佩吉斯这个姓氏保留下来，因为它是这家书店遗留的传统。"外公解释道，"就更不用提另一点了: 哪个书店店主和图书管理员会宁愿错过这么一个书香味十足的姓氏!"

"这家书店的历史十分悠久。"外婆补上一句，"蒂莉，你出身于一个源远流长的书商世家。我们家的家谱里满满都是书店店主，还有图书管理员、作家、读者，你生来就有着'书痴'的血统。"

奥斯卡清了清嗓子。"唔，我还是现在就回家吧，好让你们一家

---

① 《神奇的收费亭》: 美国作家诺顿·贾斯特所著小说，首度出版于 1961 年，中文版又译作《收费亭里的小米洛》。

人细细聊上一会儿。"他轻声说道，又不好意思地在蒂莉的肩头拍了一下，"多谢今天带我出行，也多谢你借给我一件 T 恤。明天我会再把它送回来。"

外婆朝着奥斯卡露出了笑容。"明天一定要来呀，奥斯卡，到时候我们再好好聊聊。我明白，你肯定还有一大堆问题想问。很抱歉，但我还是直说好了，你不能把这些事的内情告诉你母亲，你明白，对吧?"

"说得好像我妈会信我的话一样。"奥斯卡说。

24
仿佛天翻地覆

外公把奥斯卡送出了门，佩吉斯一家三口围坐在厨房的餐桌边，不太自在地沉默了一会儿。蒂莉只觉得一时间百感交集，根本说不清心里是什么滋味，到底是气恼，是激动，还是胆寒。

"我真弄不懂，你们为什么不早点跟我讲清楚。"她终于开口说了一句。

"在地下图书馆的时候，我就已经跟你讲过了，"外公回答，"其中有诸多原因……"

"要是当初你们早一点跟我讲，我一定会相信你们。"蒂莉打断了外公的话。

"目前你已经知道了书行的事，所以感觉很容易理解。"外婆说，"但是设想一下吧，如果是在还没有亲眼看见、亲身经历之前，有人跟你提到这种事，你会有什么样的反应？"

"那我也会相信你们的话。我恨死秘密了。"蒂莉再次斩钉截铁地重复了一遍。

"我向你保证，外婆和我当初已经尽可能不把你蒙在鼓里了。"外公说，"我明白，今天你感觉仿佛天翻地覆一样，但除了书行的内情，我们一直都没有什么事情瞒着你。"

"可是，你们对我父母的事一直都守口如瓶。"蒂莉却不依不饶，"那我怎么说得清楚，你们到底还有什么事瞒着我？我已经不再是个不懂事的黄毛丫头了，我能够接受真相，即使真相很不堪。假如我对自己的家人都一无所知，那我怎么说得清我是谁？"

"外公外婆就是你的家人，蒂莉。"外公回答，"而且，你母亲我们一天到晚都会提到。"

"根本不是这么回事！"蒂莉气炸了。"你们分明绝口不提她的事。每次我问起关于她的情况，你们就会马上转移话题，能转多快转多快。你们只会顺嘴提到我母亲，但你们从来都不肯告诉我关于她的任何真相。"

"可你还想知道些什么真相？"外公问。

"我什么都想知道！"蒂莉回答，感觉气愤的泪珠马上就要夺眶而出，"我想知道，我母亲小时候是个什么模样，跟我一样大的时候是个什么模样，怀着小宝宝的时候又是个什么模样。我想知道，我母亲最爱的菜品是哪一种，最爱的电影是哪一部，还有她……她……她最爱的奶酪是哪一类！我想知道，什么能逗笑我母亲，什么能够惹毛我母亲，什么能让我母亲激动万分。我想知道，要是当初她能辅导我做功课，那会是什么样子；我想知道，要是记忆中的她会念书给我听，那会是什么感觉；我想知道，她会教我些什么，免得格蕾丝跟我闹掰；我还想知道，她又会教我哪些道理，免得奥斯卡以后烦我。"

蒂莉说完，深吸了一口气。"我只是想知道，她要是没有离开过我的身边，那会是什么样子；要是有个普通的妈妈，那又会是什么样子。"

外公露出了伤心欲绝的神色。他微微站起身来，仿佛准备向蒂莉迈开脚步，却又猛地坐了回去。

外婆大声地抽了抽鼻子，接着振作起了精神。

"蒂莉，真抱歉。"外婆说，"对不起，外公和我没能多跟你讲讲你母亲的情况。对不起，我们没能摆脱自己的伤痛，察觉到我们给你留下了一些空白。不如，我和你外公再努力试试？我还盼着拥有书行能力，可以让你感觉离你妈妈更近一些。总而言之，依我看，也许是时候……"

"这个节骨眼上可不行啊，埃尔茜。"外公却开了口，"担子太重了。"

"不，蒂莉应付得了。"外婆轻声说，"依我看，我们不该再把这些事瞒着她。"

"当初就是因为我，我母亲才离家出走，对不对？"蒂莉问道，顿时有种反胃的感觉，"这一点我心里一直都有数。"

"不，事实根本不是这样。"外婆的口吻显得斩钉截铁，"是关于你母亲和你父亲的关系。"

蒂莉觉得反胃的感觉越发强烈了。"我父亲怎么啦？"她问。

"蒂莉，你母亲大学毕业以后，曾经在纽约待过一年。当初外公和我认定，一切都没什么异样，直到她突然在家门口现了身，还挺着个大肚子。刚开始的时候，她死活不肯开口吐露真相，她只是一遍又一遍地说，要让你在家里出生，这一点至关重要。当时外公和我还以为，她指的是佩吉斯书店，因为她希望把你生在家里，在家人的身边，而不是在异国他乡。可是，等到你呱呱坠地之后，我们一大家子都如此深爱着你，她就告诉了我们事情的真相。"

这时，外婆伸出双臂越过餐桌，把蒂莉的双手握在手中。

"玛蒂尔达，外公和我跟你提到过，你母亲跟某一本书有着特殊的关联，那就是《小公主》。这是真话不假，但背后还有其他一些内情。当初，你母亲在那本书中书行时，与书中的虚构角色堕入了爱河。后来，她发觉自己有了孩子。蒂莉，你跟书中的莎拉有着同一个生父，你的生父就是科卢①上尉。"

---

① 该人名又译作"克鲁"。

25

并非仅仅是助推情节的工具

蒂莉听完，瞪圆了眼睛呆望着外婆。

"你说什么？书里的科卢上尉？可是……他是书里的虚构人物啊。这怎么可能？"蒂莉顿了顿，"难道这一点说明，我也是个虚构的人物？"她悄声说。

"不！绝对不是。"外婆一边回答，一边紧紧地攥住了蒂莉的手，"你跟外公外婆一样，是活生生的真人。你在这间书店里呱呱坠地；你植根于这个现实的世界——正因为这一点，你母亲当初才一定要回家。她爱你至深，所以才离开了你的父亲，为的就是确保你的安全。当初她心里也知道，这样一来，她就再也无法回到他的身旁了。要是她留在你父亲的身旁，在书中生下了你，那你就会变成那个故事的一部分；假如有朝一日，贝娅特丽克丝又从那本书里抽身离开的话，文本就会恢复原状，你就会随之湮灭。正是为了你，当初你母亲才离开了你的生父，蒂莉，好让你有个充满选择和自由的人生，有个充满选择和自由的未来，以及作为一个活生生的人应有的一切烦心杂事。"

"难道就因为这件事，我母亲才失了踪？"蒂莉问道，"后来她又想回到父亲的身旁？"

"不是。"外婆说，"我明白，如果是在一个完美世界里，她最期盼的恐怕就是你们一家三口能够团聚，但她心里有数，她已经永失所爱了。当然，她可以回到书中科卢上尉的身旁，但那名男子，却再也不会是你母亲当初爱上的那个他了，他甚至不会记得你母亲。只要你母亲踏出书行游历的那本书，他就会恢复到故事中的原样，这也正是书行永远无法取代现实生活的缘由。我知道你母亲后来还进过那本书，只是一切已经时过境迁，她每次又都会再回家里来。你的母亲选择了你，蒂莉。因此，外公和我才十分确信，她并没有把你抛下。"

"现在你已经知道了关于你父亲的真相，有一件事至关重要。"外公也开了口，"就目前来说，重中之重在于，绝不能让地下图书馆发现你父亲的身份。我们倒希望地下图书馆能够理智地对待此事，可惜实在说不清馆方的反应到底会是什么样。另外，也绝不能让伊诺克·乔克发现真相。此人因循守旧，又是个强硬派：在他的眼中，规矩至高无上，个人感情和特例通通都得靠边站。而且吧，地下图书馆里有这种想法的，可不止他一个。书行者本来不应该爱上书中的人物，其原因显而易见；可悲的是，地下图书馆里有些人恐怕会认为，你根本就不应该出生。只是现在，你既然已经活在世上，我们怀疑乔克十分乐意琢磨出什么歪点子，把你再送回《小公主》，让你永不复返。我一点也不想吓到你，但你必须明白风险何在，还要注意自己的安全。乔克可看不顺眼违规的事，也看不顺眼反常的事。"

"这么说，我算是个反常的异类吗？"蒂莉说。

"好吧，严格说来，你确实算是，宝贝。"外公继续说道，"可是，在某种程度上，世人又有哪一个不算异类呢？——正是因为这一点，世间才如此精彩嘛。人类并非仅仅是助推情节的工具，人类自相矛盾而又令人费解，这岂不是很美妙吗？有点矛盾又有什么错。另外依我看，你也许还得敞开心胸拥抱矛盾之处，因为看上去，你的生父是个书中的虚拟角色，这一点似乎时不时会带来一些难以预测的副作用。我和你外婆跟书中角色攀谈的时候，你居然能够看见他们，这本来是绝不可能的事；爱丽丝和安妮居然在返回书中之后，还能记得你，这本来也是绝不可能的事。总之，你探索书行能力的时候一定要小心，切忌操之过急。除此之外，你还要小心提防乔克；同样的道理，你也可以有节制地信任阿米莉亚。虽然没必要冒险把一切真相通通告诉她，但假如除外公外婆之外，你不得不跟别人商量，那就挑阿米莉亚吧。"

蒂莉点了点头，却没有从自己的手上抬起目光：她的一双小手依然被外婆紧紧地握在手中，仿佛外婆生怕蒂莉陡然变了个样，甚至凭空消失了踪迹。

"这么说来，我母亲后来又出了什么事？"

"这一点外公外婆不知道，蒂莉。但我向你保证，后来的事似乎与书行无关。"外公轻声说。

"那你有没有在母亲身上做个标记，查查她到底怎么样了？"蒂莉问道。

"当然做过标记。"外公说，"我们已经尽全力想要查清楚，确认她到底是不是出了书行事故。可是，标记找不到你母亲的下落。当初你母亲进城喝咖啡，却一去再不复返。至于外公外婆后来怎么查案，你全都知道。关于你母亲下落不明一事，我们告诉你的一切都是实打实的真相，不管是警方的调查，还是找不到任何证据。总之，外公外婆知道的就只有这些。你母亲失踪，是件确凿无疑的事实，确实令人心痛又骇人听闻，但我们并不觉得它跟地下图书馆书行或你父亲有关。"

"我还是上楼待一会儿吧。"蒂莉沉默了一会儿，说道。她必须独自待上一阵：一时之间，她已经遭遇了太多信息、太多秘密、太多关切的眼神、太多魔法、太多刺激、太多伤痛与太多失落。

上了楼，蒂莉的床头柜上正摆着母亲的那本《小公主》。在蒂莉的手中，这本旧书摸上去好像有点烫，它已经不再是一部无辜的小说，却摇身变成了一部家族史。蒂莉翻开了旧书的第一页，先犹豫了片刻，接着就用读书的方式进入了书中。

26

最后一页

"一个晦暗的冬日，黄色的浓雾沉甸甸地笼罩着伦敦的街道，像夜晚一样，人们点起了灯火，商店的橱窗里闪烁着煤气灯光。有一辆出租马车缓慢地在大街上行驶着，一个模样古怪的小女孩同她父亲坐在车中。"①

蒂莉发现自己的双脚踩在一个冰冷刺骨的水坑中，自己又正站在一条空无人迹、没有灯火的小巷入口处，而不是跟书中一样待在一辆"出租马车"里——不过，她事后才悟到，这个落脚点或许再好不过了。这个地方的天气冷得厉害，蒂莉感觉乍一闻去有股新鲜出炉的面包香味，但再细细一闻，她却又觉得，空气中似乎隐隐藏着某种酸味。蒂莉紧紧地靠上了一堵湿漉漉的墙，只等着发生什么变故，脚下

---

① 本段摘自《小公主》，上海译文出版社 2013 年版，郭永昌译。本段是《小公主》一书中的原文。下文"茗琴小姐"中"茗琴"为人名，该人名又译作"明奇""铭钦"等。

的脏水渐渐渗进了她的运动鞋。正当蒂莉开始担心自己会闯大祸的时候，一辆黑色的双轮双座马车却慢悠悠地驶过了她的身旁，于是蒂莉一眼瞥见了一张白生生的圆脸，圆脸上的一对明眸正凝神向马车的窗外望去。

蒂莉一溜烟奔到了小巷的尽头，从拐角处探出头，望见那辆黑色马车停在了一栋砖楼大宅的前方，宅邸的前门上还挂着一块大型铜牌，铜牌上的字样随之映入了蒂莉的眼帘：

这时，一名身穿灰色厚外套的高个男子迈步走下了那辆黑色马车，又伸手戴上了一顶亮闪闪的黑色高顶礼帽。灰衣男子的举止是如此风度翩翩而又自信满满，让蒂莉不禁心想：他必是个享尽世间荣宠之人吧。随后，灰衣男子钻回了那辆黑色马车，抱下了一个身穿大衣的小女孩，女孩的一头黑发剪成了波波头发型。灰衣男子与波波头女孩手牵手迈上了大宅的门前台阶，来到女校的门口，随即便传来了门铃的叮咚响声。蒂莉可以遥遥地望见一幕：那两人正一边等着，一边紧张地有说有笑；女校的大门打开了，一个身穿女仆装、板着脸的女子出现在了眼前，留着波波头的小女孩却立刻紧贴到了灰衣男子的身侧。

蒂莉顿时感觉自己僵在了原地，死活也不肯漏过台阶上那灰衣男子的每一个细节，一心只盼着自己能够再凑近几步，好把他的面孔看个清楚。望见生父伸出手臂搂住莎拉的肩将她护在怀中，简直让蒂莉忍不住眼红，仿佛她的心头扎了一根刺。一时间，蒂莉恨不得生父也能伸出臂膀护在自己的肩头，只觉得心中怅然若失，恰似幻肢之痛。尽管远处的两人已经进了女校，蒂莉却依然没有办法挪开脚步。虽然这个地方雾蒙蒙、冷冰冰，蒂莉却感觉自己正浑身发烫，根本说不清下一步该怎么办。她把母亲的那本《小公主》旧书紧紧地搂在胸口，竭力琢磨着母亲会怎么应对；与此同时，刚才对生父的匆匆一瞥，却已经让她有种心碎的感觉了。

"做个勇敢的人，做个好奇的人，做个善良的人。"她压低音量对自己重复道。正在这时，女校的一扇前窗中突然亮起了烛光，蒂莉遥遥望见几个幽幽的人影在屋里走动。

"不好意思，小姐，请问你有多余的零钱吗？"就在这一刻，有人用伦敦腔轻声问蒂莉。

蒂莉低下头，只见一名看似六七岁的小女孩正拽着她那件套头衫的衣角。伦敦腔小姑娘有着一张沾着污渍的面孔，头发活像一团乱麻，显然肚子正饿得咕咕叫，于是蒂莉在牛仔裤衣兜里乱翻了一气，找出了一枚二十便士的硬币。

"恐怕我身上只找得出这二十便士了。"蒂莉一边说，一边把硬币递给小女孩。"我甚至拿不准你能不能用它买到吃的，鉴于……"

伦敦腔小女孩却一心把玩着那枚二十便士的硬币。

"你真的愿意把这个硬币给我吗，小姐？"她问蒂莉。

"那当然。"蒂莉说道，一心只盼着身上能有些更有用、更温暖的东西送给她。衣衫褴褛的小女孩冲着蒂莉匆匆行了个屈膝礼,又一溜烟奔过了马路,进了一家灯火通明的面包店。蒂莉不禁打了个寒战,又朝着女校调转了眼神。

大概过了半个小时,女校的前门再度打开了,灰衣男子显然正要带着莎拉告辞离开。一名身穿黑衣的高个女子站在门前最高一层台阶上,挥手跟科卢上尉父女道别,但那辆黑色马车刚刚关上车门,她那明媚的笑靥就在蒂莉的眼前消失了踪影。

蒂莉瞪圆眼睛紧盯着远去的马车,接着就把母亲那本《小公主》旧书唰唰地朝后翻,只盼着找到书中科卢上尉出场的下一幕——蒂莉还在努力消化那名男子就是她生父这件事呢。蒂莉的周围突然腾起了一股雾气,一时间让人感觉伸手不见五指。雾气又萦绕着蒂莉的头发,她竭力想要站稳脚跟,但这阵雾气来得快也去得快,一眨眼便消散了。蒂莉发觉自己竟然已经进了茗琴小姐精英女校,正站在一间装饰得颇有颓废派风格的屋里,房间中满是一件件服饰和酷似真人的玩偶。才不过几秒钟,房间的门把手却转动了起来,她赶紧扭过头,只想找个地方藏起来。房间门打开的那一刻,蒂莉好歹躲到了华贵的丝绒窗帘后面,耳边紧接着就响起了科卢上尉那浑厚的嗓音。听上去,上尉正在跟莎拉道别。

"莎拉小宝贝,"蒂莉听见生父在问小莎拉,"你看我看得这么仔细,难道是想把我铭记在心吗?"。

"用不着,你的模样我早就心里有数。"一个稚嫩却有力的声音又钻进了蒂莉的耳朵,"你早就已经刻在我的心间了。"

蒂莉一动不动地伫立在厚重的窗帘后面，听见上尉父女俩搂紧了对方，泪珠悄然从她的脸颊滑落了下来：为了她自己和小莎拉那即将永别的父亲，蒂莉掉下了眼泪。等到终于听到关门的咔嗒声时，蒂莉又从窗帘后面溜回了屋里，却发现莎拉根本没有离开这间屋，正在地板上盘腿坐着，凝视向远方望去。

"哈喽。"莎拉突然开口客气地跟蒂莉打了个招呼，仿佛蒂莉刚刚从屋里的窗帘后面钻出来，并没有害她惊掉大牙。"不好意思，眼下我宁愿自己单独待上一会儿，"她对蒂莉说，"所以，假如你要来帮我收拾行李的话，能不能晚点再来？"

"我不是来……我只是……"蒂莉实在拿不准该如何解释，于是她任由小莎拉独自坐在房间里，又顺手轻轻地帮她把房间门关上了。正在这时，蒂莉差点一头撞上了一个瘦骨嶙峋的女孩，女孩身穿一条整洁但却上了年头的旧连衣裙，连衣裙外面还罩了一条脏兮兮的白围裙，满头鬈曲的褐发上戴了一顶帽子。

"真是万分抱歉，小姐。"穿白围裙的女孩紧盯着地板说道，却冷不丁望见了蒂莉脚上的运动鞋。她顿时讶异地抬起了头，惊得大张着嘴巴，从头到脚审视着蒂莉。

"请恕我无礼，小姐，"女孩压低音量对蒂莉说，"但你到底是谁？要是你乱闯了茗琴小姐精英女校，又被茗琴小姐抓到的话……希望我没有多嘴，但您的穿着跟这间学校的其他女孩都不一样，也跟我以前见过的任何人都不一样。您是从印度来的吗，就像科卢小姐？"

"不，我不是来自印度，但也算是某个远得不得了的地方吧。话说回来，我真的该回家了。很高兴见到你，贝姬①。"蒂莉说。

"您怎么会知道我叫贝姬？"贝姬的语气听上去很讶异，但蒂莉已经沿着过道迈开了脚步，虽然她根本说不清接下来该怎么办。此时此刻，科卢上尉已经离开了这个故事，蒂莉拿不准怎么才能找到生父。再说了，就算能够找到他的下落，蒂莉也不知道该对生父说些什么。

蒂莉不禁暗自心想："目前最明智的办法恐怕是先回佩吉斯书店，做好计划，再趁着科卢上尉带莎拉初访这所精英女校的时候，用读书的办法书行到小说的开篇处。"她大可以随心所欲地去《小公主》的开头几页书行嘛，想去几次就去几次，正如一遍又一遍地观赏一部心爱的影片。

于是，蒂莉翻到了母亲那本《小公主》旧书的封底，一心琢磨着一件事：要是再回来书行的话，该不该带上奥斯卡？正在这时，她却惊慌地僵在了原地：她发觉这本书的最后一页竟然被撕坏了，根本没办法看到最后一行。最后一页赫然缺了一角，像是书角当初卡在了某个包里，不然就是被读了太多遍、被人折起了太多遍，因此活生生地坏掉了。但不管当初出了什么事，缺了这一角，这本书的最后几句已经成了一个谜。蒂莉在屋角处用后背贴上一堵墙，竭力想要把自己急促的呼吸稳住。她瞪眼审视着手中的那本书，在心里暗暗把自己训了一顿——出发之前，她为什么没有认真地查一查？更别提外公刚刚还千叮咛万嘱咐，让蒂莉小心提防。难道上次《金银岛》书行吃的苦

①《小公主》书中的一个角色，又译作"贝基""贝琪"。

头，还没有让她学乖一点吗？

"恐怕只能读一读书里现有的最后一行，希望好运加身了。"蒂莉终于下定了决心。她深吸了几口气，竭力把楼下女孩们的欢闹声抛到脑后，照着书读道：

"接着，她就给他讲了面包店里的故事，讲了她从泥地里捡起来的四便士银币，还有那个比她还饿……"①

紧接着，周围的一切就在转眼间变得一片漆黑，仿佛整个世界突然间停了电。

---

① 本句摘自《小公主》，人民邮电出版社 2015 年版，李英杰译。本句是《小公主》一书中的原文。

27

书行条例

眼前的黑暗是如此之浓，简直活像有着实体，蒂莉只要一伸出手就可以摸到它。想到这片黑暗有可能偷偷地潜入自己的鼻子、嘴巴和耳朵，蒂莉不禁惊慌了起来。

"不许胡思乱想。"她立刻对自己下了严令，"要有耐性，等一等吧。通常在这种关头，总会出点什么事，等着魔法生效就好了。"蒂莉全神贯注地想要稳住心神，把恐慌抛到脑后，并告诉自己：只要一眨眼的工夫，一股浓雾便会滚滚而来；要不然，墙壁便会移形变幻，她自己那间卧室或者佩吉斯书店就会随之出现在她的身旁。

蒂莉紧紧地闭上了双眼，站着一动也不动，只等着书行术魔法生效。可惜的是，在如墨一般的漆黑中等了好久好久，她却不得不承认一件事——她百分百没能回到佩吉斯书店；除此之外，她似乎也不在《小公主》那本书里。

蒂莉斟酌着自己眼下能够感受到的一切：她正站在一个十分坚实的物体上，踩上去很像地面；另外，她还有一种暖融融的感觉。她可以闻到木头味道、纸张味道和某种甜味，但当她伸出双臂挥舞的时候，却什么东西也没有碰到。蒂莉在身前伸直了两条胳膊，摸索着朝前走，直到她摸到了某种感觉十分像是墙壁的东西——真是让人松口气呀，还好眼前不是一片望不到边的虚空地带，会把她困在故事与故事之间。

"好吧，假如这真是一间屋子，那它肯定有一扇门，不然就有一扇窗户吧。"蒂莉咕哝道，竭力想给自己打打气。她的指尖终于碰到了一个很像门框的东西，她伸出双手四处乱摸，又找到了一个冷冰冰、圆乎乎的把手。蒂莉深呼吸了一口，拧动把手朝后一拉，一扇门吱呀一声打开了。

她顿时感觉如释重负。门外的一幕也好不到哪里去，但门外好歹透着一抹幽幽的灰光，而不是一片如墨的漆黑。门框旁边隐约可以辨认出一个电灯开关，蒂莉把灯开关打开，眼前是一间十分普通而又空荡荡的屋子。屋角摆着一张小桌，小桌后方有一把木头椅子，桌上则摆着一摞笔记本。屋子的一角放着一株枯死的绿植，另一个屋角摆着一个垃圾桶，桶里只有一个烂苹果核。这个地方的味道和氛围让蒂莉感觉脑海中灵光一闪，顿时悟到了自己是在哪儿：这里正是大英地下图书馆。

蒂莉慢吞吞地沿着走廊往前走，竭力想要摸清楚方向。除了偶尔遇上一扇从门缝里透出金色灯光的屋门，走廊里的大多数电灯都熄着。她静悄悄地绕着这条过道走了一圈，满心盼望能够找到阿米莉亚·韦斯珀的办公室，也盼着阿米莉亚还没有离开地下图书馆，免得蒂莉不得不随便挑一扇门去敲一敲。这里的每扇门上果然都有着编号，因此蒂莉暗自在心里嘀咕：就从这一点看来，眼前的走廊应该正是阿米莉亚办公室所在的那条走廊吧。可惜的是，当她苦苦寻找 42 号时，蒂莉却发觉，这些房间门上的编号既没有什么规则可言，也没有按照顺序排列，"111"号办公室居然紧挨着"31"号办公室，"31"号办公室却又正对着"6"号办公室。蒂莉顿时感觉自己好像又回到了没头没脑的仙境中，直到她一眼望见"42"号办公室的门框透出一圈柔柔的灯光，才不禁松了一口气。

蒂莉正打算伸手敲响阿米莉亚的办公室门，却无意间发觉隔壁乔克的办公室并没有亮灯。蒂莉的手停在了半空中，没有伸向阿米莉亚的办公室大门，却生生收了回来。她把耳朵贴到了乔克的办公室门上，但当蒂莉倚上那扇门的时候，房门却吱呀一声打开了，蒂莉咚咚咚地跌进了屋。

"伊诺克？你没事吧？"蒂莉听到有人在隔壁办公室里闷声闷气地问道。

蒂莉赶紧轻手轻脚地关上办公室大门，竭力一动也不动，紧贴在乔克办公室的墙壁上。她听见隔壁的阿米莉亚把椅子朝后推了推，打开了办公室大门，于是，蒂莉屏住了呼吸。过了一秒钟，她又听见阿米莉亚回到了自己的那间办公室。

面对着乔克那间空荡荡的办公室，蒂莉才猛然回过神来：眼下她是在凭直觉行事，根本就摸不着什么头脑。只不过，蒂莉心中却隐隐有着一种忐忑的感觉：外公外婆也许并没有把关于乔克的内情全告诉她；要不然，外公外婆也可能并不了解某些关于乔克的内情。乔克倒是为他在《绿山墙的安妮》里跟蒂莉搭话找到了借口，也托辞解释了他为什么会去《爱丽丝漫游仙境记》那本书，可惜他那些说法都让蒂莉的心里敲响了警钟，亮起了红灯。蒂莉毕竟读过不少故事，才不会随随便便就把这些警兆抛到脑后呢。

她拧亮了台灯，台灯顿时在整间办公室洒下了幽幽的灯光和阴森的影子。这间办公室显得十分整洁，办公桌上除了一台已经关机的电脑和一个搁着几页纸的浅口托盘外，几乎空无一物。蒂莉匆匆翻了翻那几页纸，发现纸上全是用小字印着的书店清单，其中几个书店名被人愤愤地用红线划掉了，还有几个则被人打上了箭头或星号标注。

办公室里没有照片，没有摆设，没有俗丽的"最佳图书管理员"马克杯，没有任何关于个人的细节。唯一的装饰，是一张钉在门后的大幅海报，题为"书行条例"。蒂莉又仔细一看，才发现这些条例竟然是手写的。她的目光从条例上一一扫过，心里却越发有种忐忑的感觉：阿米莉亚和塞巴斯蒂安谈起书行的时候，似乎都一心向往着冒险，都是一副惊叹的口吻；但眼前这些规定，却丝毫没有这种气质。

"第一条：若未经过事先许可、培训并享有相关资格，严禁在源本书籍中书行。"蒂莉读道，"第二条：进入源本图书馆的要求，亦如上条所述。第三条：凡书行者，在书行能力显现后，需立即进行注册，否则其书行行为将被视为故意违规。第四条：若非接受过衬页地带游历培训，书行者严禁进入小说结尾五页以内书行。"

一条条规定显得没完没了，每一条似乎都在声称不许这样做、不许那样做。蒂莉打了个寒战，走到了办公室里那一摞摞厚厚的登记簿前方。她发觉登记簿上用金色小字标注着记载的日期，就随意取了一册下来。登记簿上记载着一排排人名、书店名和图书馆名，通通都是手写，手写字的笔迹则每隔几年就会变换一次。蒂莉伸出指尖拂过厚厚的纸页，拂过诸多人名和他们的故事，一心琢磨着这些人有过什么样的奇遇。母亲必定也记载在其中一本登记簿里吧，外公外婆也一样——想到这一点，蒂莉感觉很开心。一代又一代书行者，纷纷被记录在了几乎一模一样的翠色登记簿中。蒂莉有点好奇：除了乔克，还有什么人会翻看这些登记簿吗？

把登记簿放回原位的时候，蒂莉又悟到了一点：这间办公室，并不像她刚开始设想的那样毫无个性。办公室深处的一个角落里，竟然摆了一个书柜，里面的藏书跟人们想象中会在图书管理员办公室里见到的那些差不了多少，其中有小说，有儿童读物，有经典著作，还有一本蓝色的大部头童话书。总之，算是一堆五颜六色、品种繁多的书吧。蒂莉的心里不禁打起了鼓：难道大家以前对乔克太苛刻了吗？一个拥有全套《哈利·波特》小说的人，又能坏到哪里去呢？乔克的书柜里甚至还有一本《小公主》，顿时让蒂莉感觉他变得顺眼了不少。

一时间，蒂莉竟浑然忘掉了自己是在什么地方，伸手从书柜里把乔克那本《小公主》取了下来。这一本跟蒂莉正夹在胳膊下的那本旧书属于不同的版本，也跟蒂莉以前在书店见过的版本都不一样：它有着哑光黑色的封面，书名和作者名则是金色的字体。蒂莉飞快地翻了翻这书的前几章，忍不住把书中描写父亲的段落又读了一遍。没料到的是，蒂莉立刻被书中科卢上尉带着莎拉初次离开茗琴小姐精英女校的一幕吸引住了——书中这个场景，怎么跟她记忆中的一幕不太一样呢？蒂莉明明记得清楚，刚才自己并没有见到上尉父女的那辆黑马车在路上急转弯，免得撞到路上的某个行人；但话说回来，一旦踏进某本书中，一切便皆有可能，这一点蒂莉倒也深有体会。谁知道，蒂莉紧接着却又找到了书中的另一段，而她十分笃定这一段跟母亲那本旧书上的文字不太一样。

蒂莉压低音量，照着书自顾自念出了声。

　　　莎拉走进面包店，里面暖融融的，香气扑鼻。[①]一名年轻女子正伫立在柜台旁，裹着一件暖融融的披风，一边心不在焉地把玩着身上的项链，一边等着烘焙师把热腾腾的面包摆好。

　　　"早上好呀，小姐。今天的天气冷得厉害，家里的孩子们还好吗？"烘焙师问年轻女子。

　　　"还不赖，多谢关心，南希，小家伙们都在为圣诞节欢喜万分呢。"

　　　烘焙师露出了灿烂的笑容。"那我能如何为你效劳呢？想买点什么给小家伙们？"

　　　"请给我一条面包，再来几个丁点儿小的杏仁蛋糕吧，有几个孩子迷甜食迷得不得了。"

---

① 本句摘自《小公主》，人民文学出版社 2015 年版，陶鹏旭译。本句是《小公主》一书中的原文。

烘焙师用蜡纸把客人要的面包和甜点裹得严严实实，年轻女子迈步出了面包店，合上的店门随即带来了一阵寒风。这时，柜台后方的女烘焙师才留意到了身穿薄裙、瑟瑟发抖的莎拉。

"对不起，"莎拉说，"你丢过四便士——一枚四便士的银币吗？"[①]

蒂莉把乔克的那本书又塞回书架上，在乔克的办公桌上摊开了自己的那本《小公主》，核对了起来，被这两本书的差别弄得一头雾水。有可能，是蒂莉记错了书中的那一幕场景吧。要不然，难道母亲的那本旧书有什么特别之处？只不过，蒂莉还没有来得及翻到旧书中相应的一页进行核对，办公室的门把手却已经转动了起来。蒂莉顿时呆在了原地——这间办公室里根本找不到可以躲的地方。她刚刚抓紧时间把母亲的那本旧书塞进背心裙的衣兜（谢天谢地，幸好这条背心裙有着大号的衣兜），办公室的大门就猛然打开了，蒙蒙的灰光映照着伊诺克·乔克的身影，看上去像是一副气呼呼的模样。

"过来，小丫头。"乔克怒吼道，"我第一眼见到你，就心知你这人有点蹊跷。"

蒂莉一步接一步地朝屋角后退。"我真……真抱歉，乔克先生。"她支吾着说，"刚才我迷了路，找不到回家的办法，你的办公室门又

---

① 本段摘自《小公主》，上海译文出版社 2013 年版，郭永昌译。本段是《小公主》一书中的原文。

开着，我就……"

"别说了，借口不顶用。"乔克打断了蒂莉的话，"你怎么会来我的办公室，佩吉斯小姐？"

"刚才我告诉你了，我在地下图书馆里迷了路，你的办公室门又……"

"不，"乔克气得嗓音发涩，"我们待会儿再聊你为什么会来我这间办公室的事。但我现在想问的是，你怎么会在地下图书馆闭馆之后独自一个人出现在这儿？"他说着转了一圈，"你外公也在地下图书馆里吗？"

"不在！不。我又不是特意要到地下图书馆里来。"蒂莉回嘴道，"我向你保证，这件事纯属意外。当时我想方设法要从一本书里脱身，可惜那本书的书页偏偏撕破了……"

"这里究竟出了什么事？"

望见阿米莉亚·韦斯珀的身影出现在办公室门口的乔克身边，蒂莉不由大大地松了一口气。"我刚才还以为你已经回家了，伊诺克。你为什么会在过道里嚷嚷？……"正在这时，阿米莉亚瞥见了蒂莉的身影，立刻把下半句咽下了肚。"玛蒂尔达？你怎么会在这儿？"

28

故事就是给人读的

"好吧，不如到我的办公室里坐一坐。"阿米莉亚一边说，一边把蒂莉领出了乔克的办公室。乔克迈开步子要跟上去，阿米莉亚却伸手拦住了他。"依我看，我得先单独跟蒂莉聊一聊，伊诺克，假如你不介意的话。"

"她刚刚擅闯了我的办公室！"乔克气急败坏地说。

"我明白，我明白，可正像你自己所说，我们总得先弄清楚她为什么会在地下图书馆里吧。不如这样，你帮我们倒杯茶过来？"

"我可不是端茶送水的女工，韦斯珀女士。"乔克冷冰冰地答道。

"唔，那就麻烦你去帮我们找个'端茶送水的女工'吧，伊诺克。要不然，找个'端茶送水'的男人也行。"

阿米莉亚伸出一只手温柔地搂住蒂莉的后背，把她领进了自己的办公室，乔克怒冲冲地沿着过道走掉了。

"其实，我的办公室里还真的有一个水壶。"阿米莉亚笑道，"但依我看，我们还是先单独好好地聊一聊。蒂莉，在这个节骨眼上，拜托你一定要跟我说真话，好吗？"蒂莉点了点头。"今天晚上你怎么又回了地下图书馆？之前你是不是藏在了图书馆里？奥斯卡是不是也在地下图书馆里？"阿米莉亚问。

"不，之前我们三个人一起回了家，一个也不缺，我向你保证。"蒂莉说。

"也就是说，你外公外婆不知道你眼下正在图书馆？"阿米莉亚问。

蒂莉摇了摇头。

"好，那不如先办急事：我们得告诉你的外公外婆一声，说你在我这里很安全，他们随时可以来接你。"阿米莉亚说着拿起了办公桌上的电话，"哈喽，是阿奇吗？我是阿米莉亚。蒂莉正在我们图书馆里，就在我的身旁，安全问题不用担心。我们……对，对，我明白……稍后我们可以详聊，但目前的头等大事，是你要赶紧来接她。对……好……不。待会儿见。"阿米莉亚放下了话机，又朝着蒂莉扭过了头。"你外公外婆来接你了。依我猜，今天下午你们离开地下图书馆以后，你外公一定又跟你交代了不少内情？"

"说了一些。"蒂莉答得语焉不详。她猛然记了起来，外公外婆曾经叮嘱过她，要对她父亲的事情保密。

"听到十一年前发生的那些旧事，你只怕不太好受。其实，当初大家并不觉得你外公外婆犯了什么错，可是……"

"你说什么？"蒂莉插嘴道，"为什么当初大家会觉得我外公外婆犯了错？"

"当然，风言风语当初大家并没有当真……可是，阿奇毕竟是你

— 201 —

妈妈的父亲，你也可以想见，针对贝娅特丽克丝怎么会进了源本图书馆一事，当初确实调查得很彻底。幸运的是，好歹没有惊动档案馆员。"

说到这儿，阿米莉亚突然察觉到了蒂莉脸上茫然的神情，于是住了嘴。"你显得很诧异啊……我还以为……你刚刚不是提到，你外公外婆跟你讲过了吗？"

"我还以为，你指的是……"蒂莉又把话咽回了肚子里。"外公外婆根本没有提到源本图书馆的事，他们只是又跟我讲了些我妈妈的书行经历。"蒂莉很不争气地回答。

阿米莉亚凝神审视着她。

"那话说回来，当初我妈妈究竟闯了什么祸？"蒂莉追问道。

"这些事真不该由我来跟你讲，蒂莉，但总的说来，当初你妈妈偷了你外公的源本图书馆钥匙。因为你妈妈打算去其中一本书中书行，永久性地改变它。我敢肯定，你明白这种事有多让人心惊胆战。但是，关于这件事，你还是跟你外公外婆认真聊聊的好。从今天早上的经历，我们都看得出来，你外公显然格外讲究什么话应该讲、什么话不该讲。"

"与此同时，我们也得聊一聊现在的状况，蒂莉。不用担心，你并没有闯祸。可是，除了十分资深的书行者，其他人都只能通过大英图书馆的电梯进入地下图书馆，因此我们必须查清楚你怎么能进到地下图书馆里来。"艾米莉亚告诉蒂莉。

"刚才，我想练习一下书行技能，"蒂莉向她解释，"于是我就用读书的办法进到了某本书中。进展本来很顺利，但当我打算抽身从那本书里出来的时候，却发现它的最后一页被撕破了。所以，我就只好读了读我能找到的最后几行，结果周围顿时变得一片漆黑，我就莫名其妙来到了地下图书馆这条走廊尽头处的一个空房间。我并不是冲着地下图书馆来的，我向你保证。刚开始的时候，我连自己到底在哪儿都说不清。紧接着，等到我回过神，我就来找你了，要不然找到其他图书管理员也好，这样我才能回家嘛。"

"难道是从乔克先生的办公室回家去吗？"阿米莉亚说着挑了挑眉，"不过，这件事我们稍后再谈。我能否先问一声，你刚才书行的是哪本书？你有没有随身带着那本书？"

蒂莉迟疑了一下，把母亲的那本《小公主》旧书递给了她。

"唔，是你母亲的最爱。"阿米莉亚轻声说，又凝神审视着蒂莉。

"对……"蒂莉小心翼翼地瞥了她一眼，"你怎么知道？"

"蒂莉，很久很久以前，你母亲跟我曾是好友，这件事人尽皆知。所以，刚才我才宁愿先和你单独聊聊，避开乔克先生。当年我在纽约遇见了你的母亲，我们在纽约的同一家书店里工作。自从她怀上你又返回家中以后，我就再也没有跟她见过面。整个书行界都不知道世上还有你这么一个小家伙，直到你外公今天早上带你来到地下图书馆。自从你外公辞去了地下图书馆馆长的职位，他跟埃尔茜就淡出了大家的视线。所有人都认定，你外公外婆只是想要过过清静日子，远离书行界的纷争，把心思花在照顾贝娅特丽克丝上。"

"乔克先生为什么总显得很火大的样子？"蒂莉问。

"从各方面讲，伊诺克都是一个工作能手，他对任何不合常规的事都有点第六感。不过，对于书行，他有着跟我们不太一样的见解。他痴迷规则，而你妈妈当初恐怕违反了大多数规定。在伊诺克看来，我们理应更加严格地对待书行，其中包括如何监察书行，如何管理书行，是否该对书行有年龄限制，是否允许任何表现出相关天赋的人进行书行。他还写了数不清的报告，质疑书籍和故事的意义。"

"可是，故事就是写出来给人读的嘛，"蒂莉说，"为什么一定要有什么所谓的'意义'？"

"蒂莉，我自己相当同意你的见解，正如你的外婆和外公，但这并不代表其他人也一样。再说回伊诺克的事，我还说不清我们能否将你出现在地下图书馆的原委解释清楚。不知道什么缘故，你竟然被送回了图书馆里，绕过了馆方用来保护地下图书馆的屏障。我认为，你这种能力，实在不宜大肆宣扬。实际上，我觉得这件事还是交给我来处理吧，也尽量避免你待在这儿的时候再遇到伊诺克。可是，我必须问问你，蒂莉，刚才你怎么会进他的办公室？"

蒂莉的面孔顿时涨得通红。"不好意思，我知道我不应该进他的办公室。刚才，我一眼看到他的办公室大门，结果想也没想就钻了进去，我实在太好奇了。"

"蒂莉，地下图书馆的办公室通常不锁门，因为外界跟地下图书馆之间隔着重重屏障，但这并不代表，你可以未经许可进入他人的私人空间。我觉得吧，这一点你或许明白，所以我会把你的歉意转达给乔克先生。"

蒂莉点了点头，正在这时，阿米莉亚的电话铃响了起来。她一言不发地接起电话，随后又把话机放回了原位。

"没事了，你的外公外婆已经出发前来接你，会在大约十五分钟以后赶到这儿。你还有别的问题要问吗？"

"我能不能问问我外婆的事？"蒂莉说，"我明白，外公当初曾经担任过地下图书馆的馆长，但外婆提到，她在我母亲出事前也在图书馆里工作……那她担任的是什么职位？"

"唔，问得好。你外婆当初是地下图书馆的制图师，她在地图室里工作，那个地方……也好，我们反正在等你的外婆和外公，你想不想趁着这段时间去参观一下地图室？"

蒂莉点了点头。

两人又沿着那个灯光幽幽的图书馆大厅走了回去。几名图书管理员正在桌子旁边办公，另一个图书管理员则在主桌后方打盹。阿米莉亚的脚步声传到了打盹的图书管理员耳朵里，把她从梦乡中惊醒了过来，她立刻挺直了腰，下意识地用开襟毛衫的衣袖在嘴上擦了擦。蒂莉和阿米莉亚迈步走出了大厅的另一头，朝电梯的方向走去，在一个房间前方停下了脚步——今天早上，蒂莉、外公和奥斯卡三人就曾经从这个房间前方经过。

29

我们只会用书籍魔法

这是个六边形的屋子，比蒂莉至今见过的任何一间办公室都大得多。房间的地板刷成了深碧色，颜色跟地下图书馆大厅的天花板一模一样，整整六面墙壁和天花板上都布满了无比精美的地图，地图上还点缀着五颜六色、星罗棋布的小灯。

"这就是地图室。"阿米莉亚笑道。

蒂莉用惊奇的目光四下打量着它。"这间屋子有什么用处？"

"这个房间当初就归你的外婆打理。这些灯，代表着全世界的一间间书店。白灯，代表该书店中有着已知的书行者；蓝灯，代表的是各国的地下图书馆；黄灯，代表该书店中没有已知的书行者；红灯，代表该书店中曾经有过已知的书行者，但现在已经不复存在；至于这些绿灯，代表的则是一家家图书馆。我们必须了解相关的动向，因为你也知道，书店和图书馆是书行的关键所在，我们必须珍惜目前尚存的书店和图书馆。"阿米莉亚解释道。

"地下图书馆怎么会有这么齐全的记录？也是靠魔法吗？"蒂莉问。

"恐怕不是。"阿米莉亚回答，"靠的都是老一套，包括电邮、信件、电话，再加上管理，毕竟我们唯一可以使用的魔法就是书籍魔法嘛。现任制图师阿丽雅负责本国地下图书馆与世界各地所有地下图书馆的联络，她会及时跟进最新的动态，了解每个国家各有多少书行者、其中的模式、大家商定的国际规则，等等。去吧，去仔细瞧瞧，英国就在这儿。"阿米莉亚说着指向了某面墙壁正中央的一幅地图。

蒂莉伸出手指拂过那张地图，直到她找到了伦敦：那里有着好些闪闪发亮的小灯，看上去很让人安心。其中有不少白灯，但也有少许金黄色和红色的灯光，还有一盏熠熠生辉的蓝色小灯，标示的正是这间地下图书馆。每盏小灯的旁边，都有人用潦草的小字标注了每家书店的名字。在伦敦一大堆书店的边缘地带，有一家书店用龙飞凤舞的字体标注着名称：佩吉斯书店。那盏灯闪耀着明亮的白光，蒂莉的心中也随着那盏小灯一起涌起了一股暖意。

"你和我母亲曾经共事过的书店也在这里吗？"蒂莉问。

阿米莉亚又把蒂莉领到了对面那堵墙的前方，这堵墙壁几乎被北美地区占满了。在纽约的一盏盏小灯中，她们找到了一盏标注着"本奈特＆艾尔书店"字样的灯。阿米莉亚伸手轻抚着那几个小字。"那家书店十分特别，店主是一对兄妹。等到哪天有空的时候，我再把那家书店的一切全都告诉你吧。不过，眼下我们也许该去瞧瞧你外公外婆是否已经赶到图书馆了。这间地图室不是什么机密要地，只要你到地下图书馆来，都可以参观这间屋。其实真该让你的外婆带你回来一趟，跟你多讲讲关于这间地图室的事情。"

出了地图室，阿米莉亚停下了脚步，把蒂莉母亲的那本《小公主》递给了她。

"虽然这一点不言自明，可是，拜托别再去你母亲这本《小公主》里书行了。缺了最后几行，这本书显然很不可靠。也许稍后我们还得再查一查这件事，也查清楚你为什么会被送到地下图书馆里来，但只要你答应不去你母亲的这本《小公主》里书行，我就准你暂时保管它。我知道，这本书是你母亲的旧物，对你来说意义很深重。"阿米莉亚凝神审视着蒂莉，蒂莉点点头表示答应，心里却在暗自思忖：趁着别人还没有来查这本书，一定要仔仔细细地先查一回，弄清楚这本书为什么有些不一样的地方。

两人又沿着那条幽幽的过道走回图书馆的大厅，从那个打盹的图书管理员身边经过。阿米莉亚领着蒂莉进了一扇很不起眼的门，来到一个看上去像是消防通道的地方。

"这是另一台魔法电梯吗？"蒂莉嘴里问，心里则突然悟到：经过了这么折腾的一天，她已经筋疲力尽了。

"不，这真的只是个消防通道。"阿米莉亚说，"地下图书馆也在努力遵守最新的消防和安全条例嘛，虽然人们并不知道我们在这儿。总之，诚信为本，我们毕竟是一帮身为图书管理员的人。"

蒂莉点了点头，仿佛她与阿米莉亚深有共鸣。那扇门吱呀一声打开了，一阵凉爽的十月夜气朝她迎面扑了过来。紧接着，蒂莉立刻就被外公和外婆搂进了怀中。

"多谢，阿米莉亚，"外婆紧攥住阿米莉亚的手臂，说道，"到底出了什么事？我们还以为，她说不定是去了哪儿，我们早该料到……"外婆猛然发觉自己吐露了太多内情，于是又住了嘴。

"别担心，埃尔茜，我不觉得这是什么值得担心的大事。"阿米莉亚告诉外婆。她又顿了顿。"我认为，可能是因为蒂莉跟地下图书馆的联系超乎寻常的紧密，所以才被送到了这儿。换句话讲，当遭遇困境的时候，为了保护她，她才被送回了地下图书馆。我想问的是，蒂莉书行时会不会有一些不太寻常的副作用……"

"你为什么这么问?"外婆慢吞吞地说。

"只是有种直觉吧。"阿米莉亚一边回答，一边直视着外婆的眼睛。她们两人都没有再说一句话。

"那刚才到底出了什么问题?"外公问。

"我这本书的最后一页被撕掉了。"蒂莉告诉外公。

"我真心认为，我们用不着担心。"阿米莉亚的口吻显得斩钉截铁，"蒂莉心里有数，今后不能再去那本书里书行了。除此之外，这次也算是给蒂莉好好上了一课吧，让她学学遵守书行规则是多么重要。也许，等到蒂莉对书行技能掌握得再熟练一些，并且好好消化她今天学到的一切时，这件事我们可以再商量。不过，目前真的没必要担心，还是带蒂莉回家更加重要。话说回来，今晚还是看看电视，别看书了吧?"阿米莉亚笑着跟外公握了握手，又热情地给了外婆一个拥抱。

蒂莉钻到了那辆正在等待的出租车的后座上——就在刚才，正是这辆出租车把外公外婆送到了地下图书馆来。一家三口回到佩吉斯书店的时候，蒂莉早已经沉入了梦乡。

30
童话故事

第二天一早，带着一杯橙汁和一碟涂了花生酱的吐司，外婆叫醒了蒂莉。

"早上好，宝贝。"外婆说，"你感觉怎么样？你一下子要消化很多信息呢——你心里也清楚，如果你乐意，随时可以来跟我或外公聊一聊。我们会知无不言，不管是书行的事，还是你父母的事。"

蒂莉冲着外婆挤出了一抹笑容。

"要不然的话，杰克和我正打算策划一下派对，你想不想一起来？另外，你要不要瞧瞧奥斯卡是否也乐意过来帮帮忙？"

蒂莉点了点头，感觉好像添了几分底气，又咬了一大口吐司。整整一早上埋头打理书店的日常事务，倒是正合蒂莉的心意：这样一来，好歹有点时间回味一下昨天发生的一切。只不过，蒂莉现在还有点别的事情要办。吃完早餐以后（虽然蒂莉心里有数，待会儿她就会后悔在床上吃吐司），蒂莉拿起那本撕破了的《小公主》，翻到了书中面包店里的那一幕场景。她顿时发觉，自己并没有做白日梦，不禁松了一口气：毋庸置疑，即使算不上天差地别，母亲这本旧书中的故事却真的跟乔克那本不太一样。

"我妈留着这本旧书，必然有她的道理。"蒂莉在心里暗自嘀咕，又把那本书夹到胳膊下，准备拿它去对比一下书店里的其他版本。

蒂莉下了楼，穿过暖融融又空荡荡的厨房，进了书店。杰克和外婆正凑在一张咖啡桌旁，边说笑边做着笔记。

"我去找奥斯卡喽!"蒂莉冲着杰克和外婆高喊了一声，来到堆满秋叶的街道上。没料到的是，面包屑咖啡馆竟然上了锁，店里的灯一盏也没有开。蒂莉把脸紧紧地贴上咖啡馆的玻璃，可惜店里明显空无一人，店门上没有贴留言纸条，也没有解释关店的缘由。蒂莉取出手机，给奥斯卡发了一条短信。

"面包屑咖啡馆今天关店了? 你没事吧?"

过了几分钟，她收到了奥斯卡的回复。

"我奶奶身体不舒服，老妈关了店，在家出谋划策。"

"出了什么事?"

"老妈可能不得不去巴黎帮忙。要不然，埃米莉也许会回伦敦待上一阵子。"

"你也要去法国吗?"

"难说。有可能，但要去也不是今天。在等消息呢。"

"你乐意来书店帮忙筹划派对吗? 要是你妈不放心，我们可以到公共汽车站去接你?"

"我去问问。"

过了几分钟，蒂莉又收到了奥斯卡的一条回复:

"没问题，我这就动身。我老妈向你道谢，她会打电话到书店跟埃尔茜或阿奇说一声。要搭 81 路公共汽车对吧？"

"对，搭 81 路公共汽车，在比奇庭车站下车。稍后见，我们店里有新鲜出炉的甜甜圈哦！！！！"

蒂莉又一溜烟奔回书店里。

"奥斯卡的法国奶奶身体有点不舒服，"她高声告诉外婆，"所以面包屑咖啡馆今天关店了。奥斯卡打算从他家公寓那边搭公共汽车过来，行吗？玛丽待会儿会给你打电话。"蒂莉话音刚落，电话铃声就响了起来。

"好，那当然了，玛丽。对，别担心……我们会去车站等着接他过来，我保证……没错，蒂莉有他的电话号码……没问题，我们随叫随到……要是还有什么需要我们效劳的地方，只要说一声就行……好，稍后再聊吧……"

大概过了半小时，奥斯卡给蒂莉发来了一条短信，说他马上就会到公共汽车站。于是，杰克陪着蒂莉一起到街角的公共汽车站去等人。几分钟以后，看似精疲力尽的奥斯卡就现了身，跟蒂莉交换了一下眼神——当着杰克的面，一切尽在不言中嘛。

"没事吧，老弟？"杰克问奥斯卡，"听说你奶奶身体不适，真遗憾。你是想聊聊这事，还是就此揭过？"

"当然是就此揭过。"奥斯卡的口吻显得斩钉截铁，"为什么要大惊小怪？"

"没问题，"杰克说，"筹备那个派对有一大堆事情要做，足够让你忙得团团转，忙上好几个小时！只要一不小心，你恐怕就会被埃尔茜支使着去剪纸做装饰，剪上整整一天呢。"

三人回到书店的时候，外婆朝大家招了招手，示意他们过去。奥斯卡瞪大眼睛紧盯着桌上那堆乱七八糟的纸张，有些纸上画着难看的草图，有些纸上记着一个个创意和人名，桌上还摆着好几个空了的咖啡杯。

"好，大家听着，"外婆吩咐道，"今天要办的事情包括办妥派对的装饰，列出要请的客人，再把派对上吃的喝的都定下来。"

"不就是把派对的筹备事项全办了吗？"蒂莉问，外婆哈哈地笑出了声。

"还差得远，宝贝，毕竟明天晚上才开派对。言归正题吧，大家对派对的装饰有什么想法？要不要挑个跟扑克牌有关的主题？"

"唔，我可以在橱窗里弄些跟扑克牌有关的装饰。"杰克提议，"要不就照搬一幅原著中的插图？我实在拿不准怎么办才好。"

"奥斯卡对艺术很擅长。"蒂莉也开了口。

"呃，不，我才没有。"奥斯卡说。

"确实擅长，那天我明明看见你在画画。"

"我喜欢画画，并不代表我画得有多好。"奥斯卡回答。

"唔，我敢说你画得不赖。"蒂莉说。

"要不你随手画几笔吧，瞧瞧能不能添些什么创意?"外婆一边鼓励奥斯卡，一边把一支笔和几张白纸推到了他的面前，"不要担心，大家也没有指望你会摇身变成毕加索。只要是个点子，就自有它的用处，你瞧瞧目前的筹备工作已经惨成了什么样子！"

奥斯卡看上去不太服气，但还是用胳膊挡住了那张白纸，涂抹了起来。

大家沉默了大约一小时，杰克起身添了些茶水、甜点和果汁——原来的甜点碟子里已经只剩下了一些面包屑。奥斯卡也渐渐忘了要用胳膊把白纸挡住，他的面前已经摆了好几页纸张，上面画满了五彩缤纷的藤蔓和鲜花，还有高得离谱的奶油蛋糕。但是，在奥斯卡的派对创意草图之中，也夹杂着几张匆匆画成的海盗船和藏宝图。

"你是不是一直都很喜欢艺术，奥斯卡？"外婆问。

"嗯哼。"奥斯卡一边画画一边点点头，"其实，最开始是我奶奶给我打气，鼓励我画画。我以前总爱在纸上乱涂，我奶奶年轻的时候又是一个书籍插画师，所以她帮我学了不少……唔……让作品显得更上得了台面的技能吧。"

"哎，奥斯卡，我早就已经看出来了，你们家一定有着某种文艺传承！"外婆喜滋滋地说道。

"文艺的什么？"奥斯卡问。

"传承……也就是说，你的祖先，你的家人，你的血统。你奶奶是一位艺术家，难怪你跟书行这么合拍。你知道你奶奶画过哪种类型的画吗？"

"可能各种类型都有。但她总爱念叨，说她最自豪的作品是来自

一本童话书的巨幅图画，她在巴黎那间公寓里还有一些她的作品呢。"

"真棒。"外婆说道，"我们一定要问问你母亲，那本童话书到底是哪个版本，瞧瞧能不能找到，我很乐意欣赏一下你奶奶的作品。对了，真该把你的画作也给她寄几幅，奥斯卡，我敢说她见了一定很开心。"

奥斯卡顿时涨红了脸，点了点头，微微露出了笑容。

"至于书行……"外婆刚刚开口，杰克已经端着托盘回来了，她赶紧把话咽下了肚。蒂莉和奥斯卡对视了一眼，又埋头忙碌了起来。

"瞧瞧，大家干活儿都这么刻苦，真让我大开眼界。"杰克一边说，一边摆出一碟加了奶油和果酱的司康饼，"奥斯卡，你显然很能带动其他人。要是换到平时，埃尔茜和蒂莉真是永远也干不完活儿。"

杰克再度坐了下来，列起了购物清单，外婆慈爱地朝他笑了笑。奥斯卡继续画着画，外婆忙着审视宾客的名单，蒂莉只好互相轻碰着两只脚，一时有点拿不准自己该干些什么。

"要不我去取几本《爱丽丝漫游仙境记》过来，给大家提供些灵感吧？"蒂莉提议。

"真是个好点子，蒂莉，好啊。不过你也别跑太远了，好吗？"外婆凝神向蒂莉望过来，蒂莉点点头，表示她心里有数。

一到儿童读物区，蒂莉却并没有直奔《爱丽丝漫游仙境记》作者刘易斯·卡罗尔所在的"K"区，而是奔向了另一层书架，找到"弗朗西斯·霍奇森·伯内特"，取下了好几册不同版本的《小公主》。她又找了个地方坐下来，比较起了这些书。在三册不一样的版本中，她都找到了面包店的那一幕场景——三册书中的描写一模一样，也跟蒂莉母亲的那本旧书毫无差别。蒂莉顿时觉得心里一沉：本来，她很笃定自己能够找到一些关于当初父母相恋的线索，谁知道，母亲的那本旧书看上去竟似乎完全正常。她又查了查小说中有她生父出场的开篇部分，把母亲那本旧书跟书店里的其他版本对照了一下，不得不承认一件事：这几本书分明一字不差。蒂莉猛然间悟到，这一点意味着：跟其他版本不一样的，正是乔克办公室的那本《小公主》。

正当蒂莉伴着几本《小公主》坐在书店的时候，她的耳边突然响起了一个熟悉的嗓音："哎，又见面了哦。"话音刚落，随着一阵衬裙发出的沙沙声，爱丽丝便在蒂莉的身旁坐了下来。

"你看上去真是烦躁到家了，想不想跟我一起逃离现实一会儿？"爱丽丝说着向蒂莉伸出了一只手，蒂莉却挪开了身子。

"我必须待在书店里帮忙。"蒂莉用不容商量的口吻说道，"而且昨天我还试着进到某本书里，结果闯的那场祸可真不小。"蒂莉发觉，闯了昨天那场大祸以后，她自己就有点不太情愿去书行了，更不用说她此刻恨不得自己独处一会儿，好认真地思考一下刚才发现的线索。

"真没劲！"爱丽丝评价道，"首先，书店里根本不会有人发现你溜了号。其次，我会带着你一起到处逛，因此出不了什么事。那你乐意跟我一起动身，去见识一下世间最美丽的花园吗？"

"要不，你就干脆待在这间书店里，聊聊天或者帮帮忙？"蒂莉满怀希冀地问。

"那书店里这帮人都在忙些什么？"爱丽丝问。

"我们正在筹备一个派对。"蒂莉回答。

"哇哦，真棒，我可是个派对迷。"听了蒂莉的话，爱丽丝开心地拍起了手，"书店这个派对有没有游戏玩？"

"唔，游戏可能会有。"蒂莉说，"可是，还不如说它是个聊天派对。"

"反正在我看来，书店这个派对似乎不太像样。而且，我还知道最精彩的一种游戏哦，它被人称作'会议型赛跑'。"

"这种游戏怎么玩？"蒂莉问，"难道不会有点乱糟糟的吗？"

"说真的，说一千道一万，"爱丽丝顿了顿，才又对蒂莉开了口，"不如你自己去玩一下这种比赛。"

"算了，你还是尽力讲讲它是什么样子吧，因为我才不跟你一起去仙境。"蒂莉说。

"好吧。"爱丽丝气呼呼地告诉蒂莉，"那你得先找一条赛道，圆形为佳吧，但其实是圆是扁并不影响比赛。接下来，所有参赛者就全都拔腿开跑，直到比赛结束。"

"但照你的说法，那大家怎么知道赛跑什么时候结束？"蒂莉问。

"坦白讲，这一点我也拿不准。不得不承认，当初我在仙境第一次见识到这种游戏的时候，我也感觉一头雾水。"爱丽丝说，"那次仙境里的参赛者全都拿到了奖品，所以依我看，全体参赛者都算得上是赢家。"

"听上去，这游戏不太讲得通。再说，书店里恐怕也没办法赛跑。"

爱丽丝长叹了一声。"哎，书店里可能确实没办法办这种比赛。但有些时候，明智的做法真是没劲到家了，难道你不这么认为？"

"说得有道理。"蒂莉答道，"但话说回来，有些时候，明智的做法……唔，也正是明智之举。"

"你的话真是自相矛盾。"爱丽丝对蒂莉说，接着又顿了顿，"我真的觉得你该跟我一起去见识一下那座花园，它美得不得了。"

"我去不了花园。我刚刚答应过外婆，会乖乖地待在书店里。我们等到派对结束以后再去好吗？"

"我宁愿现在就动身。"爱丽丝告诉蒂莉，"我还从来没有过像你这样的密友呢，我可一心盼着你跟我一起去仙境玩。"她说着探身过来，打算握住蒂莉的手。

"别这样！"蒂莉一边说，一边飞快地抽回了那只手。可是，爱丽丝已经握住了蒂莉的小指头，就在蒂莉把手往回缩时，佩吉斯书店却已经开始逐渐崩塌了。

"真烦人。"爱丽丝的身影随之消散时，蒂莉的耳边传来了她的话音。

31
好奇心才会造就最精彩的奇遇

蒂莉眼下正置身于一座花园中，身旁却找不到爱丽丝的踪影。不过，跟她刚才告诉蒂莉的一样，眼前的这座花园确实"美得不得了"：园中遍布着红色的玫瑰花，明艳夺目的花圃之中点缀着一座座精雕细琢的喷泉。蒂莉心不在焉地在一朵红玫瑰上摸了摸，却诧异地看见自己的手指变成了红色，不禁吓了一跳。蒂莉本来还以为自己被玫瑰刺破了手指，直到她突然回过了神：她手指上沾的竟然是某种涂料，而眼前这些花朵原本竟是白玫瑰，却被人涂上了一层乱糟糟的红色油漆。"还用说吗，"蒂莉暗自心想，"我应该是在书中那位红心皇后的花园里吧。"于是，蒂莉立刻慌张地四处寻找着爱丽丝。正在这时，旁边一棵树上的一扇木头小门却咣当打开了，门口赫然露出了爱丽丝的巨型脸庞，吓得蒂莉差点跌了一个跟头。

"你怎么会在这扇木门的另一头？还有，你怎么突然间就变成了巨人？"蒂莉低声问。

"真讨厌。"爱丽丝对蒂莉说，"我又挑错了边，没能跟你待在木门的同一头。你等我一下。"

"不用啦！"蒂莉冲着她的背影嚷嚷，"还是我过去找你好了！我的个子够小，从这扇木门里溜过去一点问题也没有。再说了，我可不乐意独自一人碰上那位红心皇后，据说那位名人动不动就爱砍掉别人的脑袋。"

从树上那扇木门钻过去其实有点挤，但等到蒂莉终于钻过去的时候，她才发现：比起眼下的爱丽丝，她自己居然才跟对方的膝盖一样高。

巨人爱丽丝小心翼翼地把蒂莉抱起来，又把她放到一张超大型三脚玻璃桌上。大桌上摆着一个贴有标签纸的瓶子，标签纸上写得清清楚楚：*把我喝掉*；除此之外，大桌上还摆着一把丁点小的金色钥匙——一时间，这幕场景让蒂莉恍然有一种似曾相识的感觉。旁边的爱丽丝却蹲到了地上，似乎正在忙着找些什么。

"哇，终于找到了。"她得意地告诉蒂莉，又在瓶子旁边摆上了一块蛋糕，蛋糕上也用一串葡萄干留了言：*把我吃掉*。"要是我还记得这两样宝贝吃了各有什么效用，那就好了……"爱丽丝对蒂莉说。

"依我看，或许吃了蛋糕个子就能变大，喝了瓶里的饮料个子就能缩小。"蒂莉回答，"毕竟刚才蛋糕就摆在地上，瓶子却摆在这张大桌子上。"

"你说是这么说，但仙境里的东西相当本末倒置，所以吧，也许倒过来才能猜对。"爱丽丝一边给蒂莉支招，一边伸手去取那只瓶子。

"不，先别喝，别喝！"蒂莉高声劝阻，"我百分百认定，你应该先拿一丁点蛋糕试一下。还有……住手，爱丽丝！先等等！拜托你先把我跟这个瓶子都放到地面上，这样一来，所有的选择就都在我们的手中。"

爱丽丝瞪大了眼睛朝蒂莉望过来。"你这脑瓜还真是逻辑清晰，"她用同情的口吻对蒂莉说，"难怪你跟仙境格格不入。"

"'逻辑清晰'什么时候成了缺点？"蒂莉忍不住回嘴，"只要你能把逻辑理清楚，那你想变大就能变大，想变小就能变小。"

"我明白，你的想象力肯定很充沛，不然你也来不了仙境。可惜的是，我可没见识到你的想象力哦。根据我的经验，好奇心才能造就最为精彩的奇遇。你母亲也这么说过，对吧？"爱丽丝问蒂莉。

"没错。'做个勇敢的人，做个好奇的人，做个善良的人。'"蒂莉说。

"说得一点也没错，你母亲听上去深谙其中道理嘛。"说到这儿，爱丽丝把蒂莉紧挨着那个瓶子放到了地面上，又干脆把整个蛋糕全塞进了嘴里。才过了几秒钟，她就缩小到了蒂莉的尺寸。

"你最好别忘了带上那把钥匙。"蒂莉说。爱丽丝听完把手掌摊开，蒂莉顿时望见她手中的金色钥匙正在闪闪发光。

她冲着蒂莉露出得意的笑容，问道："我们走吧？"

两人又走回树上那扇木头小门的前方，爱丽丝唱唱跳跳地打开了门。于是蒂莉和爱丽丝又回到了绝美的花园中，花园里的一朵朵玫瑰花正往下滴着颜料。

爱丽丝也忐忑地碰了碰其中一朵玫瑰，指尖顿时被染上了一抹红。

"真不明白有人干吗非要把好端端的玫瑰全都涂红。"她对蒂莉说，"这些花分明已经美得惊人了。"

"因为这座花园属于那位赫赫有名的红心皇后。"蒂莉说，"你总不会连这一点也不知道吧，这可是你的故事。"

"这座就是皇后的花园?"爱丽丝用惊慌的口吻告诉蒂莉，"我听说过好多关于皇后的传闻，简直让人寒毛直竖，我们可千万不能让她发现。"

"你在说些什么呀? 怎么……"

谁知道，蒂莉的话却被三名花匠打断了，他们全都打扮成扑克牌的样子，正拼命在还没有漆成红色的白玫瑰上乱涂。

"黑桃五，拜托你当心一点! 瞧你把红漆溅得我满身都是!"

"这破事我可没辙，"打扮成黑桃五模样的花匠回答，"谁让老七刚才乱推我的手肘呢!"

"黑桃五，真有你的! 你就爱把脏水朝别人身上泼是吧!"第三个花匠也抱怨道。

三个花匠吵了好一会儿，直到被称作老七的那个花匠干脆把画笔一扬，红色的颜料在草地和其他花匠身上溅得到处都是。老七接着扭过了头，火大地叠起胳膊，正好一眼望见蒂莉和爱丽丝，不禁张大了嘴审视着她们。

"能否请问一下，"爱丽丝的话音传到了蒂莉的耳边，"各位干吗非要把这座花园的白玫瑰漆成红色?"

"哎哟小姐，你们可不知道，事情的原委……"打扮成"黑桃二"模样的花匠就此诉起了苦，把真相告诉了蒂莉和爱丽丝，声称这座花园该种的品种本来是红玫瑰，谁料到当初花匠们闯了祸，错种成了白玫瑰。假如皇后看出端倪的话，花匠们只怕都保不住小命。"因此，赶在皇后驾临花园之前，总得拼命去补救一下吧……"

可惜的是，这时已经来不及了：蒂莉听见一阵震耳欲聋的喧闹声正向众人逼近，花匠们顿时跪伏到了地上。

"我们赶紧走吧。"蒂莉从牙缝里挤出了一句话，拉起爱丽丝的手，刚刚风一般躲到灌木丛后面，皇家仪仗队便绕过了拐角。蒂莉不禁倒吸了一口凉气：她眼睁睁望见了一队看上去活像扑克牌的人物，后面还跟着本书的一群角色，随后是一只身穿马甲、带着怀表的白色兔子，兔子身后则是红心国王和红心皇后本人。这两人的相貌看上去都十分方正，身穿华丽得不得了的长袍，酷似蒂莉在历史课本上见过的都铎王朝的国王与王后。国王留着无比精致的胡须，络腮胡的尾梢在下巴上打了个令人侧目的大卷儿；皇后则梳了一个直冲云霄的发型，还紧攥着一面心形的大型镀金手拿镜。

"拜托，我们可以回佩吉斯书店吗？"蒂莉问爱丽丝——皇后的模样可一点也不讨蒂莉的欢心。

"等等，再等一等。"爱丽丝对蒂莉说，"我真想瞧瞧这场面。不过，要是你想回书店的话，我倒是不介意。"

"可是你不跟我一起走，我又怎么回书店？"皇后朝她们两人越走越近了，蒂莉绝望地说。

"依我看，你怕是回不了什么书店喽，宝贝。"正在这时，蒂莉的耳边突然响起了一个陌生的嗓音，她立刻扭过头，只见有个影子正紧挨着她在空中露出一抹灿烂的笑容。

32

你有可能踏出任何故事尽头的边界

那个影子冲着蒂莉咧嘴一笑，仿佛在半空中闪了闪。蒂莉用手肘碰碰爱丽丝，她气呼呼地扭过了头，在被蒂莉打断之前，爱丽丝正一心旁观着一场乱哄哄的槌球赛。（"这赛场上怎么还有一群火烈鸟的身影？"蒂莉暗自心想。）

"又怎么啦？我刚刚才跟你说过，我现在还不想带你回书店。"

蒂莉伸手指了指那抹笑盈盈的影子。"难道这……"蒂莉问。

"哟，区区柴郡猫而已。"爱丽丝打断了蒂莉的话，又继续观赏起了槌球赛——没错，赛场上的那群身影肯定就是火烈鸟。正在这时，空中的影子也终于现了身，它是一只身上带有条纹的橘猫，动不动就会发出一阵咕噜声。

橘猫发觉蒂莉正瞪大眼睛紧盯着它。

"你以前没有听过猫咪口吐人言吗？"橘猫问蒂莉，吓了她一大跳。蒂莉读过《爱丽丝漫游仙境记》，当然知道书里的这个角色会说话，但亲耳听到一只大猫口吐英文，却依然让蒂莉吃了一惊。

"事实上，我还真没有听到过。"蒂莉说，"但就在前些天，我遇到过一只口吐人言的睡鼠和一只口吐人言的兔子。"

"真棒，"那只橘猫对蒂莉说，"很显然，你对仙境和仙境的一帮居民都很熟，见到粉丝我真开心。"说完，猫咪优雅地把尾巴朝蒂莉的方向翘了一下。

"你怎么知道自己是个书中角色，这本书的其他角色却不知道？"蒂莉歪过头，瞥了瞥爱丽丝，"关于这个问题，一直都还没有人直截了当地回答我。"她补上一句话。

"恐怕我也不会直截了当地回答你。"橘猫又冲着蒂莉咧嘴笑开了，"当然，欢迎你提问。"

"我只是分不清什么是真，什么是假。"蒂莉说。

"依我看，世事大多数乃是真假掺杂。除此之外，现实只怕被高估了——现实这家伙的性子可没谁猜的准哦。"橘猫再次对蒂莉露出了笑容，"现实这家伙反复无常，一会儿西一会儿东，从来都不在你的预料之中。现实本来就是个调皮的朋友，她在仙境里就更加无法无天了。"

"你这话是什么意思？"蒂莉问。

"唔，那仙境究竟是真是假？仙境是不是比爱丽丝的故乡更加真实，比你的故乡更加真实？你们两个都是仙境的访客，那谁又能说得准哪个人、哪个地方、哪件事对现实最有发言权？"橘猫问蒂莉。

"可是，仙境或多或少也算真的吧，毕竟我们现在就在这儿。"蒂莉说着握住了旁边的一丛玫瑰，只觉得有点头晕目眩。

"那摆在你面前的事物是否比你想象中的事物更加真实？这朵玫

瑰是否比你更加真实？你曾经读过的那些书，因为并未真正发生在你的身上，其意义会不会随之减弱？午间之梦和午夜之梦是否毫无意义？"橘猫又问蒂莉。

"那我是不是真的身在此处？"蒂莉问。

"哟，你当然是真的身在此处啦。"橘猫冲着蒂莉淘气地笑了笑，"但谁又能说得清'此处'究竟是什么地方，谁又能说得清你即将去往何方？说不定，你还会踏出仙境尽头的边界呢。"

"我还能踏出仙境尽头的边界？"蒂莉问。

"你有可能踏出任何故事尽头的边界。"橘猫对蒂莉说，"但千万要记住：留神缺口。也千万别告诉他们，你是从我这儿听来的。""别告诉谁？"蒂莉感觉更加摸不着头脑了。

"那些秘密看守者，那些门户看守者，那些边境看守者。"橘猫懒洋洋地对蒂莉说道。

蒂莉不禁气呼呼地怒斥它："你这家伙，真是一点忙也帮不上。"

柴郡猫再度咧开嘴笑了笑，目光从蒂莉身上转向了爱丽丝。

"亲爱的爱丽丝，近来可好啊？"橘猫问。这一下，爱丽丝干脆抱怨起了这场槌球赛是多么地不公正。

"在我这个旁观者看来，这种比赛哪有半点公正可言？参赛者个个都在争都在闹，斗嘴斗得根本听不见自己在说什么，"爱丽丝向蒂莉和橘猫倒起了苦水，"我反正没看出今天有什么比赛规则。要是真有的话，参赛者也没一个把规则放在眼里。你们俩可不知道，那帮家伙居然把活生生的刺猬当球使，把活生生的火烈鸟当球杆使，害得人真是头晕……"

爱丽丝一个劲说个不停，橘猫好脾气地朝蒂莉翻了个白眼。

"红心皇后这个人，"它又换了个话题，"你看得顺眼吗？"

"很不顺眼！此人极其……"爱丽丝干脆冲着蒂莉她们大声地嚷嚷，但却又突然住了嘴，因为她猛然发觉场上的比赛已经停了下来，所有参赛者都正打量着爱丽丝、蒂莉和柴郡猫所在的方向。这时皇后伸出了一只手，国王立刻握住了它，这两名角色大摇大摆地走向了蒂莉和爱丽丝。等到两人走到身旁时，爱丽丝踢了蒂莉一脚，蒂莉只好乖乖地行了个屈膝礼，但国王显然对橘猫那个浮在半空中的脑袋更加着迷一些。

"是哪位怪人在跟你聊天？"他的问话钻进了蒂莉的耳朵。

"算是一位旧友吧。"爱丽丝回答国王，橘猫的身影却突然在半空中时隐时现起来——它分明是在吓唬国王。

"这猫的相貌长得真不讨人喜欢哪，可是，"国王的话在蒂莉听来显得很粗鲁，"要是它乐意的话，我准许这怪猫对我行个吻手礼。"

橘猫漫不经心地舔了舔自己尖尖的门牙，开了口："吻手礼就免了吧。"

"休得无礼！亲爱的，亲爱的，"红心国王先是气呼呼地呵斥橘猫，接着对皇后说，"快来瞧瞧我发现的这只怪物。"

红心皇后瞥了瞥那只橘猫，立刻尖声下了一道旨令："把怪物斩首！"皇后的斩首令一出口，一切再度乱成了一团糟，书中那群角色全都在互相吵嘴，红心皇后高声传召着刽子手，一只只火烈鸟也在四

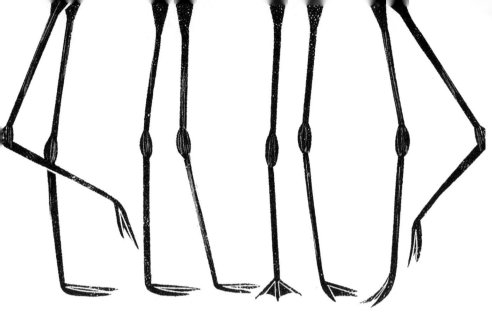

处乱窜。混乱之中，橘猫却冲着蒂莉眨了眨眼睛，随后化入了虚空之中。等到红心皇后终于找到刽子手，又把他带到前方的时候，橘猫早已经消失了踪影，仿佛它从来就没有出现过。

"我们要不要学着它的样子，赶紧溜号？"爱丽丝一边问，一边向蒂莉伸出了一只手，蒂莉紧紧地把它攥住。

佩吉斯书店在两人的周围再度露出了身影，爱丽丝对一旁的蒂莉说："哎哟，要是我们两个人也被红心皇后斩首的话，那可就惨到家了，对吧？"只不过，话虽这么说，但从她的模样看来，想到被斩首的一幕，她似乎并没有显得心惊胆战。"哎，对了！你家书店的派对真该玩玩槌球，这主意算不算一个高招？依你看，你能不能找到几只火烈鸟？"爱丽丝体贴地问蒂莉，"要不然，我们可以再喂点安眠药给那几只火烈鸟吃，好让它们乖乖地听话。"

蒂莉向她投去了惊恐的眼神。"你是开玩笑的吧？"

"不，我真的认为这是一条绝世妙计。我敢说，那几只火烈鸟只怕更加爱它。"爱丽丝告诉蒂莉。

　　"你对世界的看法真是与众不同。"

　　"那就要看是跟谁比了。"爱丽丝用洞悉一切的口吻对蒂莉说。

33

书中硬生生多了一个角色

蒂莉回到楼下的时候，发现奥斯卡正一边用彩纸剪着精致的藤蔓和花朵，一边跟杰克说笑，外婆则在收银台的后方跟人通电话。

"一切都还好？"蒂莉坐了下来，奥斯卡问。

"我们恐怕得聊一聊。"蒂莉答得语焉不详，"唔，就聊聊我们之前在聊的那件事。"奥斯卡向她投来困惑的眼神，却依然点了点头。这时外婆走了过来，轻轻地把一只手搭到奥斯卡的肩上。

"奥斯卡，刚才给店里打电话的是你母亲，她想跟你说几句。不是什么大事，我不……"外婆话音未落，奥斯卡却已经站起了身，走向了收银台。"他的奶奶恐怕得入院做几项检查才行。"外婆告诉蒂莉和杰克，"奥斯卡的父亲得去照顾病人，所以玛丽必须搭火车去法国接他的姐姐。玛丽刚才还问，奥斯卡今晚能不能在我们书店里过夜，说不定明天他也得留在这儿，取决于玛丽是否必须待在巴黎帮忙。但依我猜，奥斯卡恐怕会感觉心里有点别扭，所以大家要同心协力，确保他挺过难关。"

奥斯卡又回到了桌边，看上去一副有气无力的样子。"老妈是不是把事情跟你讲了？"他问外婆，外婆点点头。

"奥斯卡，我们书店很欢迎你，虽然目前的情形有点糟糕，但听上去似乎没什么必要发愁。再说了，你父母正在尽力挽回局面，我敢说你母亲刚才也跟你讲过了。让埃米莉回伦敦待上一阵子，会让你父亲轻松一些。除此之外，明天我们书店的派对，多个人帮帮手可就太好了——瞧瞧吧，你已经帮了我们多大的忙。蒂莉，不如你带奥斯卡上楼，把空床整理出来给他？"

蒂莉点了点头，奥斯卡尾随她出了书店，上了楼。

"你还好吧？"蒂莉轻声问，"我敢说，你奶奶不会有事。"

"应该是吧。"奥斯卡说，"我明白她不会有事，只不过，要是我也能跟着一起去巴黎，那该有多好。假如你不介意，现在我真的不太愿意聊这事。对了，刚才你想跟我说些什么？"

"没问题，要是你什么时候想聊，就告诉我一声。"蒂莉说，"我想跟你聊的是：昨天你走了以后，我又进了《小公主》，想见见科卢上尉……"

"你竟然不带我就独自去书行？"奥斯卡看上去活像个炸毛的刺猬。

"我又不是故意的。"蒂莉说，"我……我想见见我的生父嘛。"这个词语，对她来说依然感觉很陌生。

"你说什么？"

"这正是我想告诉你的内情，"蒂莉说道，"你走了以后，外公外婆跟我讲了关于我生父的真相。"

前一秒，奥斯卡的心神还放在错过了一次书行机会上；这一秒，它就已经彻底地落到了蒂莉的身上。

"真相是怎么回事？"

"唔，以前我外公外婆跟我提到，他在我出生之前就已经过世了。其实这话说得也对，因为他死于一九几几年吧，在一本书中。"

"这是什么意思？"

"我的生父就是科卢上尉。"

奥斯卡却显得一脸茫然。

"是《小公主》那本书中的人物——他是女主人公的父亲，在书中去世了。"

"可是……但这根本就讲不通。"奥斯卡不禁结巴了起来，"这到底是什么意思？"

"其实没人说得清楚，这种事本来就不应该发生。当初因为爱上他，我母亲惹出了滔天大祸。与此同时，这也代表着一点：严格说来，我属于半虚构的人物，虽然世上恐怕还找不出一个词语来描述我的这种出身。"

"那你踏进那本书的时候，找到生父了吗？"奥斯卡问，"他是个什么样的人？"

"当时我看见他了，但是我没能跟他搭上话。谁知道，后来事情就变得更加蹊跷，因为当我想要离开《小公主》回书店的时候，那本书的最后一页却早就被人撕破了，结果我被送到了大英地下图书馆。"蒂莉一边告诉奥斯卡，一边找出了几条干净的床单、毛巾和一把新牙刷。"另外还有一件怪事:我在乔克的办公室里找到了一本《小公主》,它的行文跟我手里的那本不太一样,也跟所有的正常版本都有出入,我已经去书店对比过了。"

"你去乔克的办公室干什么?"奥斯卡问。

"算是无意间乱闯了一番吧。他发现我的时候,简直都快气炸了。"蒂莉说道。

奥斯卡讶异地望着蒂莉。"我还真没看出来你竟然是个'无意间乱闯别人办公室'的人物。"两人说着话,又把床单和毛巾抛到空房的床上,随后下了楼。

"唔,我以前也不是个从海盗船上往下跳的人物。"蒂莉回答。

"说得有理。"奥斯卡说,"话说回来,那个叫乔克的家伙一定有猫腻,对不对? 身为一名图书管理员,他似乎也太不像个书迷了。地下图书馆居然允许他在那儿担任职位,真让人难以置信。我很好奇的是,他手里难道还有其他行文不一样的书? 你能不能把我们变回地下图书馆,就跟你上次去那儿一样? 上次你是怎么去的?"

"我实在拿不准,"蒂莉忐忑地说,"上次的事本来就是个意外。我可以试试再重演一遍,但我上次并不是特意要去那儿,所以我说不清这招会不会奏效。我觉得,肯定跟上次塞巴斯蒂安给我们敲过警钟的事情有关——也就是当全书已经终结的时候,你却还没有抽身出书的话,你就会被困在衬页地带?"

"如果当时你根本没办法读那本书的最后一行,那倒也说得通。"奥斯卡慢吞吞地说,"可是,塞巴斯蒂安不也曾经提过,困在衬页地带很危险吗？那你怎么只是被变回了地下图书馆？"

"说得对，但是……我倒是在暗自猜想，原因难道就在于我父亲的身份，唔，也就是因为我是个半虚构的书中人物？你还记不记得塞巴斯蒂安曾经声称，衬页地带会起到一种缓冲的作用，假如发生意外的话，它会把书中的角色拦回来？依我猜，我也算是半个书中角色吧。"

"很有道理。"

"当时有一阵子，一切都变得又冷又黑，我什么也看不清，仿佛那片黑暗无边无际……"回想起那一幕，蒂莉不禁打了个冷战。

"听起来，困在那儿还真是可怕。"奥斯卡说，"而且塞巴斯蒂安当初还特意警告我们，切勿书行到某书的结尾处。有些书光是读一读，冒的风险就已经不小了。另外，你刚才是不是说过，《小公主》的正常版本和乔克办公室里的那一本差别很小？"

"对，可是为什么两本书的行文会不一样？其中必有蹊跷。要是能够查一查，那就好了。"蒂莉告诉奥斯卡——她的心中仿佛绷紧了一根弦，根本没有办法把这件事抛到脑后。"而且那差别也不是**那么**小，他那本书里竟然活生生地多出了一个角色。"

"那多出来的书中角色做了些什么吗？"奥斯卡问。

"其实没做什么。可是，她究竟是从哪里冒出来的？"

"说不定，乔克的那本《小公主》只是个老版本。"奥斯卡说，"后来《小公主》的作者又改了他的构思？"

"作者是个'她'，是个女作者。"蒂莉纠正道。

"嗯，也许作者后来又改了她的构思，从书中抹掉了那个人物？"奥斯卡把话重新说了一次。

"可是，那乔克为什么会留着这样一本书？它看上去非常普通，而且我敢肯定，你刚才的推理站不住脚。上哪里去找名著的旧版书，行文还跟普通的版本略有差别？我去问问外公吧，说不定，地下图书馆有什么内情呢。"

"我认为，这是明智之举。"奥斯卡附和道。

"好，那就这么定了。"蒂莉尽力把心中的一丝失望抛到脑后，"明天早晨我再去问问外公，我敢说他知道是怎么回事。"

34

正确的时机，错误的地点

第二天早晨，整个佩吉斯书店都在为当晚的派对激动不已。当杰克赶到书店、放下他的随身用品时，佩吉斯一家三口和奥斯卡正围坐在厨房的餐桌旁，吃着热腾腾的巧克力可颂面包。为了筹备当晚的仙境主题派对，佩吉斯书店暂时关了门，杰克和外婆准备花上当天大部分时间烘焙并装饰各种点心甜品。奥斯卡和蒂莉则被外婆打发回了书店，陪外公一起小心翼翼地搬走底楼展示台上的图书，好把这些展示台改造成一张茶会用的长桌。

三人一起整理妥当一摞摞图书，正打算朝楼上搬的时候，外公开心地哼着曲子，奥斯卡却用胳膊肘轻轻地碰了蒂莉一下，朝她抛去了一个眼色。

蒂莉深吸了一口气。"外公？"

"怎么啦，宝贝？"

"有件事我能问问你吗？"

"那是当然。"外公嘴上答道，手上还忙着把一本本书再叠起来。

"那天我被误送到大英地下图书馆的时候，阿米莉亚跟我提到了一些关于我母亲的事……"

外公立刻放下了手头的那摞书,走到楼梯台阶上坐下来,又拍了拍身旁的位置,示意蒂莉过去坐下,奥斯卡则继续在爷孙两人的旁边整理着图书。

"阿米莉亚当时提到,我母亲生下我之后,"蒂莉接着说,"曾经试图用你的钥匙私闯源本图书馆。而您从地下图书馆的馆长职位上提前退休,也是受了这件事的波及。"

"没错,阿米莉亚说的是真话,蒂莉。"外公慢吞吞地说,"当初,你母亲有一种想法,觉得她可以用某种办法保住科卢上尉的性命,而又不在源本图书中留下丝毫痕迹。她一心认为,一旦他的故事不再白纸黑字地落在书中,而她又随他而去的话,她就能够改变故事的走向,却又不会影响书中莎拉的那条故事线。当然了,这条路本来就走不通。想象一下她会闹出多大的乱子吧,真让人忍不住打个哆嗦。但当初她才刚刚踏进源本图书馆,就被乔克先生发现了。她根本没有机会造成任何永久性的破坏,我们就已经找到了她。"

"那她当初是不是打算离开我?"蒂莉轻声问。

"蒂莉,当初她根本就没有考虑清楚。那个计划风险极高,还又漏洞百出,我敢说她没有考虑周详,但我确信你母亲并不是想要从你的身边离开。我觉得,她要么是在试探是否能够先救你父亲的命,以便再回来接你;要么就是在试探她能否在掩人耳目的情况下把你父亲从书中带出来。"

"那谁说她眼下就不在源本图书馆里呢?"蒂莉问,"说不定她又找到了溜回去的办法？"

"她不可能待在源本图书馆而又不被我们察觉。还记得吗，当初我们试过在她身上做标记，以防万一。"外公说。

"就因为这件事，乔克先生才这么恨我吗——就因为当初我母亲的所作所为？"蒂莉问。

"乔克先生对我们一家向来看不顺眼，原因有好些。"外公说，"可是，其中没有一条是你的错。我跟乔克在共事期间就不太合得来，贝娅特丽克丝用我的钥匙私闯源本图书馆那件事，算得上是最后一根稻草吧。尽管目前我已经跟地下图书馆毫无瓜葛了，他却依然深信我在暗中给他使坏。上周末他闯进书店的时候，也就是拿出了这条罪状来指责我。他竟然声称，我和阿米莉亚是一伙的，这纯属无稽之谈。阿米莉亚也不讨他的欢心，正如我不讨他的欢心。我离职的时候，他就已经盯上了地下图书馆馆长的职位——实际上，当初丑闻刚刚曝光，他就一口咬定，假如我不愿意退休，图书馆就应该驱逐我。"

"但是，他为什么对所有人都恨意满满啊？"这时，奥斯卡终于开了口，也不再装出一副没在偷听的模样。"他似乎根本就不是个故事迷，怎么还有能力书行？"奥斯卡说。

"唔，世人与书的关系各有不同。"外公小心翼翼地回答，"很显然的一点是，伊诺克跟书籍的联系确实很紧密，不然他根本不可能书行。而且，正如阿米莉亚和我之前所说，他勤于观察，还对源本书籍中的乱象极为敏感。他的为人也许算不上有多和气，算不上有多好心，但他也不是个恶棍。他把毕生精力都献给了地下图书馆，尽管他所用的手段有点离经叛道。"

"说到这件事，只是假想一下哦，"蒂莉竭力扮出一副随意的口吻，"假设乔克先生的手头有一本书，但它跟该书的其余所有版本都略有出入，那这一点代表着什么？"

外公闻言挑了挑一条眉毛。"如果只是假想一下的话，那我会先问一句：你怎么会知道这种事？除此之外，这件事也没什么大不了。假如你在读一本书，而该书中正好有人正在书行，那你就会见到对方书行所造成的暂时性的影响，直到书行者离开这本书。但通常来说，书行者会随身带着他们书行的那本书。假如该书属于地下图书馆，那图书管理员前去那本书里书行，倒也不足为奇。话说回来，我该担心你为什么要问这个问题吗？"

蒂莉和奥斯卡都拼命摇头，外公轻笑了一声，站起了身。"蒂莉，你跟你母亲一样总是绷着一根弦，千万要小心。"他慈爱地说。

趁着大家喝咖啡休息的时候，奥斯卡和蒂莉又偷偷地碰了头。

"这么说来，不过是某个图书管理员进了那本书。"奥斯卡总结道，"因此，那本书才跟其他的版本都有出入，也才没有闹出什么惊天的风波。书中的那个人物只是在买蛋糕，对吧？"

"没错，只是一名女子在买蛋糕。我读到的那些段落几乎没什么情节，只提到天气寒冷，她在摆弄自己的项链，接着又买了杏仁蛋糕……"

这时，奥斯卡伸手朝着蒂莉的脖子指了指，笑出了声："她显然是跟你学来的嘛！"

就在这一刻，蒂莉才猛然察觉：她刚才说话的时候，一直在摆弄自己的那条蜜蜂项链。她顿时住了手，瞪大眼望着奥斯卡。

"我的天哪，你是不是跟我想的一样？"她问。

"呃……想的是你要吃蛋糕？"奥斯卡满怀希冀地问。

"拜托你设想一下，如果书中那名女子不只是个图书管理员，如果书中那个女子是我母亲呢，奥斯卡。"一时间，蒂莉变得兴奋得不得了。

"不，不，不，蒂莉，"奥斯卡赶紧说，"你跳过了大概一百万步推理，直接就得出了这个结论。总不能每次偶遇一个戴项链的女子，你就觉得她是你母亲吧，这条路可走不通。"

"可是，她才不是什么'偶遇'的女子！她明明在《小公主》那本书中，我生父就在那儿！再说了，那本书的其他任何版本分明都没有这个人物！"

"可是蒂莉，那她为什么会在乔克办公室的一本《小公主》里？完全说不通啊，而且你外公刚刚也提到过，当初他们在任何书里都找不到你的母亲。你在那本书里见到了她，是因为你心里就盼着在那儿见到她。"

"有可能，"蒂莉说，"但不管怎样，总该去查个清楚吧？至少，不妨去试一试！"

"如果某个推理会害得你在某本书的边界乱窜，也不妨试一试？如果要瞒着所有人，偷偷地溜进地下图书馆，也不妨试一试？如果要冒着不小心撞上乔克的风险，也不妨试一试？还有阿米莉亚，你怎么向她解释你又一次出现在了不该出现的地方？"

"唔，如果地点虽然不对劲，但你出现的时机却刚刚好，那你可说不准会查出些什么来。"蒂莉说。

"这是你从某本书上读到的箴言吗？"奥斯卡问。

蒂莉咧嘴笑开了。"不，是我自己瞎编的一句话。不管怎样，"她的声音变得越发轻柔，"我不太愿意自己一个人去查案，我需要某个人……嗯，某个'准挚友'跟我一起去。"

"嗯，那我们不如趁派对期间动身……"奥斯卡的态度立刻就软了下来，两颊也泛上了一抹红晕。

"说得有理。"蒂莉说，"我们可以去书里往返一趟，还不被任何人发现……"

35

一家书店就恰似一张世界地图

　　到了五点钟，佩吉斯书店的一大群人就已经早早地聚在厨房里，伴着三明治品茶了。随后，奥斯卡被杰克叫去帮忙筹备派对的余下事项，蒂莉则被外公外婆打发上楼去换衣服——倒也并不是非要穿什么奇装异服，但毕竟当晚的派对欢迎宾客们向今年的仙境主题致敬嘛。于是，蒂莉和外婆找到了一件蓝色的宽摆连衣裙，它看上去十分贴近爱丽丝的气质。蒂莉一边在脖子上系好那条金色的蜜蜂项链，一边迈步下了楼，心中暗自嘀咕：对这条裙子，不知道爱丽丝本人会有些什么看法。

　　此时此刻，佩吉斯书店已经焕然一新了。原来摆在正中央的一张张展示台被搬到了别的地方，只留下了一张长桌，桌上摆放着杰克的大作：那是淋着奶油和果酱的司康饼、五彩缤纷的"马卡龙"和带糖霜的小纸杯蛋糕，蛋糕上面还带有熠熠生辉的点缀；而这些甜品，又通通摆在蛋糕架和并不配套的精美瓷器茶具上。桌上还有漩涡状的迷你糕点和精致的迷你三明治；在桌子的正中，一个四层维多利亚海绵蛋糕上堆着水果和鲜花，装饰得有点凌乱。

　　蒂莉发觉，奥斯卡正一边帮杰克把装饰用的白色仙女灯串挂到书架上，一边哈哈发笑，装饰灯串一不小心缠到了杰克和奥斯卡的身上。外公正在把精美的纸花用大头针钉到屋里各处的花环上，外婆忙着把并不配套的一只只花瓶全都插满鲜花。佩吉斯书店里回响着轻柔的弦乐，偶尔夹杂着几声咯咯笑，不然就是一排排茶壶发出的叮当声——那是有人正在朝茶壶里灌各种茶水，或者是在灌为成年人准备的颜色夺目的各种鸡尾酒。

　　蒂莉站在书店地板的正中，仿佛自己正置身于旋转木马的中央，沉浸在这片氛围里。这一刻，蒂莉的身边只缺了她的母亲。

　　"哇，蒂莉，你看上去真漂亮！"外婆发现蒂莉伫立在那儿，开口夸道，"你觉得书店看上去怎么样？"

　　"我好喜欢，看上去堪称完美。"蒂莉轻声说。书店的气氛笼罩着蒂莉，好像给她裹上了一件隐形的护身披风。这时杰克走了过来，头上戴着一顶礼帽，帽子上系着五彩缤纷的围巾，算是致敬《爱丽丝漫游仙境记》中的疯帽匠角色吧。他又伸手朝奥斯卡指了指，奥斯卡的脸颊上居然涂着四种花色的扑克牌。

"这可是我用眼线笔和口红画上去的。"杰克的语气显得很自豪。

没过多久，仙境派对的客人们就纷纷进了屋。奥斯卡和蒂莉担当起了重任，先是帮客人们拿外套，接着随意地把一件件外套堆到储物柜里。转眼间，佩吉斯书店中便充斥着音乐声、欢笑声和碰杯声。大概过了一小时，外公踩到了一把椅子上，用手中的点心叉在酒杯上敲了敲。

"容我打搅诸位片刻吧，向大家的到来表示感谢，也感谢所有光顾佩吉斯书店的贵客，感谢大家让我们书店得以继续营业、继续探索。在某些人的眼中，书店堪称档案馆，堪称圣地，甚至堪称时光机。但依我看来，一家书店却恰似一张世界地图，其中有无数条道路可供你挑选，任何一条都没有对错之分。在书店之中，我们会给读者提供路标，帮助他们找到自己的路；但每一位读者，都必须学会自行调设指南针。好了，为寻找自己的冒险干杯吧。"外公一边说，一边举起酒杯向蒂莉望去。书店里的全体宾客也举起了酒杯，爆发出一阵欢呼声。

等到整间屋子再次喧闹起来的时候，蒂莉和奥斯卡悄悄地溜到了楼上。蒂莉带上了母亲的那本《小公主》旧书，又用佩吉斯书店的手提袋装了一本《小公主》的全新版本，准备拿来比照乔克办公室里的那一本。

"好了，那现在我们该用哪本书来试一试？"蒂莉打量着书架，"不如就挑爱丽丝那本书吧，毕竟我去那本书里书行的次数最多。"

"听上去，确实是个稳妥的选择。"奥斯卡回答。两个人牵起了手，蒂莉用读书的方式把两人送到了书里的最后一章。

这一次，烤棉花糖的味道竟然变得无比强烈，不再是一股诱人的烟熏香味，却变成了一股黏腻的苦味，活像棉花糖在火上烤得太久太久了。当佩吉斯书店的墙壁在他们的周围渐次坍塌时，蒂莉只觉得心中一沉，她和奥斯卡被送到了一座精心修剪的迷人花园里，远处山巅的一座白色大宅遥遥地映入眼帘。附近某处有一条小溪正在潺潺作响，蒂莉伫立的花园里则种满了繁花盛开的树木和一丛丛玫瑰。

"爱丽丝人在哪儿？你能看见任何人吗？"奥斯卡悄声问，听上去有点惊恐。

"一个人也没看见，"蒂莉告诉他，"说不定，这终究还是个馊主意。"

"她在那儿！"奥斯卡突然嚷嚷了起来，伸手朝山下指了指，蒂莉竭力平复着自己的呼吸。沿着奥斯卡手指的方向，蒂莉望见爱丽丝正躺在一棵树下，显然已经沉入了梦乡，一个跟爱丽丝相貌酷似的女孩正把她搂在怀中，但那女孩的年纪看上去比爱丽丝要稍大几岁。

"依我猜，那女孩就是爱丽丝的姐姐。"蒂莉对奥斯卡说道，"毕竟，这里是这本书的结尾处，马上就要出现爱丽丝一觉醒来，她姐姐却声称书中奇遇都是一场梦的情节了。"

"等等，"奥斯卡颇有点火大地问，"这本书竟然是这样收尾的吗？结尾声称书中奇遇都是一场梦？可是，韦伯老师不也教过我们，她说把书中的故事归结成一场梦，是一种偷懒的叙事方式。"

"韦伯老师确实这么说过。可是，在这本书里，爱丽丝的姐姐好像紧接着也做了一个梦，还提到要把怪梦当作故事讲给后辈子孙听。"蒂莉告诉奥斯卡。

"听上去好怪。"奥斯卡评价道。

"这本书有哪一章不怪吗？"蒂莉说，"所以大家才对它这么着迷。"

奥斯卡和蒂莉慢吞吞地朝那两名女孩凑了过去，遥望着陌生女孩伸手轻柔地摇醒爱丽丝，脸上还带着一抹笑容。

"妹妹，别再睡啦，你这一觉真是怎么也睡不醒。"年纪稍长的女孩开了口。

"唔，我刚做的那个梦真是离谱到家了！"蒂莉和奥斯卡听见爱丽丝说道，接着又讲起了她在仙境里的一段段冒险历程，陌生的女孩听得简直入了迷。等到爱丽丝终于把故事说完，她姐姐在爱丽丝的头顶轻轻地吻了吻。

"妹妹，你说得很对，你这梦确实离谱到家了。话说回来，你还是赶紧拔腿开跑，回家喝茶的好，不然就要赶不上了。"听到姐姐提醒，爱丽丝嗖地站起身，沿着花园一溜烟奔向山巅的白色大宅，爱丽丝的姐姐却又躺回到了草地上，沐浴着午后阳光打起了盹，心中显然还在回味刚刚听到的那些故事。

"呃，那我们现在该怎么办？"奥斯卡问。

"我们等到书里最后一页的情节出现吧，应该就快到了。"蒂莉忐忑地回答。于是，蒂莉和奥斯卡在爱丽丝那位打盹的姐姐附近等着。

"依你看，到时候会出什么事？"

"我其实拿不准……但我没过多久就已经发现，读一本书和踏进一本书是截然不同的两件事，其中一件比另外一件复杂得多。"

"我很好奇……"正在这时，周围的一切突然变得模糊了起来，奥斯卡的话还没说完，就被生生地打断了。蒂莉感觉自己活像刚刚迈下了一辆过山车，一时间只觉得头晕眼花。奥斯卡立刻攥住了她的手，两人挣扎着想要站稳脚跟。

随后，蒂莉不禁猛吸了一口气：她竟然看见爱丽丝那模糊而又透明的身影倒退着奔下了山坡，风一般地经过奥斯卡和蒂莉的身旁，又倒退着重新躺回了姐姐的怀中。与此同时，爱丽丝的姐姐伸手捧起了一本书，还有一只身穿马甲的白兔一溜烟从奥斯卡和蒂莉的身旁跑过去，它那身影的边缘也同样显得模糊不清。

"这本书的故事情节都搅到了一起，看上去好像倒带一样。"奥斯卡悄声说道，"那我们该怎么办？"

"我们就等着吧。"蒂莉提议。两人紧紧地攥住了对方的手，而他们周围的世界正在提速，直到所有的颜色都混到了一起，好像一条褪色的彩虹，紧接着又忽然变成了一片漆黑。

"你在附近吗？"蒂莉轻声朝着那片黑暗发问。

"嗯哼，"奥斯卡的声音传了过来，"但是，我觉得我可能要吐。"

"不要紧，让我们瞧瞧这招有没有奏效吧。"蒂莉说着松开了奥斯卡的手，开始四处摸索着寻找墙壁。她沿着墙壁往前走，等到终于发现一扇门和一个电灯开关时（它们就在蒂莉预料中的位置），不禁松了一口气。她打开了电灯开关，突如其来的亮光害得两个人眯起了眼睛。眼前正是两天前蒂莉误闯的那间屋，而他们两个人正站在屋子的正中。

"大功告成啦！"她说，"看起来，我们又回了大英地下图书馆。我好奇的是，为什么每次我都会被送到这个房间里呢？"

"你还记得怎么去乔克的办公室吗？"奥斯卡压低声音问蒂莉，她点了点头，伸手指了指走廊。

他们小跑着一路前进，直到抵达了乔克那间办公室的门口。办公室关着门，也看不见屋里有灯光透出来。蒂莉很小心地把一只耳朵贴上办公室的木头大门，但却什么声响也没有听到。她深吸一口气，吱呀一声推开了门，探头张望了一圈，再朝着奥斯卡无声地竖了竖大拇指，闪身溜到了办公室里。

跟上次一样，这间办公室依然整洁而又枯燥。蒂莉径直走到唯一一个没有摆放登记簿的书架前方，轻抚着一条条书脊，又取出了那本《小公主》。她盘腿坐在地板上，翻看起了那本书，想要找到行文起了变化的段落。奥斯卡干脆坐进了乔克的办公椅，把两只脚跷上了办公桌，又飞快地翻了翻乔克的日记。

过了几分钟，蒂莉却气恼地扔掉了那本书。

"这本书的文字居然又变了回去。"她告诉奥斯卡，"涉及到面包店的段落已经变得跟正常版本一模一样。我敢发誓，上次的文字真的有出入。"

"好，"奥斯卡说，"说不定，这本书是另外一个版本。不然的话，上次它的文字跟其他版本有所出入，其实跟乔克的工作有点关系。你确定这次文字真的变回去了吗？"他挨着蒂莉坐到了地板上，两人凝神细读着手头的三本书。蒂莉读的是乔克的那一本，只盼着能查出文字上的出入，奥斯卡则查了查另外两本中的相应段落。

"你觉得，我们能把这本书偷偷带回去，但又不被人抓到吗？"奥斯卡问。

"乔克可不像个丢了东西却不会发现的人。"蒂莉一边回答，一边很不甘心地望着手里的那本书，"奥斯卡，真是很不好意思，看来我以前的推理并不对，书中那名女子一定只是个地下图书馆的图书管理员。很抱歉把你生生地拖到了这儿来……"

"嘘。"奥斯卡却开了口。

"你是不是听到了什么动静？"蒂莉顿时慌了神。

"不！快瞧这儿！"奥斯卡一边说，一边伸手指了指。

"书里提到'蒙忒墨郎希①一家'的这些篇章……"奥斯卡拿起那本书，垂下目光审视着书页，"居然还提到了一个佩戴项链的女子，项链的链坠是一只蜜蜂。"蒂莉听完，一把从奥斯卡手中夺回了那本书。奥斯卡发现的那一章，讲的是某个跟"茗琴小姐精英女校"隔着一个广场的富豪家庭正打算出门赶赴圣诞派对。蒂莉高声把书里的相关段落念了出来：

---

① 该姓氏又译作"蒙特默伦西""蒙莫朗西"等。

这天晚上，大家庭的孩子们准备启程去参加一个孩子们的聚会。当莎拉快要路过这家门口时，这些孩子正穿过人行道，马路的对面有一驾马车正等着他们。维罗尼卡和罗莎琳德两个女孩都身穿镶有花边的漂亮白色连衣裙，系着精致的腰带，她们俩已经钻进马车里。五岁大的盖伊走在她们后面。[1]

这五岁小家伙的手牵在一名女子的手中，女郎看上去似乎是个保姆，衣着却十分讲究，玉颈上佩戴着一条纤细的金项链，链坠是一只大黄蜂，莎拉望见它正熠熠生辉，显得颇为喜庆。

为了确保不出错，蒂莉飞快地翻看着从佩吉斯书店带来的那本新书，终于找到了对应的几段。她的脸唰地变得没了血色，伸手朝那页指了指。

"快瞧，这个戴项链的女子绝对是《小公主》里本来没有的人物，原著中根本就没有提到那户人家的保姆！"

"但这一点究竟意味着什么？这个多出来的角色又怎么会是你的母亲，蒂莉？"奥斯卡问，"如果这只是个蹊跷的巧合呢？说不定，当初你母亲买了这条项链，就是因为她对这本书很痴迷？"

---

[1] 本段摘自《小公主》，人民文学出版社 2015 年版，陶鹏旭译。本段是《小公主》一书中的原文。

"可是外公明明提到，我妈妈曾经试图回到我生父的身旁！"蒂莉回答。

"有道理，可她不可能待在乔克的这本书里，对不对？你外公也曾经提到，当初他们查过所有图书。"奥斯卡竭力保持着清醒的头脑。

"可是，再查一遍也无妨吧？"蒂莉提议道，又朝奥斯卡投去了期盼的眼神，"反正我们来都来了，这件事必有蹊跷。"

"你是想去乔克的那本书里书行？不会被他抓到吗？"奥斯卡说着咽了口唾沫。

"我觉得他抓不到我们。这本书很普通，对吧？另外，我们书行的时候会随身带上它，跟在其他任何一本书里书行没什么两样。瞧，"蒂莉说着翻到了那本书的最后几页，"这本书的最后一页也好端端的，所以我们可以轻松地抽身回来。如果书里多出来的那个角色不是我母亲，我们就……"

"嘘……"奥斯卡却再次打断了蒂莉的话。

"又出了什么事？"蒂莉问。

蒂莉眼下一心只想着寻找母亲，几乎已经浑然忘掉了自己是在什么地方。

"你能不能听到脚步声？"奥斯卡问。

门外回荡着鞋跟踏在地面发出的咔嗒声，在一片静谧中显得格外清晰，两人顿时慌张地对视了一眼。

"这下可好，选哪条路就不用说了吧。"蒂莉立刻读起了书，奥斯卡一边说，一边伸出了一只手。

36

做个勇敢的人，做个善良的人

一时间，屋里微光闪耀，乔克的办公室在蒂莉和奥斯卡的周围渐次坍塌了，随后没入了地面。

奥斯卡和蒂莉不禁打了个寒战，马上悟到了一件事：迎着维多利亚时代伦敦城那刺骨的寒风，他们两个人穿的实在太单薄了。他们已经回到了蒂莉几天前独自书行时来过的那座广场，但这一次，他们两人却正面对"茗琴小姐精英女校"站着。

奥斯卡和蒂莉可以遥遥地望见莎拉：看上去，莎拉比蒂莉第一次见到她时显得瘦削了不少，身上的污渍也多了不少。眼前的莎拉正伫立在伦敦的街头，凝望着好几个看似服饰华贵、容光焕发的小孩钻到一辆双轮双座的马车里。在这几个小孩之中，一名小男孩有着粉嘟嘟的双颊和卷卷的黑发，他正握着一名女郎的手，女郎的脸上还带着笑容。在那一刻，蒂莉的一颗心仿佛瞬间停止了跳动——眼前的这个女子，竟然正是她的母亲。

"是她。"蒂莉压低声音说。有生以来，她还是第一次亲眼见到生母，蒂莉不禁沉浸在了这一幕中。

"你确定?"奥斯卡轻声问。

"她看上去跟你妈妈送我的那张合影几乎一模一样，就连年纪也显得差不多。再说了，我心里很有数，奥斯卡，这就是她本人。"

蒂莉说完就把那本书扔给了奥斯卡，从上装里掏出蜜蜂项链，风一般地穿过马路，冲向了正扶着小男孩上马车的母亲。没想到跑到路缘的时候，蒂莉却在湿漉漉的地上滑了一跤，立刻向前摔了出去，两只手和两条腿都趴在了地上。她听见那群小孩齐刷刷发出吃惊的吸气声，又感觉到一只手稳稳地扶住了自己的胳膊肘，把自己搀扶了起来。

"你还好吗，小姐?"蒂莉抬起目光，审视着母亲那张担忧的面孔。她只等着贝娅特丽克丝认出自己的一刻，贝娅特丽克丝却只是轻轻地握住了蒂莉的手臂。"你刚才没有磕到头吧，宝贝?"她问。

贝娅特丽克丝领着的那群小孩也围到了两人身旁，蒂莉却几乎没有注意到他们。

"妈妈?"蒂莉轻声说。

有那么一会儿，贝娅特丽克丝的双眸仿佛蒙上了一层雾，随后却摇了摇头，好像正在竭力摆脱一只嗡嗡作响而又纠缠不休的黄蜂。她深吸一口气，露出了亲切的微笑。"我没有子女，宝贝，我只是这群小坏蛋的保姆兼家庭教师。"说到这儿，贝娅特丽克丝还对一旁赖着不走的小男孩热情地笑了笑。

"你就是贝娅特丽克丝，对不对?"蒂莉绝望地又试着发问。

"咦，我的名字确实叫作贝娅特丽克丝，"那名女子顿时露出了满脸惊讶的神情，"你怎么会知道这件事？难道你无意间听见这群孩子提到了吗？"

"快看，贝娅特丽克丝小姐，"其中一名女孩开了口，"这女孩戴的项链跟你那条一模一样！"

蒂莉立刻下意识地朝她那条项链伸出了手，轻抚着细细的金链。

"天哪，你是从哪里得来了这条项链？"贝娅特丽克丝问蒂莉，"它跟我的那条简直像是一个模子里塑出来的。"

"你那条项链是当初我父亲送你的嘛！也就是科卢上尉！我出生的时候，你又给我定制了一条链子。我向你保证。"

一听到科卢上尉的名字，贝娅特丽克丝的双眸再度蒙上了一层雾，仿佛正在回想脑海深处的记忆。可惜的是，这一刻转眼就再度消逝了，她伤感地摇了摇头。

"亲爱的，我觉得，你只怕摔得比我们预料中还要厉害一些。不如让我带你去茗琴小姐那间女校里躺下来休息一会儿吧，等我把这群孩子送去参加派对以后，我再去学校里瞧瞧你怎么样了。只要半个小时，我就能赶回来。"贝娅特丽克丝顿了顿，又向最年长的那名女孩转过身，"珍妮特，待会儿我带这可怜的小姑娘穿过广场的时候，你是否介意把弟妹们领到马车上？"

"那还用说吗，贝娅特丽克丝小姐。"最年长的那名女孩一边回答，一边小心翼翼地领着一旁的小男孩向马车的踏板走去。"我真的没什么事。"蒂莉抗议道，生怕自己还没有来得及解释清楚，就不得不生生地跟母亲分开。"我根本用不着躺下来休息。"蒂莉嘴里解释，又回头望了望奥斯卡，奥斯卡正在街道的另一头徘徊，看来是说不清楚怎么才能帮上蒂莉的忙。

"我倒是觉得，你真应该好好休息一下，去个暖和的地方喝杯水。"贝娅特丽克丝说，"你的外套上哪里去了？你知不知道你的父母在哪儿？"

听到最后一个问题，蒂莉忍不住抽噎了起来。

"来吧，宝贝，事情还没有惨到那个地步，"贝娅特丽克丝对蒂莉说，"我们会找到你父母的，绝对不会有事。"

贝娅特丽克丝伸手轻轻地搂住蒂莉的肩膀，把蒂莉领到了"茗琴小姐精英女校"的大门口，用力在门上敲了敲。一名面色苍白的女仆给蒂莉她们开了门。

"我可以跟茗琴小姐说几句吗？"贝娅特丽克丝问女仆，"这个可怜的小姑娘刚才狠狠地摔了个跟斗，恐怕得暖和一下。也许茗琴小姐能给她一点热食，让这个小姑娘在学校里歇息片刻，好让我们有时间帮她找到她的家人？"

女仆默默地领着贝娅特丽克丝和蒂莉来到一间热得不得了的客厅，板着一张苦瓜脸的茗琴小姐正坐在这间客厅里，从半月形眼镜上方傲慢地审视着蒂莉和贝娅特丽克丝。于是，贝娅特丽克丝再次交代了一遍事情的原委，又解释道：她实在没有办法，因为她还得赶回去照料家里那群小孩。

茗琴小姐朝贝娅特丽克丝露出礼貌的微笑，点了点头，开口说：

"没问题。卡麦可①一家的朋友，就是我的朋友。"

"你在瞎说些什么呀？那家人不是姓'蒙忒墨郎希'吗？"蒂莉茫然地问。

"依我看，这个小姑娘刚才可能撞到了脑袋。我一定会速去速回，我保证。谢谢你的盛情款待，茗琴小姐。"贝娅特丽克丝又温柔地给了蒂莉一个拥抱，迈步朝门口走去。

"小丫头，你刚才说自己叫什么名字来着？"茗琴小姐问蒂莉。

"玛蒂尔达。玛蒂尔达·佩吉斯。"蒂莉说。

"玛蒂尔达·佩吉斯"这个名字一出口，正要拧开门把手的贝娅特丽克丝就呆了呆，好像她正听见一首曾经熟悉的曲子在轻声吟唱；但过了几秒钟，贝娅特丽克丝却又依然打开了房门，迈步离开了。

贝娅特丽克丝刚一出门，茗琴小姐脸上的一抹冷笑就顿时在蒂莉眼前消失了踪影。"玛蒂尔达，你的父母究竟是谁？你为什么不穿大衣就在街上到处乱窜，非要赖上卡麦可家这样的富贵人士？"她问。

蒂莉的心里很有数：一定不能把真相告诉这位茗琴小姐。于是，她说出了外公外婆的名字。

"他们叫作埃尔茜·佩吉斯和阿奇博尔德·佩吉斯。"蒂莉轻声说，又从脸上抹去了一滴泪珠。

"我可从来没有听说过这两个人。你们佩吉斯家住在哪里？"茗琴小姐凶巴巴地问蒂莉。

"住在伦敦北部。"蒂莉用犹豫的口吻说，因为她有点拿不准自己

---

① 该姓氏又译作"卡迈克尔""卡米切尔"等。

眼下到底是在伦敦的哪个区域。听了蒂莉的话,茗琴小姐扮了个怪相。"谢谢你收留我,可我真的没必要待在这儿。"蒂莉坚称道,也竭力保持着礼貌——她想起了《小公主》那本书里的茗琴小姐对莎拉有多凶。

"相信我,小姑娘,我也不想把你留在这间学校里,可惜卡麦可家的那位保姆随时都有可能回来察看你的病情,我可没办法随随便便就把你扫地出门。还是把你交给贝姬和莎拉两个人看管吧。"她说完拿起桌上一个秀雅的银色铃铛摇了摇,紧接着,蒂莉上次在这间女校走廊里见过的那名女孩贝姬便应声进了房间。

"别一个劲儿傻瞪着我们啊,贝姬!这是玛蒂尔达,她刚刚摔了一跤。你能不能帮玛蒂尔达把擦伤的膝盖清理干净,然后给她在阁楼上找个地方坐上一阵子,好等人来把她接走?再给玛蒂尔达拿杯水,要是还有剩的面包,也给她几块。"茗琴小姐吩咐。

贝姬默不作声地点了点头。

"唔,那你还不赶紧去安置玛蒂尔达,我真的累得快散架了。"蒂莉听见茗琴小姐呵斥道,"顺嘴说一声,这间女校可没法靠善心和施舍撑下去,要是真有这种美事,那我可就发大财了。"

于是,蒂莉沉默着站起了身,尾随贝姬出了那间客厅。

"那我带你去楼上莎拉小姐的房间吧,玛蒂尔达。"贝姬忐忑地对蒂莉说。

"听说她父亲已经离开了人世,对不对?"蒂莉脱口问道。

"哎,你说得对。这消息是刚才茗琴小姐跟你说的吗?莎拉小姐现在不得不和我一起住到阁楼上，"贝姬告诉蒂莉，"还要帮着教书，又要照顾岁数小的学生，也免不了办办购物、打扫、取这取那之类的杂事。"

蒂莉跟着贝姬迈过了两截陡峭的楼梯台阶：第一截楼梯台阶铺着跟茗琴小姐那间客厅同样华贵的地毯；第二截楼梯台阶则要窄得多，光线也暗得多，蒂莉发现脚下仅有的一张地毯还磨破了几处。到了楼梯台阶的顶端，贝姬伸手推开了一扇木门，映入蒂莉眼帘的是一间刷成白色的屋子，带有斜顶，房间里的家具则寥寥无几。

"这一间是莎拉小姐的卧室。现在她出门跑腿去了，但我敢肯定，她应该不会介意你在这个房间里稍坐片刻。"贝姬说着把蒂莉领到一张上了年头的铁床旁边，铁床上还有着一条看上去薄得厉害的毯子。"真不好意思，这间卧室实在不太暖和。我去给你倒杯水过来，再瞧瞧厨师会不会准我给你拿点面包。"她朝蒂莉露出了一抹笑容，又随手关上了卧室的房门。

蒂莉躺到那张又冷又硬的床上，强忍住不让自己流下眼泪。蒂莉的心里很有数：她必须逃离这个阁楼，逃离这间女校，找到奥斯卡，再回到佩吉斯书店，可是一想到不得不抛下自己的母亲（贝娅特丽克丝刚才竟然连蒂莉都认不出来），却又让蒂莉感觉无比心酸。

正在这时，不知道什么东西却砸上了蒂莉头顶的玻璃天窗，发出了一阵响声，害得蒂莉从伤感中回过了神。蒂莉立刻踩上玻璃天窗下方一张看似快要散架的桌子，伸手把天窗掀开。没料到，就在蒂莉的眼前，伦敦城屋顶之上的另一片天地赫然展露出了它的身影：袅袅的

雾气萦绕着一块块石板屋顶和一个个砖砌烟囱，飞鸟正箭一般地从伦敦城中那毫不搭调、参差不齐的楼宇间掠过。蒂莉甚至可以辨认出来，雾气中若隐若现的正是圣保罗座堂那熟悉的穹顶。一眼望见现实世界中尚存的建筑，让蒂莉突然就下定了决心，但正在这个节骨眼上，一块小石子却砸中了她的头。

"噢。"蒂莉低声咕哝道。

"蒂莉！"一个十分熟悉的嗓音正在嚷嚷。蒂莉扭头四处打量，望见隔壁宅邸的天窗里竟然探出了奥斯卡的脑袋。

"你到底在干什么？"蒂莉也放声高喊，"你怎么钻进了人家的房子？"

"这栋房子里没有人！"奥斯卡还在嚷嚷，"刚才我摁过那间女校的门铃，但那个凶巴巴的女仆不肯放我进门，所以我就去隔壁人家碰运气了。我敲了敲隔壁的大门，谁知道大门吱呀一声打开了。这座屋子根本就没人住！你快过来吧！"

"'你快过来吧'，你这话是什么意思？"蒂莉喊道。

"当然是爬过来！"奥斯卡喊道，"瞧，这里的屋顶平得很，你出不了什么事。"

"你竟然想让我爬到隔壁去？"蒂莉慌张地说，又审视着楼下被雨水淋得又湿又滑的街道，"我说不定会摔下楼！要是我在书里摔死了，那我就真的会丢掉小命，你知道对吧？"她说。

"那你有没有更厉害的高招？"奥斯卡问，"赶紧过来。如果你爬得近一点，我就能把你攥住。我们必须尽快回家，免得被书里的角色发现，也免得被乔克发现。"

蒂莉深吸了一口气，想要用两条胳膊撑着从窗户朝上爬。

"不好意思，可是你到底是谁？你又要从我这间卧室的窗户往哪儿爬？"正在这时，蒂莉的身后响起了一个礼貌的嗓音，把蒂莉吓了一大跳，害得她的脑袋咣地撞上了窗框。"唔，真不好意思，我不是故意想要吓唬你的。"那人对蒂莉说。

蒂莉又踩上玻璃天窗底下的桌子，转过身，赫然望见自己同父异母的妹妹莎拉正伫立在眼前，她身穿一条破裙子，被屋外蒙蒙的细雨淋得全身湿透了。

"我叫玛蒂尔达。"蒂莉说，一时间根本不知道该怎么解释，"我刚才在这间女校外面摔了一跤，我的……广场对面那户人家的保姆就把我送到了这儿。依我看，她肯定觉得女校好歹会让人待得挺舒服，总比……"

"哇！你说的是那个'众口之家'！反正，这是我给广场对面那户人家起的绰号，因为他们家里的人简直数也数不清。他们一大家子一天到晚都显得开心得不得了，气色好得不得了，还满意得不得了，你不觉得吗？他们家要是雇了一个很体贴的保姆，那我倒是一点也不吃惊，虽然这位保姆错把茗琴小姐当作了大善人。拜托你千万别笑我傻，可我每次见到'众口之家'的家里人，就爱给他们编排几个名字。我还给他家的两个小丫头分别起了绰号，叫作'艾瑟珥波塔·博查普·蒙忒墨郎希'和'薇奥莉特·丘蒙德莉·蒙忒墨郎希'呢。这些绰号只要大声念出口，听上去真是蠢到家了。但正是靠着给自己讲故事这一招，"她告诉蒂莉，"我才能撑过住在这间孤单寒冷的阁楼卧室的日子，知道吧。万事皆故事，不骗你。"

"我根本不觉得它蠢到家了。"蒂莉说。

"话说回来，你刚才为什么要溜号?"莎拉问蒂莉，"我明白，这间卧室待着确实不太舒服，可是我敢肯定，茗琴小姐又不会拦着你不放。"

"她刚才吩咐我，让我必须待到那位保姆回来再走。"蒂莉解释道，"这样一来，她才能给对方留下一个好印象。"

"这话听上去，倒确实很符合茗琴小姐的作风。"莎拉用伤感的口吻告诉蒂莉，"你是不是急着离开这儿?"

"急得很。我有个朋友正在等着我，而且我们离自己家隔了好远好远。"蒂莉说，"反正，我和他当初来这儿是为了某件事，可惜却偏偏扑了个空。"

"那不如来瞧瞧该怎么帮你溜号?"莎拉一边提议道，一边踩上蒂莉刚刚站过的桌子，把头探到了窗外。

蒂莉也站到了莎拉的身旁，一眼望见奥斯卡诧异得张大了嘴，张成了一个"O"形。"这是莎拉。"蒂莉对奥斯卡说。

奥斯卡尴尬地朝她挥了挥手。

"我来帮你一把好了。"莎拉对蒂莉说道，又把瘦巴巴的两只手叠起来，准备托着蒂莉朝屋顶上爬。

蒂莉尝试着朝上爬了一步，感觉到莎拉的双臂跟着抖了抖。蒂莉拼命紧紧地攥住窗台，又坐到窗台的边缘上，用脚尖试了试屋顶的石板到底稳不稳。

"依我看，你不如拔腿就一溜烟往前跑，不要朝下望。"奥斯卡给蒂莉支招，"要不然，你就干脆慢慢地、小心地往前走？"

蒂莉不禁感觉有点反胃。

"要是换作是我，我会把心思全放在你赶去会合的那位朋友身上，"这时，莎拉在蒂莉的身边轻声说，"同时也要相信，你的脚不会为你带错路。'做个勇敢的人，做个善良的人，莎拉'——我父亲以前总爱这么教我。"

"这句话是你父亲教你的？我外公外婆也说过类似的话。"蒂莉说道，莎拉正好握住了她的一只手，顿时让蒂莉有一种触电般的感觉。蒂莉小心翼翼地挺直了腰，找到了平衡。

莎拉点了点头，又一次捏了捏蒂莉的手，接着把它松开了。"每逢我遭遇困境，"她告诉蒂莉，"他教我的那句箴言总能帮我熬过难关。祝你好运，玛蒂尔达。"

蒂莉深吸了一口气，一步接一步慢慢地挪过那片把她和奥斯卡隔开的石板屋顶。其实，她跟奥斯卡隔得并不远，可惜屋顶离地面隔了好远，偏偏还很陡。蒙蒙细雨已经把屋顶的石板淋湿了，蒂莉简直找不到什么东西可以当作抓手。于是，她竭力把关于贝娅特丽克丝的一幕幕记忆抛到脑后，把心神全放在奥斯卡探头出来的那扇窗户上。奥斯卡正张开双臂，准备迎接蒂莉脱险呢。正在这时，蒂莉的运动鞋突然踩松了一块石板，它一路滑下屋顶掉了下去，蒂莉整个人顿时愣住了。石板摔到了蒂莉和奥斯卡脚下的人行道上，传来碎裂的咔嚓声，吓得奥斯卡打了个冷战。

"眼睛要始终盯着前方!"奥斯卡高声指挥,蒂莉又深呼吸了一口,朝他迈近了一步。

当莎拉的一声尖叫传到蒂莉的耳边时,她离奥斯卡所在的那扇窗户已经没几步了。蒂莉谨慎地扭头回望,却惊恐地看见:伊诺克·乔克正从莎拉卧室的那扇窗户里钻出来,一张脸气得铁青。

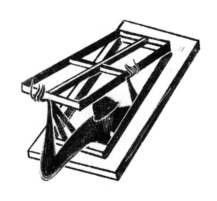

37

读者一个个没头没脑

蒂莉顿时愣住了。"你来这儿干什么？"她问乔克。

"玛蒂尔达，该问的问题恐怕是：你为什么会在我的私人藏书里书行？"乔克的声音听上去恰似寒冰般冰冷。

"我母亲就在这本书里面。"蒂莉说，"我妈妈又为什么会在你的某本'私人藏书'里呢？"

"那你找到你母亲了吗，玛蒂尔达？你会带你的母亲回家吗？她又能不能认出自己的亲生女儿？她已经在这本书里待了很久了，玛蒂尔达，昔日的往事对她来说不过是一片虚影。"乔克用幸灾乐祸的口吻说。

"你本来应该是个图书管理员。"蒂莉茫然地说，"你本来应该保护读者呀。"

"你错就错在这一点上。"乔克回答，"我才不关心那些读者。读者一个个没头没脑，同时又很老套乏味。"

"可你明明在地下图书馆里就职！"蒂莉说。

"说得对，所以我也会亲手维护地下图书馆的规定，而你母亲，正是违反规定的人。事实上，她当初不仅违反了地下图书馆的规定，还对规定悍然无视。她不仅爱上了书中的一名虚构角色，还试图私闯源本图书馆，并对图书馆中的某本源本书籍造成永久性的毁坏。贝娅特丽克丝最好就是老老实实地待在这本书里面，千万别碍事，这样一来，我就能够盯紧她。除此之外，我倒开始有点怀疑了：说到她以前造成的破坏，似乎我还漏掉了一部分呢。"

"你的意思是，当初是你把她关在这本书里的？你还要把她继续关在这本书里？"蒂莉惊恐地问。

"哎，你说得没错，那是当然。我还以为你早就猜出来了呢。你显然没有你自己设想中那么脑袋灵光，这也算是你们一家子的特质吧。"

"可是你怎么办得到？"蒂莉问。

"一个身处险境的小丫头，居然还有这么多问题。"乔克说，"废话少说吧。为了将来保险起见，我还得给你和那小子找个安心的去处——总不能放你们两个人回家，向韦斯珀女士或你亲爱的外公告状吧。"

蒂莉被他的话吓了一大跳，她立刻采取了行动，急匆匆地从屋顶上爬了过去。等到刚刚能够握住蒂莉的手，奥斯卡就一把攥住了她那伸得笔直的胳膊，把她从窗户里拖进了屋。蒂莉一头栽进屋子的时候，身上的裙子还被裂开的窗框撕破了一道缝。

"我们得立刻离开这儿，尽快离开。"奥斯卡说，"我们必须现在就回佩吉斯书店。"

"我不能把妈妈抛下，自己离开。"

"你没有别的选择，蒂莉。"奥斯卡回答，"等我们安全地回到佩吉斯书店，我们可以把真相告诉你的外婆和外公，他们就会告诉阿米莉亚，那时候一切都会拨乱反正。可我们现在必须从这本书里抽身，书在哪儿？"奥斯卡问道，口吻显得越来越慌张。

"那本书不在我身上！"蒂莉回嘴道，"刚才在广场上去找我妈妈搭话的时候，我把书交给你了。对吧？"

两个人惊惧地互望了一眼。

"难道它还在楼下？"蒂莉没什么底气地问。

奥斯卡攥住了蒂莉的手腕，急匆匆地把她朝楼梯拽。"只要我们赶在乔克之前找到那本书，就不会有事。"

两人风一般地奔下楼，奔上街道，一眼望见贝娅特丽克丝正登上茗琴小姐那间女校的前门台阶，准备前去察看蒂莉的病情。

"蒂莉，我们没时间了。"奥斯卡催道。

"抱歉，我必须再试一次。"蒂莉说着抽开了被奥斯卡握住的手，"拜托，先把那本书准备好。"

她拔腿跑向了母亲的背影，听到身后的脚步声，贝娅特丽克丝转过了身。

"哎，哈喽，亲爱的。你的身子显然康健多了！茗琴小姐有没有找到你的父母？我看得出来，她反正没能给你找到一件更暖和的衣服穿。"贝娅特丽克丝说着皱起了眉。

"听我说，你现在必须跟我走。"蒂莉绝望地说，"求你了，我待会儿再好好解释。"

"千万不要慌，玛蒂尔达。你能先跟我解释一下到底出了什么事吗？你是不是有危险？"

"你真的必须跟我走，我们两个人都有危险。"蒂莉一边说，一边把贝娅特丽克丝的一只手握住。正在这时，乔克却冲出了那栋离蒂莉母女只有几米远的房屋。他在台阶上猛地停住了脚步，看似正在斟酌眼前的景象——蒂莉正拽住贝娅特丽克丝的胳膊，奥斯卡则拼命地翻着那本书。看上去，乔克似乎冲着自己笑了笑，仿佛他的脑海里刚刚灵光一闪。

一眼望见乔克，贝娅特丽克丝的脸色顿时变成了一片惨白，"我是在哪里见过这个人吗？"贝娅特丽克丝嘴里轻声嘀咕道，又后退了几步，"你认识他吗，玛蒂尔达？"

"认识！"蒂莉高喊了一声，"这一切都是他捣的鬼，我们真的该走了，拜托跟我来吧。"

蒂莉拽着贝娅特丽克丝奔向了奥斯卡，奥斯卡一边跑去跟蒂莉汇合，一边拼命地整理着那本书的最后几页。他把书朝蒂莉的手里一塞，蒂莉则用另一只手紧紧地攥住贝娅特丽克丝，接着读起了书。

"不！"这时乔克发出了一声怒吼，跟跄着一步步朝三人逼近过来。伦敦城那湿漉漉的街道开始渐次坍塌了，三人转眼间就伫立在大英地下图书馆乔克的办公室中，一个个都喘着粗气，被蒙蒙的细雨淋得浑身湿透。办公室墙壁变成实体的那一刻，贝娅特丽克丝却倚在墙上晕了过去。

蒂莉拼命地摇着母亲的一只手，尽全力想要叫醒她，好让大家想办法回到佩吉斯书店。可惜的是，才几秒钟的工夫，办公室里却又再次闪烁起了微光。

"先说头等大事吧。"一个熟悉而又冷冰冰的嗓音说道，"那本可不是你的书。"还没有等到蒂莉动手，乔克已经夺回了那本书。

"我第一眼见到你的时候，就明白你这小姑娘不可靠，玛蒂尔达。你跟你的母亲是一个模子里塑出来的，也跟你外公外婆是一个模子里塑出来的：你们通通都对规则毫无尊重。更过分的是，跟你母亲和外公外婆比起来，我开始怀疑你根本就不应该存活于世。你们一家人向来都觉得自己高高在上，认为你们一家那自以为是的道德准则比法律更为重要，其实制定法律的人们远比你们一家子懂得多。你们一家人，向来都被某些扭曲的是非观所驱使。再说了，什么是错什么是对，又究竟归谁说了算？"

蒂莉和奥斯卡瞪大了眼睛，凝望着语无伦次、口沫横飞的乔克。

"我……我没有弄懂。"蒂莉结巴着问，"你到底为的是什么？"

"是人生！是那份自由，是自由地做我自己的选择，掌控我自己的命运。"乔克回答，"是那些你们认为理所当然、每天都在挥霍的东西！"

"可是，有什么拦着你享有这种人生吗？"蒂莉问他，"这一点又跟我们有什么关系？"

"玛蒂尔达，你知道吗，关键在于：这一点根本无须跟你们沾上边。假如当初你老妈没有多事惹出祸端的话，我们也许永远也不会走到如今这一步。"

"玛蒂尔达?"正在这个节骨眼上,一个颤抖的嗓音从众人的身后传了过来,那是正在挣扎着起身的贝娅特丽克丝。蒂莉、奥斯卡和乔克齐刷刷地扭过了头,发现贝娅特丽克丝正紧咬着牙关,竭力想要站稳脚跟,也竭力想要弄清楚目前的局面。贝娅特丽克丝深吸了一口气,朝着蒂莉露出一抹带泪的笑容,但这抹笑容却又让人感觉很欣慰,仿佛在告诉她:再坚持片刻就好。随后,她又振作起了精神,向乔克转过了身。

"伊诺克,把真相一滴不漏地告诉两个孩子,才算得上公平吧,你不觉得吗?我绝不会将人生视作理所当然。"贝娅特丽克丝开了口,声音显得比刚才有力了几分,"为了确保玛蒂尔达尽情享受人生的每一刻,确保她拥有应得的选择与自由,我曾经做出的牺牲远超你的想象。而这份选择与自由,你倒是一心认定是别人硬生生从你身上抢走了。你是哪里来的胆子,竟敢口口声声教训我们什么是对什么是错,什么又是违反规定?瞧,玛蒂尔达,我亲爱的女儿,"贝娅特丽克丝一边说,一边又用蔑视的眼神凝望着乔克,"跟其他任何书中角色比起来,这个家伙,只怕也无权活在现实世界之中。真相便是,伊诺克·乔克彻头彻尾就是个虚构的书中人物。"

38

有些书备受宠爱，有些书无人问津

乔克向贝娅特丽克丝投去了恼怒的目光。"你这女人真是又爱管闲事，又爱瞎打听。"他吁出一口气，"这一切都是你自找的，你知道吧。想当初，我还尽力想要帮你一把呢。"

"你到现在还在装模作样地扮好人？"贝娅特丽克丝冷冷地说道。

"当初趁着为时未晚，你早就应该老实交代你父亲究竟在干些什么勾当。"乔克口沫横飞地说。

"我当初就已经跟你讲得很清楚，伊诺克，根本没有什么'暗地里的勾当'这回事！再说了，就算当初我真向你爆了料，我们俩心里也很明白：你绝不会也没有办法把拉尔夫·科卢交回我的身边。"贝娅特丽克丝说道，"毕竟这样一来，地下图书馆所代表和保护的一切必会受损。"

乔克吸了吸鼻子。"你又突然间在意起地下图书馆所代表和保护的一切了？"

"不管你信还是不信，我向来都很在乎地下图书馆所代表和保护的一切；只不过，我更加在乎我的家人。当年我发现了你的秘密，你被迫把我藏到书中以求自保的时候，你自己终究还是被你当初那些不可靠的允诺害得栽了个大跟头，对吧？"

"够了，你现在就给我乖乖回你该去的地方，"乔克厉声道，"我甚至还会给你点面子，准你把你的女儿和她的朋友一起留在你身边，不管这小伙子是怎么沾上了这破事。你们这帮人，就可以回那儿上演大团圆了。"乔克一边宣布，一边挥着他的那本《小公主》。

"呃，不好意思插句嘴，"正在这时，奥斯卡抬起一只手，打断了乔克的话，"我们能不能再聊一聊'你竟然是个书中人物'这个话题？你为什么非要赖在现实世界里，还要去地下图书馆就职呢？"

乔克闻言做了个鬼脸。"读者心，海底针。遇上那些最徒有虚名的书中角色，读者们会一窝蜂地追捧；但那些最可歌可泣的书中角色陨落时，读者们却会一窝蜂地欢呼。有些书备受宠爱，有些书无人问津，实在极为不公；再说了，每次我都要在第 248 页一败涂地，这件事也极为不公。所以，当逃跑的机会终于冒头时，我只是抓住了机会而已。"

"可你怎么能逃得掉？"蒂莉问，"大家不是曾经告诉过我们吗，书中的角色根本就没有办法逃掉！而且，地下图书馆里怎么没人发觉你是个书中人物？"

乔克的一张脸顿时涨成了猪肝红色。"我所在的那本书，只吸引有着一双慧眼的读者。"他回答。

"你的意思其实是……压根儿就没人读你那个故事？"奥斯卡难以置信地问。

"鲁克斯先生，"乔克冲着奥斯卡从牙缝里挤出了一句话，又伸手重重地在桌上拍了拍，"一个读者，我那个故事明明有一个读者。我所在的那本书已经彻底绝版了，因此唯一一本写有我那个故事的书就留在源本图书馆里。地下图书馆的前任'参考馆员'性子软得很，但他好歹为我出了点力，准许我从书里溜出来逛一逛。他本来真不应该这么糊涂，地下图书馆对源本书籍中的角色设下了重重保障，其中自有缘由：我们所拥有的力量，普通的书中角色只怕做梦也赶不上。一旦溜出了书，尝到了现实世界的滋味，我就下定了决心要待在这儿。于是，我就把前任'参考馆员'送到了我手头一本格外凄凉的查尔斯·狄更斯小说里，免得他碍事，眼下他只怕已经丢掉性命了吧。"乔克用随意的口吻说道，"毕竟已经过了将近二十五年，而且狄更斯笔下的人物往往都不长命，尤其是那些懦弱之辈。"

"整整二十五年？"奥斯卡难以置信地把乔克的话又说了一遍，"你到底多大年纪？"

"我那本书的作者无情到了根本没有给我设定年龄的地步，但不管我的年纪到底有多大，"乔克回答，"我反正已经在现实世界待了二十五年了。脱离书中世界以后，我又不会变老。"

"难道没有一个人留意到你没变老吗？"蒂莉问。

"人们罕少留意到自己意识之外的事物，人类真是无比以自我为中心。人类还有一种让人惊掉大牙的本事，能把别人装出来的样子照单全收，就连地下图书馆的图书管理员也不例外，这帮人居然还声称自己多么富有想象力。再说了，这个世界还欠我永生永世的自由和机遇嘛。"

"可是，你的心里应该有数吧，你永远也不可能真正拥有你所追求的那种人生。"贝娅特丽克丝开了口，"你就只能去准许你通行的书籍、书店和图书馆里逛逛。"

"我还以为，书中角色是不能到别的书里书行的呢。"蒂莉说道。

"源本书籍中的角色就可以。"贝娅特丽克丝向蒂莉解释。她审视着面前这个极不服气的十一岁小女孩，不禁露出了惊叹的神情，"确实有那么几件事，源本书籍中的角色能够办到，普通的书中角色却办不到。也正因为这个缘故，源本图书馆才如此严格地限制进出。"

"对于地下图书馆的意图，你的理解真是浅薄得可笑，但我眼下实在懒得花功夫纠正你。"乔克说，"我向你保证，贝娅特丽克丝，在地下图书馆所获得的自由，虽然也有限，但却比被困在我原来的地方要诱人得多。在原来那本书里，我真是被迫毫无止境地活在该书作者为我圈定的人生中，根本没有办法改变我自己的故事。读者对我的故事不屑一顾，更别提为它添光增彩了。你才不会明白，什么叫作自由。"乔克说道，"你获得了太多太多东西，却把它白白浪费掉了。另外，在众人之中，你们这群书行者真是最为不堪，你们不仅把现实世界的自由视作理所应当，还把那无垠的虚构世界的自由视作理所应当。你们真是无比贪婪，无比不知好歹啊！"

"可是，你赖在这儿又有什么意义？"奥斯卡问，"除了填一填登记簿，骂一骂别人不守规定，你还能干吗？"

"奥斯卡，问得好。"乔克露出了一副皮笑肉不笑的神情，"我读过的书可不算少，心里很有数：如果我把计划透露给了敌方，那我不是傻到家了吗？不过，我也就向你透露一句吧：现实世界和书中世界之间的界限越是灵活，我遇到的麻烦就越多。好了，诸位那些无聊的问题我已经陪着忍了好久，还请大家各自奔赴目的地吧，有些人只怕是一去再不会复返啦！"说完这句，乔克就拿起他的那本《小公主》，翻开了书页。

绝望之中，奥斯卡好像利箭一般冲了过去，狠狠地在乔克的手上扇了一掌，那本书应声落到了地上。

屋里的一干人等全都讶异地盯着奥斯卡，片刻过后，乔克、蒂莉和奥斯卡便纷纷扑过去想要抢到那本书。一片混乱之中，奥斯卡被推得撞到了一个书架上，只听哗啦一声巨响，厚厚的绿色登记簿像雪崩一般砸上了地板。

没过多久，乔克的办公室大门却突然打开了，门口站着的正是阿米莉亚。

"这里究竟出了什么事，伊诺克？"阿米莉亚问道。但当她发现蒂莉和奥斯卡正挤在办公室的角落里时，阿米莉亚顿时住了嘴。随后，她又留意到了一个倚在乔克办公桌旁边的身影——那个身影显得一脸苍白，正在瑟瑟发抖。

"贝娅特丽克丝？真的是你？"阿米莉亚难以置信地问。

贝娅特丽克丝无力地笑了笑："阿米莉亚。"

"居然是韦斯珀女士。"乔克开了口，"我要出手解决的麻烦竟然全都凑到了一间屋，真是一锅端呢。"

"贝娅特丽克丝·佩吉斯到底怎么会在你的办公室？还有奥斯卡和蒂莉？"阿米莉亚问，"伊诺克，依我看，你还是跟我来一趟的好。"

"恐怕不行。"乔克说着慢吞吞地从地板上站起了身，又缓缓地向后退，躲开了办公室的大门。

"伊诺克，现在就跟我来！"阿米莉亚的语调添了几分魄力，边说边把蒂莉和奥斯卡朝自己的身后揽。

"我恨死了把自己的话重复一遍，韦斯珀女士，不过，休想我乖乖地跟你走。"乔克说着合上了双眼，抿嘴微微一笑，顿时在众人面前消失了踪影。乔克的办公室里只留下了阿米莉亚、奥斯卡和蒂莉，一个个都瞪大了眼睛望着贝娅特丽克丝。

39
故事的结局早已注定

"玛蒂尔达,"贝娅特丽克丝的双眸中盈满了泪珠,哽咽着说,"我至今依然不敢相信,居然真的是你。"

一时间,蒂莉竟然不敢直视母亲。"你刚才没有认出我来。"她悄声道。

"对不起,"贝娅特丽克丝的声音听上去有点抖,"在书中,我迷失了自我,其实只能算是一抹影子。至于那本书……我都不知道乔克和你外公外婆跟你说过些什么。"

"他们提过几句。"蒂莉边说边忐忑地瞥了阿米莉亚一眼。

"蒂莉,不要紧,你母亲跟我是多年的老朋友。"阿米莉亚插嘴说道,"当初我还有点拿不准,但我早已经对你父亲的身份有所猜测。作为贝娅特丽克丝的朋友,而不是大英地下图书馆的馆长,我心里有数。我也会好好地保守这个秘密,我向你们两位保证。"

贝娅特丽克丝握住阿米莉亚的一只手,感激地捏了捏,又转而讲起了她的经历。

"玛蒂尔达,我向你保证,当初我与你父亲初遇的时候,我并未打算堕入爱河。那是我儿时痴迷的一本书，我心仪那本书的缘由跟你差不多，我几乎都没有注意到你父亲这个书中人物。直到大学时代，我才开始去那本书里书行。至于堕入爱河，那纯属意外。当初踏进《小公主》那本书的时候，我跟任何一名书行者一样熟知规定，我真的只是打算去见见莎拉。"

"你父亲和莎拉初次前去那间精英女校时，我正在街上旁观。谁知道，就在他们两人动身从女校离开的那段时间，因为我站得实在太近了，马匹发现了我，受了惊，差点踢了我一下。当时拉尔夫立刻跃下了马车，来查看我有没有受伤。自那以后，一切就像滚雪球一样越来越无法收拾，尽管我心知故事的结局早已经注定。

"当时我心里明白，我应该从书中抽身回家去，但我实在舍不得离开你的父亲。直到我发觉自己怀上了你，我就知道自己回家的时候到了。无论如何，也不能冒险让你在书里出生吧。唯一能够保你万全的法子，就是让你在现实世界中出生。于是，自此之后，我又拼命想找个办法，让我们一家子能够团圆，只可惜每次都会碰壁。我千方百计想要跟你父亲见面，想把你的事情告诉他，但是，事情的发展从来都不按我的计划走：要么，书里的那匹马就没有被我惊到；要么，你父亲就没有察觉到有人差点被马踢了一脚；要么，我就没能在正确的时间点出现在正确的位置，只能眼睁睁地望着你父亲和莎拉两个人径直从那间女校离开，却根本没有发觉我这个人。到了最后，我也实在没招了。我只是盼着你能够认识你的生父，盼着你的父亲能够认识你。"贝娅特丽克丝说。

"谁知道，后来我去大英地下图书馆帮你外公打扫他的办公室时，乔克却偷偷地把我拉到一旁，声称他知道一个法子，能够让我跟科卢在现实世界中团圆。当初乔克对你的事一无所知，蒂莉，但他深知我有多么不顾一切——出了我私闯源本图书馆那件事以后，真是无人不知无人不晓啊。乔克声称，假如我能够向他透露某些内情，他就答应出手帮我。他向我打听的消息是：你外公究竟在暗地里盘算什么，准备借此破坏乔克的计划。"

蒂莉露出了茫然的神情。"乔克有什么计划？外公又做了些什么？"

"这正是关键所在，蒂莉。"贝娅特丽克丝说，"其实依我看，对乔克是个书中人物一事，你外公根本就不知情，也对乔克的所谓计划不知情。反正，你外公从来没跟我提过这件事。"

"据我所知，阿奇确实对乔克的真实身份一无所知。"阿米莉亚轻声补上了一句话。

"但你怎么会知道乔克的真实身份呢？"蒂莉问阿米莉亚。"你干吗还让他继续在地下图书馆里就职？"

"我疑心其中必有猫腻，其实已经有一段时间了，但直到今天晚上，我才确信这件事。"阿米莉亚说，"在此之前，在尽力收集证据并调查他的企图期间，我觉得还是把他安置在我身边的好。不过，这些事估计只能改天再细聊了。"

"可是，你又怎么会发现乔克是个书中人物？"蒂莉再次向贝娅特丽克丝扭过了头。

"纯属偶然。"贝娅特丽克丝告诉蒂莉,"当初我偷偷地去见乔克,打算问问清楚他的提议,但我并没有告诉你外公外婆我的去处——我总不能跟他们说,我又挖空心思想找另外一个法子让我们一家三口团聚吧。没料到,我赶到地下图书馆时,乔克不在他的办公室里,于是我就进屋去等他,顺便漫不经心地翻了翻他办公桌上的一本书,因为那个书名我竟然从来没有见过。"

"有其母必有其女,对吧?"奥斯卡开了个玩笑,可惜在场的所有人都没有笑。

"那本书被盖上了源本书籍的标识,"贝娅特丽克丝接着说,"所以,它本来就不应该出现在乔克的办公室里。那本书里有着数不清的空白页,只有零星的一页或者一段。不过,当时我的目光完全被书中的'伊诺克·乔克'这个人物名吸引住了,于是我匆匆地翻了翻书,这个人物名却一次又一次地出现。

"我还没能在心里把整件事捋清楚,乔克已经迈着大步进了办公室,发觉我正在端详他的那本书。他冲着我嚷嚷了起来,勒令我绝不能让别人知道,声称这事是个秘密。接着他又大发雷霆,说什么好些年来只有区区几个人看出了破绽,所以这几个家伙也都被'处理掉了'。

"就是在那一刻,我突然回过了神,悟到了乔克为什么这么火大而又害怕。我意识到,书中的那个人物,正是眼前的乔克。同名同姓并非巧合,也并不是因为眼前的乔克曾经书行过那本书。于是我赶紧动身向大门走去,可是他却不肯放我走,只是一把攥住了我的手腕,闭上了他的眼睛。等到我再次回过神，我就已经是在《小公主》那本书里了。乔克放开了我，随后消失了踪影，我被硬生生地困在了书里，因为乔克根本就没有随身带书，更别提把《小公主》留给我了。如果不是你找到我的话，天知道我会在书里待上多久，玛蒂尔达。"

"除了我之外，还有奥斯卡。"蒂莉轻声说。

"但你怎么没有被困在衬页地带呢？"奥斯卡问贝娅特丽克丝。

阿米莉亚闻言望了望蒂莉、奥斯卡和贝娅特丽克丝，深深地叹了一口气。"乔克似乎造出了某种循环，甚至造出了一些无法标记的书籍。显而易见的是，还有一大堆事情得解释清楚，但依我看，眼下的头等大事是把你们全都送回家去。"阿米莉亚伸手把贝娅特丽克丝从椅子上扶起来，热情地给了她一个拥抱。蒂莉发现，她们两个人都流出了眼泪。"蒂莉，奥斯卡，要是我们从密道抄近路回了佩吉斯书店，你们两个能不能装作不记得这条密道？"阿米莉亚问。

他们两人点了点头，尾随阿米莉亚走出了乔克的办公室（阿米莉亚的胳膊依然搂在贝娅特丽克丝的肩头），又穿过地下图书馆的大厅，来到了地图室。

蒂莉向阿米莉亚投去不解的目光。

"我明白，以前我领着你参观过这间屋子，蒂莉。不过，它还有一个鲜为人知的职能，只供级别最高、最受信赖的那些图书管理员在紧急状况下启用。"众人跟着阿米莉亚走进了地图室，她又随手关上了房间门，"蒂莉，要是不介意，能不能麻烦你在地图上再找找佩吉斯书店？"

蒂莉找到了那盏标记着佩吉斯书店的小灯，满怀期待地向阿米莉亚扭过头。

"接下来，你能不能将手指轻轻地放在那盏灯上？不要担心，那盏灯不烫。然后念一遍书店的名字？"蒂莉乖乖地听了阿米莉亚的吩咐，可惜的是，什么变故也没有发生。"真棒，多谢你，蒂莉。奥斯卡，能不能麻烦你去开一下那扇门？"

"就是这间屋的房门？"奥斯卡犹豫地问。

"正是。"阿米莉亚说道，又朝着大家刚刚穿过的那道门点了点头。

奥斯卡走回了门口，伸手推开房门。看上去，这扇门的前方简直像是挂了一张薄纸。

阿米莉亚冲着蒂莉和奥斯卡咧嘴笑了笑。"秘密切勿外泄，还记得吗？"她叮嘱两个小家伙，一行四人也随即穿过了这扇门。

那一刻的感觉，活像穿过了一道魔法瀑布。有那么一瞬间，蒂莉和奥斯卡只觉得眼前的视线一片模糊，什么也看不清楚，紧接着，他们便被送到了佩吉斯书店的正门，书店里的派对开得正欢，仿佛蒂莉和奥斯卡从来没有离开过。

"我早跟你说过，他们根本不会留意到我们溜了号。"蒂莉对奥斯卡说。

"就算遇上今晚这种险情，你这脾气却也一丁点都没改，真让我开心。每次你料事如神的时候，你这个人就变得很臭屁。"奥斯卡说道，脸上却忍不住露出了笑容。

佩吉斯书店里宾朋满座，充斥着灯光与音乐。外公正站在收银台的后方，把好几本书装进一个印着佩吉斯书店标识的牛皮纸袋，准备交给一个端着鸡尾酒的客人。他抬起眼神，正好望见那一行四人站在佩吉斯书店的门口，那四人脸上有一种劫后余生的神情。等到外公终于看清阿米莉亚扶着的那个人时，他整个人不禁晃了晃。他抛下了正在跟他聊天的客人，向书店门口的四个人走过去。

"真的是你吗，我们家的贝娅特丽克丝？"外公一边说，一边向贝娅特丽克丝伸出一只手。贝娅特丽克丝倒进了父亲的怀中，父女二人紧紧地相拥了好久好久。

"我去找一下你的外婆。"阿米莉亚告诉蒂莉。没过多久，埃尔茜便也跟丈夫和女儿搂成了一团，又把蒂莉拉了过去。

阿米莉亚伸出一条胳膊，揽住奥斯卡的肩膀。"真不赖，"她夸奖道，"事情的经过我还不太清楚，但我心知，如果没有你的话，蒂莉恐怕过不了这一关。"

过了几个小时，仙境派对的宾客们纷纷离开书店回了家，外公、外婆、贝娅特丽克丝、蒂莉、阿米莉亚和奥斯卡在一条毯子上围坐成一圈，正中则摆上了好些蜡烛和派对剩下的蛋糕。蒂莉一时间有点摸不清该怎么跟她那素未谋面的母亲相处，不过，待在母亲的身旁，应该也算是一个开始吧。贝娅特丽克丝每次冲着蒂莉露出一抹微笑，蒂莉都觉得自己心中的伤痕又弥合了几分，尽管那道伤疤依然显得有点狰狞。

蒂莉和奥斯卡满嘴塞着蛋糕，从头到尾把当天晚上的经历讲了一遍；贝娅特丽克丝解释了她当初是怎么发现了乔克的秘密；阿米莉亚则把其他人漏讲的地方都补齐了。当阿米莉亚提到乔克已经逃之夭夭的时候，外公忍不住打了个寒战。

"现在能不能猜出乔克究竟会逃到哪儿？阿米莉亚，我明白依你的能力，对付乔克应该不在话下，但源本书籍中的角色居然私自潜逃，看上去还一心打算篡改书行规则以达到自己的目的，即使对地下图书馆而言，也是前所未有的大祸了吧。"

"我们已经有了一些调查的线索，并据此做了一些推理。"阿米莉亚说，"我也已经转告了几位同事，让他们封锁乔克的办公室。我们会首先调查乔克办公室里为数不多的几本书，再调查以前与他有过关联的所有书籍。书行的规则确实正在遭受前所未有的挑战，甚至恐怕还超出了乔克摆下的一堆烂摊子呢。"

"如果我、埃尔茜、蒂莉或者奥斯卡能帮上什么忙的话，请务必告诉我们一声。"外公对阿米莉亚说道。一旁的奥斯卡正塞了满满一嘴的蛋糕，突然听见外公提到他的名字，吃惊得差一点噎住。

"那是当然，阿奇。我们会找到乔克，好好地处置他。就算他是个源本书籍中的人物，但也并不是有着通天的能耐。"阿米莉亚说，外公点了点头。

"可是，蒂莉，我还有一个问题想问：你是怎么避开了所有图书管理员的耳目，再度进入地下图书馆的呢？你用的难道是那本撕破了的《小公主》旧书?"阿米莉亚问。

蒂莉用力地摇了摇头。"不是,你明明吩咐我别用那本书!我们,呃,奥斯卡和我算是从《爱丽丝漫游仙境记》的衬页地带进入地下图书馆的吧。"蒂莉不好意思地承认,"我把几条线索串了起来,其中有塞巴斯蒂安教给奥斯卡和我的入门课,还有上次那本《小公主》旧书缺了最后几行,结果害得我被送到地下图书馆的经历。于是,我悟到了一件事,因为我父亲是个书中人物,我又是个半虚构的角色,所以我恐怕可以在衬页地带中穿行。"

"换句话讲,于是蒂莉和我刚才书行到了《爱丽丝漫游仙境记》的结尾处,然后在那儿等着,接下来一切就都变得十分离奇,活像绕着我们在倒带一样。"奥斯卡做了总结。

"你们真是冒了天大的风险。"阿米莉亚的脸色显得很苍白,"我相信,塞巴斯蒂安肯定给你们敲过警钟吧:衬页地带这种地方非常危险。"

"但不得不承认,他们这一招简直是个惊天的妙计。"这时外婆插了嘴,根本掩饰不住声音中的一抹自豪之情。

阿米莉亚咂咂嘴,发出了啧啧声,脸上却微微露出了笑容。"不是吧,埃尔茜,你还真是胳膊肘朝里拐啊。"

"提到爱丽丝那本书的结尾,"蒂莉这时又开了口,竭力想要转移话题,"它为什么要把书中的故事归结成一场梦呢?"

"唔,"外公说,"照我一向的看法,那是因为该书作者在阐述一个道理:我们的梦与故事,都至关重要。依我看,你可以把整本书理解成爱丽丝正在给姐姐讲故事，这种方式就会显得非常优美。接下来，爱丽丝的姐姐又琢磨着要把这个故事一代接一代地传承下去，因为故事可比世人要长命得多。我们的故事，便是我们在世人心中留下的面貌。因此，我们必须确保，故事要讲得动听。"

尾声

"依我看，终于到时候了。"贝娅特丽克丝告诉蒂莉，蒂莉点了点头。这是十二月初一个结霜的周末，自从贝娅特丽克丝重返家中以后，母女俩对彼此的了解就一天比一天更加深刻。她们的母女之情确实还算不上根基牢靠，但却美妙而又甜蜜，恰似一朵棉花糖。

蒂莉取出了她那本全新的《小公主》，翻到生父和莎拉初次抵达茗琴小姐精英女校的那一页——正是在这段时间里，贝娅特丽克丝在书中初遇了科卢上尉；也正是在这段时间里，蒂莉在书中初次亲眼见到了生父。贝娅特丽克丝和蒂莉拉起了手，蒂莉读了读那本书，两人随之进到了书中。

维多利亚时代那座雾气笼罩的广场在母女二人的周围渐渐成形了，但即使是在这一刻，她们母女也没有放开彼此的手。贝娅特丽克丝和蒂莉遥遥地凝望着那一幕：那辆黑色的马车正驶向茗琴小姐精英女校的门前台阶，一个留着波波头发型的黑发女孩随即钻出了马车，她的小手正紧攥住一名高个男人的手。那两名书中人物登上了精英女校的台阶，门铃的叮咚响声接着就传到了蒂莉母女的耳边。大门打开的一刹那，科卢上尉却正好扭头回望，目光投向了贝娅特丽克丝和蒂莉所站的位置。他歪了一下头，仿佛认出了蒂莉母女俩，却又记不起究竟是在哪儿见过她们。他冲着蒂莉和贝娅特丽克丝微微一笑，又脱帽向母女二人致意，随后闪身进了屋。贝娅特丽克丝把蒂莉又搂紧了一些，伸手抹掉了脸颊上的一滴泪，深吸了一口气，露出了笑容。蒂莉再次读了读那本书，母女二人便回到了佩吉斯书店，外公正在店里烧着一壶水准备泡茶呢。

（本册终）

蒂莉的书架

各位读者，这几本经典故事书正摆放在佩吉斯书店的书架上，你都读过了吗？

《绿山墙的安妮》

蒂莉的某次书行经历，便将她带到了她最心仪的书中角色的故乡。在这部小说中，蒂莉深爱的书中人物——时年十一岁、失去双亲的安妮·雪莉，被卡施博特家的两兄妹马修与玛蕊娜勉勉强强、不情不愿地收养了，尽管他们原本打算的是收养一名男童。经历了坎坷的开端，又闹出了不少难以收拾的风波以后，安妮终于在艾梵立村找到了一个家，也找到了一群友伴。

《爱丽丝漫游仙境记》

　　尽管蒂莉在这本书中书行时，曾经出席过书中角色疯帽匠所举办的茶话会，被各种谜题急出了一头包，但这本举世闻名的故事书，却也正是蒂莉的又一本心头大爱，正如《绿山墙的安妮》。本书讲述的是一位名叫爱丽丝的年轻女孩的故事：好奇心爆棚的女主角尾随着一只白兔进了兔子洞，随后便置身于一片陌生的天地中——在这个地方，各种飞禽走兽会口吐人言，扑克牌竟然当上了君王，逻辑败给了没头没脑的胡闹。除此之外，时间还一直都定格在下午茶时段呢。

《小公主》

　　对佩吉斯一家人来说，最特别、最重要的一本书，正是这个关于莎拉·科卢的故事。本书的女主人公莎拉自幼跟随从军的父亲居住在印度，后来则被送进了茗琴小姐名下一间设于伦敦的寄宿学校。爱女如命的科卢上尉不仅给了宝贝女儿天价礼物，还一掷千金让寄宿学校给莎拉开小灶——给莎拉配备了一个私人间和一名女仆。谁知道，上尉突然离世时却已变得一贫如洗，茗琴小姐便夺走了莎拉的诸多宝贝，并逼她在寄宿学校干各种杂活，赚钱来付她父亲尚未付清的欠账。只有靠着好心肠与想象力，本书的女主人公莎拉才能熬过难关。

《金银岛》

　　蒂莉与奥斯卡一头扎进了《金银岛》一书中，经历了一段惊心动魄的书行。但提到这本经典海盗冒险小说，一切就都得从一名神秘水手来到书中主角吉姆·霍金斯父母名下的旅店说起。该水手暴毙之时，少年吉姆便开启了他的寻宝之旅——他要找到在陌生人留下的地图上标记的藏宝处。到了"西诗帕丽欧拉号"上，吉姆摇身一变打点起了杂务，却发觉以厨师约翰·西尔弗为首的部分船员竟在密谋叛乱。于是，吉姆必须琢磨出对策，力挫对方的阴谋，并最终寻得宝藏。

《傲慢与偏见》

　　这部经典小说讲述了伊丽莎白·本奈特的故事，而这位以妙语连珠著称的书中人物，正是蒂莉外婆的一位访客兼老友。在该小说中，伊丽莎白与四个姐妹（简、玛丽、凯蒂、莉蒂娅）自小便笼罩在某种观念的影子之下：要保家里人不受穷，姐妹之中至少有一人必须嫁入富贵人家。伊丽莎白决定要么为爱而嫁，要么不如不嫁，但她必须先过一道难关：不对他人的品格妄下结论，学会看清表面之下的真相。

《福尔摩斯探案集》

    当蒂莉在佩吉斯书店里见到一名身材高大、举止优雅的男子在抽烟斗时,她便心知事有蹊跷。蒂莉的外公是该系列小说的粉丝,而在上述系列中,伦敦侦探夏洛克·福尔摩斯用他近乎超人的逻辑与推理能力破解了一宗又一宗极为艰深的谜案与罪行。书中的福尔摩斯身边亦有室友兼助手的华生医生做伴,而该系列也正是以华生医生的口吻讲述而成的。

《跟我们一起玩吧》

  作为首次出版于 1964 年的识字读物，本书堪称书行术新人完美的训练用书。这一套名为"关键词"的系列读物向初学者介绍了一些日常用词，比如"和""喜欢""有"，以及如何在简单的短语中使用该词。读者将跟随《跟我们一起玩吧》一书，认识书中的角色彼得和简，以及他们的父母、家和各种玩具。